AMOR SE ESCRIBE SIN HACHE

ENRIQUE JARDIEL PONCELA

AMOR SE ESCRIBE SIN HACHE

Prólogo
de
Rafael Conte

BIBLIOTECA NUEVA

Cubierta: A. Imbert

SEGUNDA EDICIÓN

Almagro, 38 - 28010 Madrid (España)

ISBN: 84-7030-397-X
Depósito Legal: M-21.952-2006

Imprime: Rógar, S. A.
Printed in Spain - Impreso en España

Índice

INTRODUCCIÓN

RAFAEL CONTE

HUMOR SE ESCRIBE CON HACHE

Aquel genio siempre perdido y permanentemente recuperado de las letras españolas del siglo XX que fue Ramón Gómez de la Serna, escribió un admirativo y penetrante «retrato» de quien fuera su más joven amigo, muchas veces compañero y siempre su mejor y más díscolo discípulo, Enrique Jardiel Poncela, poco después de su desaparición, en enero de 1952, cuando todavía no había culminado el año en el que acababa de cumplir el medio siglo de existencia. Ramón vio, con su habitual e instintiva lucidez, cómo en Jardiel coexistían dos hermanos gemelos, dos «mellizos, sonriente el uno, lóbrego el otro». Esa implicación de la alegría y el dolor, del humor y el sufrimiento, de un optimismo tan feroz que al final desembocaba, en su caso, en el más absoluto pesimismo, no es otra cosa que la marca de fábrica de la mejor literatura humorística de todos los tiempos, y los nombres de esos grandes humoristas que fueron y son Cervantes, Shakespeare, Molière, hasta llegar en nuestro siglo a Proust, Kafka, Beckett o Camilo José Cela no permiten la mínima duda al respecto.

Y, sin embargo, el tema de la literatura de humor, permanente a lo largo de toda la historia literaria universal, nunca ha estado –ni está– demasiado claro. Por lo general, lo «humorístico» es algo bastante poco valorado dentro de los estudios literarios, aunque si algo está, no ya bastante sino paladinamente claro, es que el «humor» propiamente dicho forma parte sustancial de la gran literatura de todos los tiempos. Desde el *Quijote* hasta la «literatura de almanaque» –aunque habría que preguntarse si es que hay almanaques todavía– el humor es una constante muy poco constante, desde luego, de la literatura universal. Quiero decir que si el humor está presente casi siempre en las mayores obras de las letras universales, su sentido es algo que está todavía por consolidar, y varía según los géneros, los tiempos y los espacios. Pues, para agravar más el problema, existen clases de humor, tanto por el talante con que se aborda –el astracán, el sainete, el chiste, el «calembour», los juegos de palabras, el «humour», la sátira, el sarcasmo, el humor blanco, el negro, el surrealista y así sucesivamente– como por sus particularidades nacionales

–el británico, el hispánico, el francés, el judío– o regionales como el gallego o el andaluz. Hay farsas, altas comedias, tragicomedias, tragedias grotescas, entremeses, humor filosófico, y hasta humores vegetativos, vaya por Dios, sí que estamos buenos.

En el Diccionario de la Real Academia Española, el primer sentido que se da a la palabra «humor» es el más físico y material: «Cualquiera de los líquidos del cuerpo del animal», que supongo se puede y debe aplicar al hombre, que presume de ser el primero de ellos al autodefinirse como «racional», cosa de la que los humoristas van a hacernos dudar bastante. Luego se habla del cáracter, jovialidad, disposición y así sucesivamente, pero en seguida se echa en brazos del término «humorismo», como si sólo la actividad pudiera aclarar el concepto, cosa que, desde luego, pocas veces sucede, ya que en literatura la función no crea el órgano, lo manifiesta pero no lo explica. Pues no se trata de algo esencial, ni sustancial, según esta mirada académica, que lo define como una «manera de enjuiciar, afrontar y comentar las situaciones con cierto distanciamiento ingenioso, burlón y, aunque sea en apariencia, ligero. Linda a veces con la comicidad, la mordacidad y la ironía, sin que se confunda con ellas, y puede manifestarse en la conversación, en la literatura y en todas las formas de comunicación y de expresión». Pero el humor, tal cual, se nos sigue escapando de las manos. ¿Se trata pues de «una forma», de un «distanciamiento», que aparenta ser «ligero» –aunque no lo sea– y que además no es lo mismo que lo «cómico, mordaz o irónico»? Y no parece que hayamos avanzado mucho, desde luego.

Pues pienso que si se trata de una «forma» debemos buscar su «fondo», ver de dónde sale ese talante, disposición o manera de expresarse que, cuando lo es de verdad, nos hace pensar y reír al mismo tiempo. El humor podría ser –quizá lo es– una concepción del mundo, una manera de «ser», y, desde luego, una manera de mirar el universos, sus seres y sus comportamientos. El humor será, por tanto, un posible componente de las conductas humanas, de toda concepción del mundo en mayor o menor medida, pero no tanto en un sentido positivo sino al revés, como un correctivo saludable para evitar absolutismos destructores. André Malraux dijo que «todo pensamiento que se piensa hasta el final desemboca en el absurdo»; pues bien, es precisamente el humor el más saludable correctivo para evitar esa maldita tentación de absolutismo que amenaza a las más excelsas teorías sobre el hombre y el mundo.

Habría que recordar aquí esa teoría del tan manoseado epistemólogo Karl Popper sobre el concepto de «falsabilidad», que establece que para que una verdad científica tenga posibilidades de serlo tiene que admitir la posibilidad de ser criticada, esto es, de aceptar la existencia de pruebas en su contra. Así pues, el humor es a la vez el correctivo que rebaja todas las grandes teorías, la parte de necesaria «falsabilidad» que toda afirmación que se quiera cierta necesita para serlo de verdad. Y para terminar estas abstrusas y nada humorísticas especulaciones terminaré acudiendo a la metáfora conceptual que le sirvió a Umberto Eco para sustentar el argumento policiaco de *El nombre de la rosa*: toda la trama que sustenta la sucesión de los misteriosos asesinatos de la novela se basa en la búsqueda de esa obra misteriosa con la que Aristóteles habría culminado su *Poética*, un posible e hipotético tratado sobre la «Comedia», en el que el monje «Jorge de Burgos» veía hasta tal punto la destrucción de toda la ortodoxia del mundo, que se veía obligado a convertirse en criminal, en el malo de la película.

Así las cosas, el humor es como la literatura misma, nada puede existir sin humor, pero tampoco el humor puede existir por sí sólo, la literatura humorística no es ni mejor ni peor que la literatura en general propiamente dicha, los géneros no determinan la calidad de las obras, sino la manera como se tratan: no existe gran literatura sin humor, pero tampoco el humor puede existir por sí sólo, no existe la literatura humorística a secas, sólo hay buena y mala literatura humorística y eso es todo.

Pero, ¿dónde se encuentra la frontera entre el humor literariamente bueno y el desechable, entre el buen humor y el mal humor –términos ambos que se pueden unir en una misma palabra (más bien en dos) para bien y para mal– desde el punto de vista de la estética, del resultado artístico en resumidas cuentas? Pues bien, en que el humor no se sostiene solo, siempre necesita ser parte de un conjunto, es un elemento de un «todo» superior, es más una «manera» de ver que una «visión» total, está al servicio de una «totalidad» superior, llámese una interpretación de la realidad de un análisis conceptual, de una concepción del mundo en suma. Bien es verdad que en arte y literatura las «maneras» son «formas», y que esas formas son consustanciales con el resultado que se propone, que su funcionamiento es autónomo, que obedece a leyes propias, pero ello no quiere decir que puedan ser separadas de todo lo demás: no son indendientes. El humor, por tanto, es autónomo, pero no independiente de las realidades superiores –materiales y espirituales– del ser humano y del mundo en su conjunto.

Lo que sucede es que el humor impone su estética con la máxima contundencia, que sus resultados son arrasadores, que es un arma que seduce con una potencia tal que llega hasta obnubilar sus propios cultivadores. Esto es, que en esa labor de «seducción» que constituye la máxima funcionalidad del arte en general –atraer por medio de la creación de la belleza, por la fabricación de productos hermosos, que se imponen por sí mismos– el humor es un arma aplastante y bastante decisiva. Pero es un arma de dos filos, pues si por una parte contribuye a la consagración del arte y de la literatura como una componente esencial de la humanidad y de su historia, puede servir por la otra a la mera fabricación de productos mercantiles. Cuando el arte deja de ser autonónomo y se pone exclusivamente al servicio de la producción mercantil, deja de ser arte. Y lo mismo pasa con el humor, que deja de serlo en profundidad cuando se convierte en un elemento más del «márketing» artístico. Y ello se ve con claridad cuando se presenta en soledad, sin que venga avalado por un pensamiento profundo, anclado en una concepción del mundo, del arte y de la literatura que lo legitime de antemano. Pues de lo contrario se vierte en esos productos de baja estofa, de halago demagógico y mecánico, que nada tienen que ver ni con el humor, ni con la literatura –ni con el teatro, el cine, el diseño, los tebeos, y así sucesivamente– propiamente dichos.

El fiel contraste

Si Enrique Jardiel Poncela –volvamos a él, pues su evocación ha desencadenado todo lo que antecede– leyera lo hasta aquí escrito, sin duda alguna se troncharía de risa, pues era un humorista de los de verdad, un saludable correctivo de todas las solemnidades, un corazón repleto de ternura cuyo escepticismo esencial le empujaba a poner en solfa todo lo que veía a través de la risa, del humor, de la revelación de los más rídiculos aspectos de las más excelsas teorías. Su humorismo no era un simple excipiente en calidad suficiente, como se dice en los prospectos farmacéuticos, sino un poderoso reactivo que iluminaba los trasfondos de toda suerte de realidades, desde las más grandiosas hasta las más abyectas y degradadas. El auténtico humor es eso precisamente, un crisol, un reactivo, un correctivo universal que nos hace bajar de las indebidas alturas en las que solemos colocarnos los seres humanos, una sauna, un saludable corrosivo que autentifica nuestros miserables metales tan frecuentemente disfrazados. Es el contraste que certifica la parte de plata o de oro de ley que viene contenida en nuestras más gloriosas hazañas, nuestras más frágiles debilidades.

Resulta curioso también pensar que la edad de oro del humorismo español de nuestro siglo coincide precisamente con esa literatura excepcional que se produjo en nuestro país en su primer tercio, en los años de consolidación de la generación del 98, y los del nacimiento de la llamada generación del 27 –sin olvidar la intermedia entre las dos, que no suele ser considerada tan coherente como las otras, pero que cuenta con figuras tan importantes como las de Ortega y Gasset, Pérez de Ayala, Gabriel Miró o Ramón Gómez de la Serna–, y que se va conociendo ya como la «edad de plata» de la literatura española de todos los tiempos. En la generación del 98 se dio un humor autocrítico y reformista que lo bañaba todo de manera bastante corrosiva, desde el humor sutil de Azorín al más tierno de Antonio Machado, del feroz humorismo barojiano –don Pío escribió aquello de «La caverna del humorismo»– hasta el esperpento de Valle-Inclán. En la intermedia, Ramón Gómez de la Serna, a quien se le conoce como el creador «unigeneracional» por antonomasia pues él solito era ya toda una generación, lo inauguró casi todo, abrió los caminos hacia las vanguardias universales de nuestro siglo, y entre otras cosas renovó profundamente el humorismo español, que desembocaría en los representantes de la generación siguiente en los máximos y mejores cultivadores del género en nuestro siglo.

Ya se sabe cuál es el cuarteto, el «póker» de la literatura humorística de nuestro siglo, que se apoya en Ramón Gómez de la Serna –el fundador, y directo maestro del joven Jardiel–, los más «galaicos» y hasta casi británicos que fueron Julio Camba en el periodismo y Wenceslao Fernández Flórez, en la novela más tradicional, y por último Enrique Jardiel Poncela, que vertió sus mejores afanes en teatro. Y junto a ellos vino ese grupo de dramaturgos, narradores y animadores del gran humor español de postguerra, frecuentemente tan olvidado, formado por José López Rubio, Miguel Mihura, Edgar Neville y bastantes otros más, que entre otras cosas inspiraría aquella revista irrepetible que nació y murió bajo la dictadura franquista *La codorniz*, y que al mismo tiempo fue uno de los raros ámbitos de libertad que pudieron sobrevivir y dar testimonio en aquellos lúgubres tiempos.

Ante la potencia, y en buena medida coherencia, mostrada por los poetas de la generación del 27 –Lorca, Cernuda, Salinas, Guillén, Aleixandre, Dámaso Alonso y tantos otros, que han deslumbrado y, en cierto modo, oscurecido a los otros sectores de la misma, José López Rubio, en su discurso de ingreso en la Real Academia Española, llegó a hablar con toda propiedad y justicia de «la otra generación del 27». En verdad, en aquellos años hubo otra gran literatura que no se vertió exclusivamente en la poesía, sino que alimentaba también la prosa de José Bergamín, Benjamín Jarnés, Francisco Ayala, Rosa Chacel, Antonio Espina, o el teatro de los anteriormente citados. Ya se sabe también que en la actualidad el tema de las generaciones está bastante puesto en tela de juicio para los estudios estrictamente «literarios», hasta el punto de que ya se habla solamente de «grupo poético del 27» para seguir curándose en salud por una parte y perpetuando por otra la injusticia de los diversos olvidos citados. Pero el método generacional sigue siendo válido para los estudios históricos, desde luego, por lo que la denominación de López Rubio, que ya se ha convertido felizmente en «controlada», sigue estando por completo vigente.

Fueron aquellos los años de la penetración de las vanguardias en nuestro país, los de las rebeldías artísticas más fecundas, las más insólitas experiencias, los de las más diversas transformaciones económicas, políticas, sociales y culturales que nuestro país iba a conocer, y que, a pesar de haber desembocado en el mayor y más terrible conflicto bélico que España ha conocido a lo largo de su historia –la guerra civil de 1936-1939– han marcado nuestro siglo de manera imperecedera. Pues el conflicto mismo surgió de todas esas rebeldías, de esas transformaciones, se prolongó artificialmente durante las cuatro décadas del franquismo, provocó una trágica postguerra y un terrible exilio masivo, y no cabe la menor duda de que, a pesar de los recientes olvidos más o menos intencionados, ha desembocado en la restauración de la democracia en nuestros días y hasta en el nacimiento del Estado de las Autonomías.

El personaje

Enrique Jardiel Poncela, madrileño de orígenes aragoneses, y que vivió apenas medio siglo de una azarosa, apasionada, triste y alegre existencia que terminó bastante mal, pues murió arruinado y tras una larga enfermedad, nació cuando alboreaba el siglo –en 1901–, y fue el único hijo varón de una familia de la burguesía cultivada de la época, pues su padre era un periodista conocido y su madre, que fallecería pronto, una notable pintora. Estudiante bastante inconstante –se paseó de niño entre la Institución Libre de Enseñanza, la Sociedad Francesa y los Padres Escolapios– que no terminó estudios universitarios, ni sacó las oposiciones a Hacienda que pretendió. Escribía desde niño, desde los nueve o diez años en revistas colegiales, su primer trabajo en la prensa lo publicó a los dieciocho, y con un amigo tan adolescente como él, Serafín Adame, escribió bastantes piezas teatrales juveniles que luego rechazaría, aunque consta que la primera de ellas iba firmada con el significativo seudónimo de los «hermanos Serafín y Joaquín Alvarez Tintero». Lo que le apasionaba era el teatro, quizá porque su padre había sido un dramaturgo de escaso éxito, y el periodismo «de humor» le absorbió desde los veinte años. A los veintiséis años, tras haber tenido amores tan apasionados como tempestuosos con una actriz, de la que tuvo una hija, Evangelina, que quedó a su cargo tras una separación bastante traumática, publica una recopilación de textos en prosa, *Pirulís de La Habana*, y estrena su primera obra importante, *Una noche de primavera sin sueño*.

Mientras tanto, ha conocido a uno de sus compañeros más fieles, José López Rubio, dos años mayor que él –que acaba de fallecer en 1996– y al que siempre consideraría como su maestro, Ramón

Gómez de la Serna, el gran renovador de las letras españolas de nuestro siglo, a cuya célebre tertulia de «Pombo» asistió con asiduidad. Durante aquella fértil época vanguardista, delirante y menos feliz de lo que se supone preguerra, Jardiel estrenaría ocho comedias largas, escribiría algunas otras más cortas, guiones de cine, estuvo un par de veces trabajando en Hollywood –donde le había llevado su amigo López Rubio– alternando en todos estos trabajos algún éxito con numerosos fracasos, quizá por la novedad rupturista de su teatro, que rompía con todas las convenciones del momento, donde triunfaban la comedia benaventina y los sainetes y tragedias grotescas de un Arniches demasiado costumbrista para aquellos gustos jóvenes. No hay que extrañarse, pues lo mismo sucedió con los experimentos de Gómez de la Serna, Azorín, Jacinto Grau o el jovencito Max Aub. Y ello a pesar de que sus obras eran más «teatrales» –Jardiel era un gran «carpintero» teatral– como se ha demostrado después ya que muchas de aquellas obras se han hecho habituales entre nosotros conforme ha pasado el tiempo y quizá por ello mismo. ¿Qué diferencia en las costumbres de la sociedad teatral de aquellos años hizo que triunfara el teatro de Lorca, tan poético pese a su populismo, y fracasara el de Valle-Inclán, tan poderosamente teatral a pesar de sus dificultades escénicas?

Y los curioso es que mientras Jardiel fracasaba como lo que era –dramaturgo– a pesar de la intensidad, cantidad y calidad de su trabajo, triunfara como novelista, esfuerzo que le ocupó mucho menos y que quizá también le interesaba en menor cuantía, considerándolo, eso sí, una buena manera de ganarse la vida. Así pues, pasaron con más pena que gloria por nuestros escenarios durante aquellos años *El cadáver del señor García, Margarita, Armando y su padre, Usted tiene ojos de mujer fatal, Angelina, o el honor de un brigadier* (escrita totalmente en verso, Jardiel era un maestro en el verso humorístico), *Un adulterio decente, Las cinco advertencias de Satanás* y *Cuatro corazones con freno y marcha atrás,* a pesar de que esta última era ya una de sus obras maestras. Mientras que, tras haber compuesto y publicado una novela corta anterior –*El plano astral*–, y después de su encuentro con el editor José Ruiz Castillo, fundador y propietario de esta misma editorial Biblioteca Nueva, a quien fue presentado por Ramón Gómez de la Serna, publicará en cuatro años, de 1929 a 1932, y al parecer de una sola y prolongada tacada las cuatro grandes novelas largas que constituyen el «grueso» de su producción narrativa: Y que son, por este orden, *Amor se escribe sin hache, ¡Espérame en Siberia, vida mía!, Pero, ¿hubo alguna vez once mil vírgenes?* y *La* «tournée» *de Dios.* Y este nuevo género que tan compulsivamente inauguraba le iba a proporcionar el éxito y la rentabilidad económica que su querido teatro le había hasta entonces negado.

Aunque también habría que matizar, desde luego, pues la novela tampoco es un género tan rentable como el teatro, y Jardiel tenía que compaginar la escritura de estos libros con sus trabajos en el cine y sus estancias en Hollywood para poder seguir viviendo. La tragedia de la guerra interrumpió esta carrera –como todas—, aunque durante ella, siempre lejos de los campos de batalla, Jardiel se alineó de manera bastante clara en el bando franquista de los sublevados –para verlos de mejor manera hay que leer los sabrosos y largos prólogos a los volúmenes que recopilan su obra teatral– y reanudaría pronto su carrera como dramaturgo después de su final. Habían triunfado los «suyos», pero no le serviría de mucho. Hasta su muerte, en febrero de 1952, estrenaría veinte piezas más, algunas de ellas tan considerables como la opereta *Carlo Monte en Montecarlo* (en cartel cuando escribo estas líneas), *Los ladrones somos gente honrada, Los habitantes de la casa deshabitada* o *Eloísa está debajo de un almendro*, obras que pertenecen ya al «imaginario» colectivo del teatro español de nuestro siglo. También, antes de morir de la manera lamentable que he descrito dado el fracaso de sus empresas teatrales, recuperaría en tres títulos inolvidables casi toda su producción en prosa, desde los artículos y ensayos humorísticos hasta sus cuentos, narraciones y novelas cortas: *Exceso de equipaje, Lecturas para analfabetos* y *El libro del convaleciente.*

Novela frente a teatro

Pero ya nunca volvió a la escritura de novelas largas, que sin embargo le habían proporcionado sus primeros éxitos claros ante el público, y quizá ello merece una reflexión. Siendo como fue un renovador teatral, quizá en novela no lo fuera tanto, pues se acercó al nuevo género de manera mas «exterior», no tan nuclear como lo hizo en el teatro. Y después, una de sus mayores decepciones fue el ver cómo la censura del régimen de Franco, del que era ferviente partidario y al que siempre apoyó, le prohibió la reedición de sus novelas durante bastantes años, dado el «libertinaje» y crítica bastante desvergonzada que en ella, más allá de toda interpretación de tipo político que Jardiel nunca pretendió, se oponían a los valores tradicionales de su tiempo. Concretamente, *Amor se escribe sin hache*, que publicada en 1929 había obtenido seis ediciones antes de la guerra, y que se publicaría otras dos veces el mismo año del final de la misma aunque ya en sendas ediciones muy expurgadas, sólo pudo reaparecer íntegra en un volúmen ya póstumo de sus obras completas de 1958, y no se republicará íntegra como libro suelto hasta 1964. En total, como postrer información editorial, ésta que el lector tiene hoy en sus manos debe ser, según mis cuentas, la vigesimaquinta edición de esta novela singular, lo que demuestra que las nuevas generaciones de lectores se han seguido acercando a *Amor se escribe sin hache* durante tres cuartos de siglo. No está tan mal, a pesar de todo.

En el teatro, Jardiel fue un autor descomunal, que renovó la escena de su tiempo, triunfó a veces, fue bastante incomprendido, gozó mucho y sufrió mucho más, como insinuaba Ramón Gómez de la Serne en el «retrato» que le dedicó a su muerte y que he citado al principio de estas líneas. Era un originalísimo maestro de eso que se conoce como «carpintería» o construcción teatral, insuperable en sus planteamientos, tan desbordantes de imaginación y delirio que parecían de insoluble solución. Aunque al final resolvía todos los problemas, lo que a veces no era bien entendido por la crítica y el público. En efecto, en su ruptura total con el teatro de su tiempo, Jardiel optó por la reducción al absurdo a través del humor, con planteamientos tan disparatados en apariencia que muchas veces eran bastante inasumibles por un público y una crítica –hablo en general, pues tuvo defensores acérrimos, sobre todo entre los jóvenes– bastante consevadores y acartonados, pero que eran quienes «sostenían» globalmente a la industria teatral. Por ello mismo quizá se esforzaba en aclarar sus propuestas en esos finales tan criticados, sin los que podría decirse que Jardiel Poncela sería hoy un evidente precursor del «teatro del absurdo» internacional, que triunfaría después, el de los Beckett, Ionesco, Adamov y todos los demás.

El misterio de la Hache

Pero si nuestro teatro no estaba para muchos bollos, no pasaba lo mismo en el terreno de la novela en aquellos dorados años de la preguerra, donde experimentos y vanguardismos se abrían paso por doquier. De ahí que sus novelas fueran mejor aceptadas, pues la ironía, la fragmentación, las incursiones extranarrativas, los experimentos formales, la parodia y el juego eran algo mucho más admitido. Luego vendría la dictadura franquista, durante la que se cegó su vertiente novelesca y su teatro funcionó tan sólo relativamente, como ya he dicho. Hay que tener todo ello en cuenta antes de empezar a leer –o a releer, que resulta ser siempre, y más en su caso, algo mucho más jubiloso– esta primera novela larga de Jardiel, lo que deparará grandes sorpresas a quien lo haga por vez primera. Y otra advertencia: da igual leer a Jardiel como narrador que como articulista que como dramaturgo, aunque quizá esto último pueda molestar a los idólatras del teatro como espectáculo solamente. El teatro de Jardiel se lee igual de bien que su novela o su prosa en general, es un aviso para navegantes.

Para empezar, en *Amor se escribe sin hache*, Jardiel se inspiró en los procedimientos narrativos de su maestro Ramón Gómez de la Serna –quizá haciéndolos más fáciles para los lectores, pues su modelo fue siempre más «puro», aunque tampoco eso le ayudaría demasiado para sobrevivir–, aunque cuidando más la accesibilidad de argumento y personajes, como buen dramaturgo que era, lo que le hacía conocer mejor al público. Y después, como inspiración de fondo, se propuso parodiar y ridiculizar la «literatura galante» de la época, que gozaba de gran popularidad. Una literatura de consumo que –aunque ahora podamos salvar algunos casos como datos sociológicos o históricos, más que como literatura– alienaba a los lectores y hacía las delicias de la industria editorial de su tiempo. Jardiel, además, acababa de salir de mala manera de una experiencia sentimental con la que había sido la madre de su hija y que les había abandonado después a los dos, por lo que no parecía estar muy predispuesto a demasiadas concesiones sentimentales: el inolvidable resultado fue una disparatada y feroz diatriba contras las mujeres y el amor en general, una ducha fría sobre toda aquella subliteratura, y un corrosivo alegato repleto de un humor que muchas veces podría considerarse como más «negro» que ninguna del de su tiempo.

Y sin embargo, tras las sucesivas y divertidas tormentas aventureras que configuran esta extensa novela, el final es extrañamente estoico y hasta senequista, con la invención de que si el amor no es importante es porque carece de «hache», letra que, sin embargo, existe en todas las palabras importantes del mundo y de los diccionarios. Quizá hubiera debido firmar su novela como «Henrique» (anacrónico pero posible) «Hardiel» (aspirando mucho la hache) pero hasta ahí no llegó. Lo que de verdad es inconcuso es que humor se escribe con hache, que cuando lo es de verdad hace que todo brille como nunca, que lo peor resulte un poco pasable y que lo mejor sea siempre superior; y que Enrique Jardiel Poncela, que por fortuna sigue volviendo periódicamente a nuestros escenarios y librerías, es un autor fundamental en la evolución de las letras españolas de nuestro siglo, que sin él no seríamos lo que somos, y que con él tampoco seremos nunca los mismos.

RAFAEL CONTE
Madrid, mayo de 1996

AMOR
SE ESCRIBE SIN
HACHE

NOVELA CASI COSMOPOLITA

POR

ENRIQUE JARDIEL PONCELA

A LA MARAVILLOSA Y EXQUISITA «NEZ-EN-L'AIR», CUYO PERFUME PREDILECTO COMPRÉ MUCHAS VECES PARA PODER RECORDAR EN LA AUSENCIA SUS OJOS MELANCÓLICOS.

EN RECOMPENSA A CUANTO LA HICE SUFRIR; COMO RECUERDO DE LOS AÑOS FELICES EN QUE VIMOS AMANECER JUNTOS Y PARA QUE AL LEER ESTE LIBRO EN ALGUNA CIUDAD REMOTA, COMPRENDA QUE NO HE OLVIDADO MI PROMESA.

ENRIQUE.

1928

RUEGO AL LECTOR

Lector, lectora: algunos autores te ruegan que no prestes sus libros a nadie, porque, prestándolos, pones a tus amigos en condiciones de que no necesiten comprarlos, con lo cual el escritor sale perjudicado en sus intereses.

*Yo, que tengo los mismos intereses que los demás autores, te ruego todo lo contrario, esto es: que prestes en cuanto lo leas el presente libro.**

Como la persona a quien se lo dejes no te lo devolverá, tú te apresurarás a comprar otro ejemplar inmediatamtente.

También ese segundo ejemplar debes prestarlo y adquirir un tercero y prestarlo, y adquirir otro más y prestarlo también...

Con tal sistema, a pocos amigos que tengas a quienes acostumbres a prestar libros, yo haré un buen negocio y te quedaré agradecidísimo.

---

* NOTA DE LA SEGUNDA EDICIÓN.—*Los lectores han sido tan amables, a pesar de que aquí se les trataba de tú, que todos presentaron el libro a sus amistades, apresurándose a comprar otro ejemplar y* BIBLIOTECA NUEVA *se ha visto obligada a reeditar la novela. ¡Todo sea por Dios!*

NOTA DE LA TERCERA EDICIÓN.—*Nuevamente ha tenido que reeditar la novela* BIBLIOTECA NUEVA, *lo que prueba que los lectores han continuado siendo amables conmigo. Son gente encantadora.*

8.986 PALABRAS A MANERA DE PRÓLOGO

EXPLICACIÓN.–BIOGRAFÍA SINTÉTICA.–DESDE EL NACIMIENTO AL DÍA DE HOY.–RETRATO FÍSICO.–RETRATO MORAL.–OPINIONES, COSTUMBRES Y CREENCIAS.–EL AMOR Y LAS MUJERES.–MI HIJA EVANGELINA.–EL HUMORISMO.–POR QUÉ SE HA ESCRITO ESTE LIBRO.

Siempre es divertido hablar de uno mismo.

HEINE.

Después de escribir, en diez años de vida literaria, un millar largo de artículos y cuentos, veintiséis novelas cortas, sesenta y ocho comedias e infinidad de otros trabajos que no pueden clasificarse, os ofrezco, lectores, mi primera novela larga.

Permitidme que en el prólogo de ella os hable de mí, de mi vida y de mis ideas. Hoy todo el mundo habla de sí propio: hasta los cocheros de Pompas Fúnebres. Además, confío mucho en que este libro va a divertiros, y como son incontables las veces que yo mismo, al concluir de leer un libro que me divirtió, lamenté no conocer datos biográficos de su autor, y me pregunté intrigado: «¿cómo será? –¿estará soltero o casado?– ¿le gustará la carne asada o frita?», etcétera, etc., hago lo posible porque no os suceda a vosotros igual.

Acaso lo que cuente de mi vida no sea demasiado interesante, pero menos interés tiene la vida de Wifredo el Velloso, y anda impresa por las cinco partes del mundo.

Hablar de uno mismo es tan peligroso como agradable. Hay riesgo de caer en una vanidad estúpida, y hay riesgo de naufragar contra los escollos de la falsa modestia.

Por mi parte, he procurado salvar los dos riesgos a fuerza de sinceridad extremada. Sé de antemano que el prólogo va a resultar apasionadísimo, y no me importa. Es decir: lo prefiero. La serenidad de juicio, cosa que acabaré desgraciadamente por poseer, se la regalo con gusto, hoy por hoy, a los discípulos de aquella cámara frigorífica de la literatura, que se llamó don Juan Valera.

Acaso también resulte el prólogo un poco cínico. Es inevitable. Voy a decir verdades y la verdad sólo está separada del cinismo por un tabique de casa moderna.

Ciertamente que pude haber confiado a un literato de gran prestigio la tarea de daros detalle de mi existencia y mis ideas, y de este modo su pabellón cubriría mi mercancía, pero ese generalizado procedimiento me parece tan imbécil como el hecho de confiar a un amigo de palabra fácil la misión de declararse en nuestro nombre a la mujer que deseamos.

BIOGRAFÍA SINTÉTICA

Aquí tal vez viniesen bien 21 «alejandrinos» que garrapateé hace tiempo en el álbum de una de esas señoritas que coleccionan autógrafos de escritores, sin caer en la cuenta de que les sería más útil coleccionar autógrafos de cuentacorrentistas del Banco de España.

Los versos, que son una biografía sintética, se titulaban:

RETRATO AL PASTEL (DE HOJALDRE)

Y decían:

Nací armando el jaleo propio de esas escenas;
me bautizó la Iglesia con arreglo a sus ritos
y Aragón y Castilla circulan por mis venas
convertidos en rojo caldo de eritrocitos.
¿Cuál de las dos regiones pesa en mi corazón?
Es difícil hallar la clave del misterio...
Tal vez pesa Castilla cuando me pongo serio
y cuando estoy alegre, tal vez pesa Aragón.
A semejanza de otras diversas criaturas,
me eduqué en el temor del Dios de las Alturas;
pero perdí el temor –o la fe– que es lo mismo,
cuando, en años después, practiqué el alpinismo.
Escribo, porque nunca he encontrado un remedio
mejor que el escribir para ahuyentar el tedio,
y en las agudas crisis que jalonan mi vida
siempre empleé la pluma como un insecticida.
Fuera de las cuartillas, no sé de otro «nirvana».
No me importa la gloria, esa vil cortesana
que besa igual a todos: Lindbergh, «Charlot», Beethoven...
Y no he ahorrado nunca, pensando en el mañana,
porque estoy persuadido de que he de morir joven.

Pero dejemos la forma rimada...

DESDE EL NACIMIENTO AL DÍA DE HOY

Nací para satisfacción de mis padres, que deseaban un varón después de tres hembras consecutivas, de las cuales sólo viven dos, en Madrid, en la calle del Arco de Santa María (hoy Augusto Figueroa), la noche del 15 de Octubre de 1901. Nací bajo la advocación de Santa Teresa, a pesar de lo cual, escribo con amenidad aceptable. Cuento, pues, en el momento de ponerse a la venta este libro, veintisiete años*.

Mi vida infantil se desarrolló en un medio esencialmente artístico e intelectual, y en fuerza de convivir con la intelectualidad y con el arte, he aprendido a no concederles importancia. *(En ello me diferencio de tantos otros escritores que –«nuevos ricos» del arte y de la intelectualidad– no se hallan habituados a éstos y se inflan como neumáticos al verse sumergidos de pronto en tales conceptos.)*

Crecí, lo poco que he crecido, rodeado de libros, revistas, periódicos, cuadros y esculturas; vi trabajar las rotativas antes de ver trabajar los abrelatas; dominé la Mitología antes que la Historia Sagrada y tuve nociones de lo que era el socialismo antes de tener nociones de lo que era el fútbol**.

La sombra azulada de mi madre, muerta hace once años, se extendió sobre mi infancia inculcándome el buen gusto, la delicadeza y la melancolía.

A los cuatro años, Luis de Zulueta me cogía en brazos para enseñarme trozos del Romancero morisco, que él pronunciaba con un encantador acento de las Ramblas. *(Por lo cual, siempre creí que Mahoma se decía Mahomá.)*

A los siete, de la mano materna, recorría las salas del Museo del Prado y sabía distinguir de una ojeada a Rubens de Teniers y al Greco de Ribera. *(Esto me sirvió perfectamente para no entablar ahora pedantes discusiones sobre pintura, y para que me tengan sin cuidado unos y otros maestros.)*

Y del mismo modo que a los siete años recorría el Museo del Prado de la mano tierna y poética de mi madre, a los nueve asistía a las sesiones del Congreso de los Diputados, desde la tribuna de la Prensa, en uno de cuyos pupitres de primera fila llenaba cuartillas y cuartillas la mano vigorosa de mi padre. *(Presenciar entonces aque-*

* El autor se refiere a la fecha en que se puso a la venta la primera edición (Enero de 1929).

** Hoy la Historia Sagrada me parece más lógica que la Mitología, y el fútbol mucho más inteligente que el socialismo.

llas sesiones me ha valido para desconfiar de los hombres brillantes y para no creer en el talento de los oradores.)

Fui siempre un niño díscolo y desaplicado. Y en mi vida de escolar se yerguen dos odios indomables: las matemáticas y los paraguas; nunca pude soportar el uso del paraguas; nunca pude admitir el que la «suma de los ángulos de un triángulo sea igual a dos rectos». *(Y aun hoy, me resisto a admitirlo).* En cambio, constituía mi felicidad pegarme con los compañeros y faltar a clase. Sin embargo, como mi facultad comprensiva y retentiva era sólida, hice siempre buen papel y obtuve notas en todos los exámenes

Me eduqué en tres colegios: la Institución Libre de Enseñanza (de cuatro a siete años), la Sociedad Francesa (de siete a once) y los Padres Escolapios de San Antonio Abad (de once a dieciséis). *(La mezcla no pudo resultar más explosiva.)*

Del primer colegio guardo el recuerdo de varios profesores admirables: Zulueta, Ontañón, Blanco, Vaca, encauzados por el *abuelito**.

Del segundo colegio el recuerdo es más dulce... Allí me enamoré la primera vez. «Ella» tenía nueve años; yo, diez escasos. Era hija de un banquero judío, famoso en Madrid, pero juro solemnemente que «no iba por el dinero»... A los diez años, se desprecian el dinero y la Geodesia. Y en la actualidad, he perdido la pista de esa señorita...

Del tercer colegio, sólo dos buenos recuerdos conservo; el haber comenzado allí la literatura en cierto periodiquín que hacíamos los alumnos y el haber tropezado con cuatro sacerdotes elogiables: los escolapios, Modesto Barrio, Ricardo Seisdedos, Luis López y Luis Úbeda. El primero, era, además, un excelente orador sagrado y decía la misa tan de prisa que, al verle revestido, los muchachos dejábamos ir un suspiro de alivio. Yo le hubiera propuesto para la Cruz de Beneficencia. Pero como semejante cosa no estaba en mi mano, recurría a otra solución, me asomaba a la capilla; si decía la misa el Padre Modesto, entraba; si la decía otro, me largaba a dar un paseíto. *(La salud del cuerpo salía ganando mientras el alma se empozoñaba miserablemente ¡Ah! ¡Qué horror!).*

De los Padres Escolapios pasé al Instituto y a la Facultad de Filosofía y Letras. Promoví huelgas, arengué heroicamente a las *masas,* establecí «timbas» de *«bacarrá»* y *«siete y media»* apedreé tranvías, desarmé guardias, obligué a saludar a todos los cocheros que pasaban por la calle Ancha de San Bernardo, fui elegido presidente de cierto Comité de Huelga que logró el resonante éxito de que un curso las vacaciones de Navidad comenzasen en 17 de octubre... Era aquella una época en que los estudiantes no nos metíamos en política ni es-

---

* Giner de los Ríos. (Le llamábamos todos «el abuelito»).

tudiábamos; es decir: sabíamos ser estudiantes. Lo malo es que pasó demasiado pronto.

A continuación, comencé el periodismo.

Admiro desde entonces a esos periodistas mágicos, como José Luis Salado, que en un momento, con cuatro preguntas certeras, se enteran de todo y lo saben todo, pues mi *debut* como reportero fue un desastre.

Estaba en *La Acción*, aquel diario que creara y dirigiera Manuel Delgado Barreto y en el cual no trabajaba nadie más que el director. Una mañana me llamó Agustín Bonnat, que era redactor-jefe.

–Mira, Enrique –me dijo–. Un toro ha matado ayer, saltando la barrera de la Plaza de Madrid, a Regino Velasco, que presenciaba tranquilamente la corrida. Vete a la casa mortuoria y «haz» el entierro.

Fui a casa de Regino, el famosísimo impresor. Volví al periódico.

–¿Qué? –me preguntó Bonnat.

–Pues que el toro saltó la barrera y acometió a Regino, que presenciaba la corrida, matándolo.

–Pero eso ya lo sabíamos antes.

–Sí.

–¿Y no traes más noticias? ¿Por qué?

–Me ha parecido mal molestar a la familia, que tendrá un disgusto morrocotudo.

No volvieron a mandarme a ningún sitio.

Pasé a *La Correspondencia de España* a hacer una sección diaria, firmada. Esta distinción no me fue perdonada por el redactor-jefe y el caricaturista político, que eran dos señores amargadísimos. Me plantearon una guerra sin cuartel y me molestaron cuanto pudieron. Yo seguí adelante, confiando en mi estrella. Efectivamente, como ha sucedido con todos los hombres que se han declarado enemigos míos, los dos murieron al poco tiempo*.

Y *La Correspondencia de España*, también: por no ser menos.

Abandoné el periodismo para dedicarme por entero a la literatura.

La inicié escribiendo narraciones dramáticas, trágicas. Un asunto en el que no hubiese alguien que pasara por terribles pruebas, o que no me permitiese describir varias muertes o un suicidio o un asesinato, era vivamente rechazado por mí: tenía la obsesión del Depósito Judicial y las catástrofes me seducían. Luego, andando el tiempo, cuando he sentido el dolor de cerca, he ido despreciando los

* Desde que escribí estas líneas para la primera edición, la lista de enemigos muertos se ha aumentado con dos putrefactos más. El fenómeno ha llegado a ser tan indudable e infalible, que hoy tengo la certidumbre de que mi presencia en un campo de batalla bastaría para dejar las trincheras contrarias llenas de difuntos por «muerte natural». (Nota de la segunda y de la tercera edición).

motivos dramáticos hasta dar en el humorismo violento que cultivo desde hace años.

En 1922, recién fundado *Buen Humor,* «Sileno», uno de los hombres más espirituales que he conocido, me abrió de par en par las puertas de su revista.

La mayor parte de mi labor literaria está en los 400 números que se han publicado hasta el presente, y allí hubo siempre para mí tanta gentileza, tanto cariño y tanta benevolencia que ni en las breves épocas, en que abandoné aquella publicación, logré olvidarla en absoluto, y en realidad puede decirse que nunca la he abandonado del todo*.

En la infancia, mis primeras lecturas fueron alborotadas, incongruentes y diversas, lo cual siempre les acontece a los niños que aman los libros y que han nacido de padres inteligentes**. Dueño de varias grandes librerías repletas de volúmenes, leí al mismo tiempo a Dante que a Dickens, a Aristófanes que a Andersen, a Píndaro que a Amicis, a Ovidio que a Byron, a Swedenborg que a Ganivet, a Lope que a Dumas, a Chateaubriand que a Conan Doyle, que al ignorado autor de «Cocoliche y Tragavientos»... Debo declarar que entonces todos me emocionaban lo mismo, y ha sido preciso que los años pasasen para comprender –y para atreverme a decirlo– que el Tasso es insoportable y para preferir una página de Julio Verne traducida por un analfabeto a toda la *Ilíada,* recitada por Homero en persona. Esto, que alguien dirá que es una blasfemia, no tengo inconveniente en repetirlo por los micrófonos de Unión Radio (EAJ7).

En la actualidad, cada día leo con más cautela.

Reconozco que nos hallamos en otro siglo de oro de la literatura: hay en España cumbres portentosas.

Pero el autor actual que más me gusta sigue siendo Baltasar Gracián (1584-1658).

---

* Creo que es un deber inexcusable de gratitud dar aquí a la publicidad los nombres de las personas que me allanaron ese pedregoso camino que es siempre el principio de la vida literaria, facilitándome el acceso a los tres campos primordiales de la literatura: la Revista, el Teatro y el Libro.

El acceso a la Revista se lo debo, como ya queda dicho, al director de *Buen Humor,* don Pedro Antonio Villahermosa (el inadjetivable *Sileno*), puesto que fue desde *Buen Humor* de donde salté a las demás publicaciones.

La puerta del Teatro grande me la entreabrió Emilio Thuillier, al estrenarme en Lara, *Una noche de primavera sin sueño.*

Y el Libro, con sus contratos y su seguridad, lo he conquistado gracias a José Ruiz Castillo, director de esta Biblioteca Nueva presente.– (Nota de la segunda y de la tercera edición).

** Fenómeno que va siendo cada vez más raro.

Vivo solo por hartazgo de vivir acompañado y con el deseo de dejar pronto de estar solo, entre cuadros pintados por mi madre, muebles fabricados por mí y almohadones regalados por la más pequeña de mis hermanas*.

Gano mi dinero honradamente, con el trabajo de mi cerebro, lo cual es poco frecuente entre gente de pluma (literatos y avestruces). Me levanto y me acuesto tarde, pues no creo que Dios ayude al que madruga: ahí están las gallinas que, a pesar de que se levantan con el alba, envejecen poniendo huevos para que se los coman los demás y acaban muriendo en la cazuela.

Así seguiré viviendo hasta que comience a vivir de otra manera.

RETRATO FÍSICO

Si las mujeres dejasen de leer de pronto, todos los que nos ganamos la vida escribiendo tendríamos que emigrar al Níger. Quiero decir que el público literario en España está casi exclusivamente constituido por las mujeres. Y las mujeres, cuando se fijan en el trabajo de un escritor, se apresuran a imaginárselo a su gusto. Después, cuando conocen personalmente al escritor, vienen las desilusiones.

Para evitar esto en mi caso, es para lo que estampo el retrato físico, pues de los retratos que hacen los fotógrafos no puede uno fiarse nunca.

Soy feo, singularmente feo, feo elevado al cubo. Además, soy bajo: un metro sesenta de altura, como advertí en el prólogo de otro libro**. Y con esas dos primeras declaraciones, me supongo ya fuera del alcance de las lectoras apasionadas.

Soy delgado, de pelo negro, ojos oscuros, rostro afilado, orejas pequeñas, barba cerrada (*afeitada con* GILLETTE) y cuello planchado *(con brillo)*. Mis facciones, que se animan en la conversación, tienen, cuando no hablo, una expresión dura, tirando al enfado.

Mi esqueleto está proporcionado: doce grados menos proporcionado que «Apolo» y veinticinco grados más proporcionado que «Quasimodo».

Soy hábil para toda clase de trabajos manuales, incluido el trabajo de liar cigarrillos, aunque los compro siempre liados por la Abdulla. Co. Ltd.***. *(Me gusta el campo, el arroz, los huevos fritos, las*

---

* El autor se refiere siempre a la época en que se publicó la primera edición, enero de 1919.

** «Pirulís de la Habana».

*** Salvo en las épocas en que el *poker* me deja tan quebrantado que sólo me permite fumar cigarrillos canarios. (Nota de la segunda edición).

mujeres y el «bef-steack» con patatas). No pruebo el pescado desde hace ocho años; no bebo vino ni licores y mis órganos funcionan con la exactitud de un funicular.

Nunca he padecido enfermedades repugnantes, esas enfermedades deshonrosas de que los hombres suelen hacer gala. Mi salud es perfecta, como la «Casada», de Fray Luis *(que a mí no me parece perfecta).*

Disfruto de unos músculos resistentes, aunque no se nota a primera vista, y no hay esfuerzo físico que los haya humillado. Con la mano derecha sostengo 101 kilos; con la izquierda, 56, y con las dos manos sostuve mi casa cuando he tenido casa puesta. *(Salto, corro, ando, trepo y juego al ajedrez sin fatigarme. Me gusta subirme a la trasera de los automóviles y bajar de los tranvías en marcha, sobre todo cuando van «al nueve»).*

(He viajado a pie, en auto, en bicicleta, en sexticiclo, en ferrocarril, en trasatlántico, en avión, en locomotora y en lancha . He cruzado túneles a oscuras andando, y he soportado veinte minutos de acrobacias aéreas en un aeroplano militar de caza, mientras el cinturón salvavidas se me desabrochaba, y me obligaba a aferrarme con las dos manos al «baquet» para no dar un salto de 2.500 metros. En estas condiciones ejecutar volteretas en el aire, ver las nubes abajo y los campos, las casas y los árboles arriba, es bastante entretenido).*

Me siento capaz de ingerir hasta nueve cafés diarios sin que mi sueño se vea turbado por otra cosa que no sea la llegada del correo de las doce. Duermo con la tranquilidad de los justos y de las marmotas, y el sueño me produce dos efectos curiosos: me pone de mal humor y me ondula el pelo.

Físicamente, por lo dicho, no reúno condiciones bastantes para obtener un solo elogio de las personas entendidas en estética. *(Esto le sucede al 999 por mil de los hombres, con la diferencia de que yo lo reconozco y lo digo, y los demás abrigan la pretensión de creerse guapos y seductores. Y es que el hombre es el animal que más se parece al hombre.)* Sin embargo, y tal vez por mi escasa estatura, ejerzo una notable influencia de simpatía sobre las multitudes, lo que he podido comprobar siempre que de una manera u otra me he dirigido personalmente al público.

---

* Acrobacias que me propinó en Getafe el magnífico piloto, capitán José Bermúdez Reina. Un hombre encantador.

Con respecto al carácter, soy un sentimental y un romántico incorregible. Pertenezco, aun cuando tal declaración produzca cierta extrañeza, al grupo de los de

...la vieille boutique
romantique...

Naturalmente que, en el fondo, como todos los románticos y los sentimentales, soy un sensual, pues el romanticismo no es sino la aleación de la sensualidad con la idea de la muerte. Pero eso no quita para que adore las puestas de sol y las noches estrelladas; para que, instintivamente, busque la dulzura en la mujer; para que me guste besarle las manos y los hombros; para que al final de una sesión de amor le haya propuesto el suicidio a más de una; para que ciertas melodías me dejen triste; para que haya llorado sin saber por qué en brazos femeninos y para que haya hecho, en fin –y esté dispuesto a hacer todavía– muchas de las simplezas inherentes a los románticos y sentimentales.

No obstante, lo común es que me haga reír ver llorar a las mujeres. Y que me haga llorar ver reír a mi hija.

Me gusta tratar bien a los humildes y tratar mal a los que se hallan situados en la parte alta del *tobbogan* de la vida. Odio a los fatuos, y si las leyes no existieran, dedicaría las tardes de los domingos a asesinar a tiros de pistola a todos los fatuos que conozco. También asesinaría a los que ahuecan la voz para hablar. Y a los que hablan alto sin ahuecar la voz. Y a algunos que ni ahuecan la voz ni hablan alto. En resumen: asesinaría bastante gente.

Soy alegre; pero a veces me pongo muy triste y tengo «días grises», para combatir los cuales escribo versos, versos que rompo y no publico, porque opino que publicar y cobrar los versos sinceros, es tan sucio como comerciar con la belleza de la mujer que perfuma con sus cabellos nuestra almohada. *(Esos versos suelen ser malos, pero desde luego no tanto como los que se publican en las revistas ilustradas semanalmente.)*

Es decir: soy a ratos optimista y a ratos pesimista, como persona verdaderamente sensible, ya que la vida, en suma, no es más que un torbellino vertiginoso de reacciones.

Soy vanidoso. *(Todo el que crea es vanidoso, aunque lo creado sea un niño feo.)*. Soy bueno..., algo bueno..., un poco bueno... *(Nada más que un poco, porque no me gusta desentonar demasiado entre mis semejantes.)* Soy sincero, como lo observarán cuantos lean estas páginas. Sin embargo, en las cosas pequeñas, miento mucho; miento sin causa, miento por el placer de mentir.

Dentro de mi vanidad, disfruto de una gran modestia, y así los elogios, al tiempo que me agradan, me llenan de confusión y vergüenza. He tenido éxitos y ocasiones, por lo tanto, para que los amigos organizasen muchos banquetes en mi honor: jamás lo he tolerado y sólo consentí en aceptar el que nos ofreció *Heraldo de Madrid* para celebrar el viaje a Zaragoza por carretera, que llevé a cabo en el verano del 27, en unión del extraordinario caricaturista Sama y de Alberto de Tapia, dos amigos intrépidos que están siempre dispuestos a hacer cosas raras.

La opinión ajena me tiene perfectamente sin cuidado; lo que los demás murmuren de mí no me hará variar jamás de conducta. Pero cuando he sabido que una persona me difamaba, la he retirado el saludo de un modo automático. Con este sistema, que recomiendo, me he suprimido el trabajo de hablar con mucho imbécil. Por lo demás, nunca me ha asustado ponerme enfrente de los prejuicios sociales, sobre todo en mis épocas de lo que el «Larrañaga», de Pío Baroja, llama «tristanismo».

Tengo un alma que se apasiona por ráfagas, pero el Destino y las ráfagas de desapasionamiento no han permitido que mi corazón saciase nunca por completo su rabiosa sed de ternura.

Soy variable y mudable, como las nubes; lo que me alegra unas veces me entristece otras, y viceversa.

He vivido siempre a la ligera, sin preocuparme demasiado de los problemas que me salían al paso, y sin asustarme nunca de los conflictos que mi propia ligereza me creaba, porque siempre he creído que la existencia es un juego de azar y solo los perturbados se obstinan en regir el azar con las leyes del cálculo y del razonamiento.

La Naturaleza me ha concedido una enorme resistencia nerviosa y una fuerte presencia de ánimo para resolver esos momentos decisivos que la existencia nos prepara detrás del biombo de las circunstancias. Y por su parte, éstas se han recreado en brindarme «momentos decisivos».

OPINIONES, COSTUMBRES Y CREENCIAS

No tengo predilección por ningun color, como declaraban en las interviús los autores de siglo XIX, y puesto a elegir, elegiría el color *esfrucis**.

El hombre a quien más admiro, al que considero como el más im-

* No aparece en el Arco Iris, pero es precioso.

portante del mundo, en el pasado y en la actualidad, es Charlie Chaplín (Charlot), verdadero genio de todas las épocas*.

Me gusta charlar, porque la charla es uno de los placeres más arrobadores que nos legaron los griegos; pero procuro charlar poco con grandes artistas para no embrutecerme.

Los animales domésticos me atraen, como atraen las playas de moda.

El trato con uno de mis tíos, catedrático de Hebreo y de Lenguas Semíticas comparadas y Decano que fue de la Universidad Central, austero, investigador fiel, trabajador tan profundo como modesto, me fue muy útil para saber que *jardiel* en lengua hebrea significa *energía* y para no ignorar que la bondad, la austeridad, la modestia y el verdadero talento sólo conducen a la indiferencia y al olvido.

El trato con otro de mis tíos, alta dignidad de la Iglesia y cerebro excepcional, me dio a conocer muchas cosas, que me reservo, porque algo he de reservarme para excitar la curiosidad de mis lectores.

Detesto a las personas (escritores, filósofos o barrenderos) que denigran la época presente y la humanidad para exaltar otras épocas de la Historia. *(Todas las épocas de la Historia son iguales, aunque sean distintas. El hombre actual es tan bestia y tan perverso como el que oyó gruñir en el Parlamento a Pi y Margall o como el que vio entrar en Toledo a Alfonso VI o como el que dibujó* mamuths *en la cueva de Altamira. Y en cuanto a nuestra juventud futbolística no es mas ni menos estúpida que la juventud que bailaba en la Bombilla con el bongo puesto, o la que jugaba a la morra en los anfiteatros romanos).*

Respecto a la vida, encuentro que, a semejanza del Mississipí, es demasiado larga. Demasiado larga, porque basta volver la vista atrás para resumir cinco, seis, diez años en un solo instante de placer o de dolor; lo demás se ha esfumado, ha desaparecido, no existe; o –lo que es lo mismo– no necesitaba haber existido nunca. Y es también demasiado triste: tan triste que todo lo agradable de la vida tiende a hacer olvidar que se vive.

Políticamente pienso que los pueblos sólo se merecen un enérgico *mastigóforo* y, cuanto más enérgico, mejor.

Viajar me seduce. Con la sola presencia de un tren, me abraso en la impaciencia de irme a algún sitio. *(A veces, también me abraso con el cigarro.)*

Voy en rarísimas ocasiones al teatro, pues tengo interés en conservar el perfecto equilibrio de mis nervios, y ese equilibrio se me perturba a la vista de las sandeces abazofiadas que se representan.

* Y hoy, después de haber conocido a *Charlot* de cerca, me confirmo en mi opinión.

En cambio, voy bastante al cine, porque, como ya hemos quedado en que es un espectáculo inferior, las cosas buenas que veo en él me parecen superiorísimas.

En el trabajo soy constante, igual que «Macías, el enamorado». Rara vez se pone el sol sin que haya escrito algo. Escribo al mediodía y, a veces, también por la tarde y, a veces, también por la noche. Aborrezco los chistes sucios, esos chistes escatológicos, tan del grado de casi todo el mundo, y antes de utilizar ese resorte para divertir al público, vendería mi pluma en el Rastro. Trabajo siempre en los cafés, pues para trabajar, necesito ruido a mi alrededor, y en ese ruido me aíslo, como el pez en la pecera. Escribo con facilidad extrema, lo que no excluye el ansia de mejorar. Los tres actos de *Una noche de primavera sin sueño,* por ejemplo, los escribí en cinco días, siendo, como es, una de las comedias más considerables estrenadas en los últimos cincuenta años*.

No creo en la bondad integral de los humanos ni en la bondad integral de las píldoras Pink. *(Los hombres somos unos bichos tan despreciables, que era muy difícil crear otro bicho tan despreciable como nosotros, por lo cual, el Supremo Hacedor, con ser el Supremo Hacedor, tardó nada menos que siete días en crear a la mujer.)*

Respecto a los grandes problemas del *más allá*, tengo ahora ideas que no se parecen en nada a las que tuve en un principio. En la adolescencia y comienzo de la juventud, fui un gran espiritualista: hasta escribí un libro (malísimo)** *El plano astral,* y hoy, el espiritualismo me arranca bostezos de hora y cuarto. Entonces, la contemplación de un cadáver me hundía en profundas meditaciones, y me hacía preguntas, y me imaginaba respuestas, e incluso creía ver, en el vidrio entelado de aquellas pupilas, reflejos misteriosos de Regiones Inaccesibles. Hoy contemplo un cadáver y no se me ocurre decir más que:

–Está muerto.

Por las tardes, de ocho a ocho y media, *flaneo* por las calles céntricas de Madrid para convencerme de que la Puerta del Sol no se ha movido de su sitio y para poder seguir opinando que las piernas

* Lamento tener que decir yo eso, pero es verdad; y la verdad no debe ocultarse. Además, diciéndolo, no hago sino coincidir con algunos críticos. Uno de estos críticos se preguntaba recientemente por qué no escribía más comedias. La respuesta es fácil: porque hace tiempo que quiero escribir sólo comedias buenas y una comedia buena no se ocurre a menudo. Esos jovencitos que estrenan a troche y moche y que incluso pagan para lograrlo, son casos clarísimos de «raquitismo intelectual».

Raquitismo intelectual... Me parece una expresión poco fuerte. (Nota de la tercera edición.)

** ¿Ven ustedes cómo soy sincero?

de las mujeres son divinas. Me gusta pararme en los corrillos de los *sacamuelas* y de los vendedores ambulantes.

Almuerzo y como en *restaurants,* y con el tiempo, merced a este método, formaré en las filas de los hiperclorhídricos*.

No entiendo una palabra –ni una nota– de Música. Por ello, me gustan las melodías cursis, los himnos ramplones y los pasodobles ratoneros. *(El lector comprenderá en seguida que me seduce la música de Alonso.)* Por equivocación tarareo, mientras me visto, un bailable de «Fausto», aprendido de una caja de música inolvidable.

De la Filosofía opino que es la Física Recreativa del alma. Y lo que le pasó a aquel funesto bobo de Stendhal con el sistema de Kant, me ha pasado a mí con Hegel, con Pascal y con otros muchos.

No seré yo –¡oh, no!– el que estampe aquí numerosos elogios de los autores viejos, puesto que los autores viejos rarísimas veces estampan elogios de los autores jóvenes. Diré, eso sí, que la literatura dramática contemporánea está representada por los hermanos Álvarez Quintero cuya labor, españolísima y saturada de ingenio, es soberbia.

Y diré eso porque, en cierta interviú, los hermanos Álvarez Quintero declararon que yo escribía bien. *(Sociedad General de Bombos Mutuos. Capital, 200.000.000 de pesetas.)*

EL AMOR Y LAS MUJERES

En amor procedo exactamente igual que los demás hombres, y apenas si me diferencio de ellos en que siempre he huido de pronunciar palabras soeces.

Amor –lo que se puede llamar amor– no he tenido más que dos. Pasión –lo que se puede llamar pasión– no he tenido más que una. Las dos veces estuve a pique de casarme.

Primero amé a una muchacha encantadora, pero logré reaccionar al cabo de siete años, y hoy soy feliz pensando en que ella seguramente me habría hecho dichoso.

Luego amé a otra mujer, excepcional por su belleza deslumbrante, su inteligencia vivaz y su finura de espíritu. Me hizo tan feliz, que también estuve a punto de casarme. Por fortuna, me acordé a tiempo de que ella estaba ya casada, y mi boda no pudo arreglarse, con lo cual todo quedó arreglado. Esta mujer ha sido el *sol* de mi sistema solar; la anterior fue la *luna,* y las *estrellas* fueron, que yo recuerde:

---

* Insistimos en que el autor se refiere a la época en que se publicó la primera edición. *(Nota de la tercera edición).*

1.° *Una telefonista, con la que practiqué durante algún tiempo el «amour au grand'air» y que me llamaba catorce veces diarias al teléfono de un amigo (22-32, de Jordán); no sé cómo acabó aquello, creo que terminó el día en que a mi amigo se le estropeó el teléfono.*

2.° *Una señorita delgada, de enormes ojos negros, con la que trabé idilio un verano explicándole la significación de la palabra «menopausia»; esta señorita acabó casándose con un joven que tenía una moto «Harley» y una miopía doble.*

3.° *Una muchacha, tan extraña y tan interesante, que llegó a preocuparme, pero con quien sólo logré entrevistarme una vez (acaso esto me pareció interesante y extraño); de ella, además del recuerdo, guardo una liga que simula un «pierrot».*

4.° *Otra, con un lunar en el seno izquierdo, y que más tarde había de* LANZARSE AL FANGO, *como escriben esos zulús que hacen letras para tangos argentinos.*

5.° *Otra, que creía ser una neurasténica de vuelta de las cosas y era una ingenua; ponia un gran misterio en nuestras citas, y en una de ellas me propuso huir a Londres; cuando la dije que en Londres no se me había perdido nada, se enfadó y no volvió más; buen viaje.*

6.° *Una «chica de conjunto», que era redomadamente tonta y que ahora, cuando me ve por la calle, yendo con su novio, no me saluda siquiera; ¿y a mí qué?**.

Habrá quien piense, después de leer esto, que pretendo parecer un «tenorio»; nada más lejos de la verdad y de mi intención. Al contrario: poseído de mi insignificancia física, convencido de que para las mujeres no hay mérito mejor que tener piernas largas o la nariz grande, está por la primera vez que yo me haya dirigido a una de ellas. Y han sido ellas, *siempre y en todos los casos,* las que se han dirigido a mí. Por eso nunca he sentido el temor de que me engañasen con otro, pues aquello que hemos conquistado por el propio esfuerzo puede huir de nuestras manos, pero lo que ha venido a nuestro poder voluntariamente, no se va si nosotros no nos lo desprendemos con energía y decisión.

De todos mis amores he tenido que desprenderme por mí mismo, porque la monotonía y el cansancio hacían de mis nervios un xilo-

---

* En esta segunda edición se podría alargar más esa lista, quizá incluso con algún nuevo «sol» errante, pero el autor prefiere dejar la tarea a sus biógrafos, porque no es cosa de que se lo haga él todo... *(Nota de la segunda edición).*

Todavía se podría alargar más la lista en esta tercera edición con ejemplares bien curiosos por cierto. Pero es mejor, como ya dije en la segunda edición, dejarles semejante labor a los biógrafos, los cuales, si quieren datos, ya saben: Gonzalo de Córdoba, 4, a su disposición. *(Nota de la tercera edición).*

fón desafinado. Más tarde, cuando había perdido a aquellas mujeres, volvía a notarme atraído por ellas, pero entonces ya no tenía remedio. Sin embargo, al tropezar con alguna de las que amé, he oído siempre las mismas palabras: «nunca he olvidado lo feliz que fui contigo; tu manera de hablar, tu carácter, todo es distinto a lo de los demás». *(Lo cual nunca me ha envanecido, porque para ser «distinto de los demás» hace falta bien poco.)*

Decir *te quiero, amor mío* o cualquier otra cosa semejante, siempre me ha costado mucho trabajo. No sé a qué achacar esto, porque es preciso advertir que cuando he querido, he querido con toda el alma: o lo que es igual, he hecho sufrir de lo lindo a las predilectas de mi corazón. *(¿Sadismo? ¡A lo mejor!)*

No tengo preferencia por las rubias o por las morenas, pues ya dije otra vez que los tintes no me interesan lo más mínimo. Me gustan las mujeres muy hermosas, esbeltas y con una expresión altiva. *(¿Masoquismo? ¡Vaya usted a saber!)*

Soy fetichista, como todo sensual.

Sobre las mujeres tengo ideas que no se parecen en nada a las prístinas. En la adolescencia las mujeres me parecían hermosas, buenas y superiores al hombre. Hoy el hombre y la mujer me parecen igual de miserables. Hace años se me antojaba una monstruosidad el que la Iglesia hubiera vivido siglos enteros sin reconocer la existencia del alma femenina. En la actualidad, opino que la Iglesia tenía razón y que reconoció la existencia del alma en la mujer demasiado pronto.

He dicho que nunca me he dirigido a ninguna mujer, porque a la mujer, como al cocodrilo, hay que cazarla y la caza es un deporte que no me interesa; esforzarse por lograr una mujer me parece una pérdida de tiempo semejante a la de darle a comer a una ternera el contenido de una lata de sardinas en aceite. Don Juan Tenorio no era, a mi juicio, ni un caso clínico ni un héroe; era, sencillamente, un cretino sin ocupaciones importantes. La mujer que aspire a que la quiera, suponiendo que esa mujer exista, que no lo dudo, tiene que venir a buscarme, como vinieron las anteriores, pues en eso ya he dicho que estoy muy mal acostumbrado, y entonces ya veremos si nos entendemos. Además, con respecto a ellas, sostengo un criterio cerradísimo: o se acomodan a mí, a mis gustos, a mi carácter y a mis aficiones, o me hago un nudo en el corazón y las digo adiós con melancólica entereza.

Una mujer que no se acomoda a nosotros tiene menos valor que un lavafrutas, aunque sea Friné rediviva; porque la *mujer ideal,* que ilumina nuestra existencia y la simplifica y la allana es acreedora a todo; pero la *mujer real,* que nos la oscurece, y la complica, y la llena de obstáculos, únicamente merece que la tiremos por el hueco del ascensor. *(Creo que Larra ganó en prestigio muriéndose del pistoletazo que se disparó, pues al suicidarse por el desvío de una mujer, demostraba que su privilegiado cerebro había entrado en el período de la decadencia.)*

Sólo en un aspecto es la mujer inferior al hombre. En el aspecto de que, estando en la obligación de personificar la ternura, la paz, la comprensión, la dulzura, la paciencia; estando en el deber de alegrarle y facilitarle la vida al hombre, se esfuerza en hacer todo lo contrario. *(Y, a causa de esto, es digna de las censuras más agrias.)*

El hombre ofuscado y cegado por la belleza femenina, ha exaltado a la mujer, sin pararse a considerar su imperdonable conducta en la vida. Ha sido, pues, el hombre el principal culpable de que sea la mujer como es, y aun de estropearla todavía más; pues en fuerza de elogiarla, de considerarla como el eje del Mundo y de rendir su cerebro ante sus pantorrillas, ha obtenido el triste resultado de que cualquier estupidilla, sin otro bagaje que unos ojos bonitos, se crea superior a cuanto la rodea.

No soy un misógino: sin la compañía, sin la presencia de las mujeres no podría vivir; me gustan por encima de la salvación de mi alma. Lo que no hago, al menos por ahora, es entregarles el corazón, porque cada vez que lo entregué me rompieron un pedazo, y lo necesito entero para la metódica circulación de mi sangre. *(Las mujeres no nos rompen el corazón porque dejen de amarnos, pues difícilmente puede encontrarse un ser que desarrolle la fidelidad pétrea que desarrolla la mujer. Nos rompen el corazón mostrándosenos, de pronto, meridianamente distintas a como las creíamos.)* Mi conducta es, pues, con respecto a las mujeres igual a las de las amas de casa, que no dejan la vajilla buena en manos de la criada que acaba de llegar del pueblo, porque saben que se la descabalarían. Y en cambio, se la confían sin miedo a una doncella experimentada.

Acabaré este capitulín de las mujeres con dos observaciones intrascendentes:

PRIMERA: Como más me gustan las mujeres es desnudas.

SEGUNDA: Una vez desnudas, como más me gustan las mujeres es de espaldas.

MI HIJA EVANGELINA

He dicho ya que tengo una hija.

Esta hija, a la que adoro, como adoran a sus hijos todos los padres de Europa, América y Oceanía, y algunos de África, y algunos de Asia, y algunos de los Casquetes Polares, se llama Evangelina.

Cuando la llevé a bautizar, a nadie le extrañó que yo fuese soltero. Lo que sí extrañó mucho fue el que pretendiese que mi hija se llamase Evangelina.

–Eso no es nombre de santo.
–Me es lo mismo. Quiero que se llame así.
–No puede ser.
–Tiene que ser.
–No.
–Sí
–La pondremos otro nombre o se quedará sin bautizar.
–Póngala otro nombre. Para mí y para ella y para todo el mundo, se llamará Evangelina.

Y se llama Evangelina. Evangelina Jardiel Poncela.

Hoy* Evangelina cuenta un año escaso. Sólo el amor la engendró: por eso es linda, lista, alegre y sana. La ansié mucho antes de engendrarla y, antes de verla nacer, *ya sabía* que era una nena, pues siempre sospeché que lo que hay de delicado en mi sensibilidad, recibido de una mujer –mi madre– iría a parar a otra mujer: mi hija.

Ahora, mi pequeña no hace más que consumir biberones y papillas; no obstante, cuando por las tardes voy a verla a casa de su niñera, me tiende los brazos y juega incansablemente con mi estilográfica. *(Entonces pienso si heredará de mí el morbo literario y me dan ganas de dedicarme a la fabricación de pipas de ámbar para no transmitir el mismo morbo a los hijos que pueda tener en lo futuro.)*

Deseo la llegada del momento en que mi hija sea lo bastante crecida para pasearme con ella por el mundo, enseñándola a burlarse de todo bicho viviente. Mi mayor desdicha será verla enamorada de un imbécil, y como la providencia se esfuerza en hacernos beber los tragos que más aborrecemos, me asusta la idea de que aquello acabará, fatalmente, por suceder.

EL HUMORISMO

No caeré ahora –ni espero caer nunca– en la simpleza de definir el humorismo, costumbre muy de hoy, porque definir el humorismo es como pretender clavar por el ala una mariposa, utilizando de aguijón un poste del telégrafo.

Tampoco intentaré roturar el campo de lo humorístico porque todos los campos espirituales son infinitos e inconmensurables y no se sabe de ellos sino que limitan: al Norte, con la muerte; al Sur, con el nacimiento; al Este, con el razonamiento, y al Oeste, con la pasión.

El admirable Wenceslao Fernández Flórez, a quien tanto debe la exquisitez literaria española, y que con los proyectiles de sus obras hubo

* Verano de 1928.

un momento en que abrió un boquete en la ñoñería, en la pedantería y en la ridiculez antes dominantes, dijo en una interviú que sólo los que nacen en Galicia pueden ser humoristas. En un principio esto me aterró, pues ya he dicho que soy madrileño. «¡Dios mío! –gemía angustiado–, ¿por qué no me hiciste nacer en Galicia? ¿No comprendías con tu suprema sapiencia que haciéndome nacer en Castilla me chafabas para siempre el porvenir artístico?» Pensé que en realidad todos los humoristas españoles, desde Cervantes a Larra, pasando por Quevedo y por doscientos más, *todos* han nacido en Castilla, y la gran mayoría, como yo, en Madrid. No obstante fueron aquellos unos días dolorosos. Pero felizmente, me tranquilicé en seguida al recordar que mi ama de cría era gallega y entra, por tanto, en lo probable que al transmitirme el jugo de sus pechos, me transmitiera también la cantidad de galleguismo necesaria para ser humorista. Y desde entonces, vivo tranquilo*.

No definiré el humorismo, no. Pero sí diré que no todo el mundo entiende la literatura humorística. Lo cual es naturalísimo.

Particularmente la literatura humorística, además de servirme para una porción de cosas que no hace falta denunciar, me sirve para medir la inteligencia de las personas de un golpe y sin equivocarme en un solo caso.

Si oigo que me dicen:

«–¡Bueno, se les ocurren a ustedes unas gansadas tremendas!»

pienso: *éste es un cretino*.

Si me dicen:

«–Está bien esa clase de literatura, porque quita las penas.»

pienso: *éste es un hombre vulgar*.

Cuando me advierten:

«–Es un género admirable y lo encuentro de una dificultad extrema.»

entonces pienso: *éste es un hombre discreto*.

Y por fin, si alguien me declara:

«–Para mí el humorismo es el padre de todo, puesto que es la esencia concentrada de todo y porque el que hace humorismo piensa, sabe, observa y siente.»

entonces digo: *éste es un hombre inteligente***.

. . . .

Resumiendo la autobiografía: soy una persona feliz. No tengo fe

* Aquella noble mujer, cuyo paradero ignoro, se llamaba María Rosa Cortón, y era de Sarría (Lugo). Vaya una memoria ¿eh?

** Truco con el que se pretende conseguir que el lector elogie este libro... y a su autor...

en nada; pero soy feliz. No creo ni en el petróleo Gal; pero soy feliz. No soy rico ni pienso que lo seré nunca, pero soy feliz.

Igual me hace feliz ver cómo el sol inunda las calles con su luz inimitable que me hace feliz ponerme un traje recién planchado. El *mecanismo* de mi felicidad se plasma perfectamente en el pequeño bosquejo de vida que escribo a continuación:

Son las doce de la mañana. Salgo de casa. El calor del mediodía me acaricia la piel. Ensancho el pecho, respiro a gusto. Luego echo a andar calle abajo silbando una cancioncilla. Pasa un automóvil, le hago un regate. ¡Qué bien! Me encuentro agilísimo... Los árboles tienen un verde brillante. ¡Vivan los árboles verdes! Un perro olisquea la fachada de una casa. Lo llamo, le hago una caricia; el perro menea el rabo. Los perros... ¡Qué simpáticos son los perros! Más allá juegan unos niños. Nuevas caricias. Uno de los niños sonríe; el otro llora con furia. ¡Je! ¡Tienen gracia los chicos!, ¿eh? Sigo adelante cada vez más contento. Una muchacha guapísima avanza. ¡Dios! ¡Qué guapa es! Tendrá vacíos el corazón y el cerebro, como todas, claro; pero ¡qué guapa es! ¡Qué piernas las suyas! ¡Qué ojos! ¡Qué boca! ¡Vivan las mujeres lindas! Adelante... Llego a un café soledado y tranquilo. Extiendo las cuartillas. Me sirven el café. Tomo un sorbo. Está estupendo. Sabe a sidol, pero está estupendo. Enciendo un cigarro. ¡Ah! Fumar... ¡qué delicia! Debo de tener los pulmones hechos cisco, pero ¡qué delicia! ¡Ea! Al trabajo. ¡Venga, a ver... la estilográfica!... Y las cuartillas se van llenando, con el optimismo supremo de la tinta azul sobre el papel blanco y satinado.

¿No hay razones para ser feliz?

POR QUÉ SE HA ESCRITO ESTE LIBRO

Todos conocéis ese género literario erótico-novelesco, tan en boga. En la época en que comencé a practicar la compsilogía –o ciencia de afeitarse solo– comencé también a leer las llamadas novelas «de amor» o «psicológicas».

No me importa declarar que entonces esas novelas me gustaban. Tenía quince años, y también me gustaba beber cerveza, escribir cartas en verso a amadas imaginarias y ponerme cuello de pajarita.

En tales novelas leí y aprendí las siguientes cosas:

1.ª Que los hombres que enamoran a las mujeres son siempre altos, delgados, de pelo negro y ojos verdes, y se dedican a la literatura, a la pintura, a la escultura, a la aviación o a la tauromaquia.

2.ª Que todos, sin excepción, tienen puesto un piso de soltero en la calle de Ayala.

3.ª Que los hombres que no reúnen las condiciones citadas, se ven despreciados y engañados por las mujeres.

4.ª Que las citas de amor se verifican a las cinco de la tarde.

5.ª Que a las mujeres fatales *se las encuentra a bordo de los trasatlánticos y de los expresos, o en Londres o en Berlín o en Suiza o en la Costa Azul.*

6.ª Que cuando dos amantes distinguidos entran en un bar, piden siempre sendos cock-tails.

7.ª Que hay gentes que se mueren de amor.

8.ª Que existen amores eternos.

9.ª Que las mujeres de vida airada son unas santas, mientras que las aparentemente honradas son monstruos de perversión.

10.ª Que los hombres se dividen en dos grupos: buenos y malos.

11.ª Que el amor es lo más importante del mundo.

12.ª Que la gente elegante vive hastiada de la vida, es extravagante y toma cocaína, morfina y éter.

13.ª Que los cabarets *son antros de perdición.*

14.ª Que las mujeres cultas y exquisitas aman de un modo excepcional.

15.ª Que las muchachas solteras se dividen en inocentes y puras y pervertidas e impuras.

16.ª Que el acto de hacer el amor es muy poético.

Todo esto leí y aprendí en las novelas llamadas «de amor» o «psicológicas». Pero ha pasado el tiempo y la vida me ha enseñado estas otras cosas:

1.ª Que a las mujeres igual les enamoran los hombres altos que los bajos, que los de ojos verdes, que los de ojos saltones, que los escultores, que los peritos mercantiles, con tal de que tengan dinero para sostenerlas y energías para satisfacer su sensualidad.

2.ª Que no llegan a cinco los hombres que tienen puesto piso de soltero en la calle de Ayala.

3.ª Que las mujeres, cuando desprecian o cuando engañan, lo hacen sin saber por qué, pues razonan rarísimas veces.

4.ª Que las citas de amor, como los relojeros, no tienen hora fija.

5.ª Que a las mujeres fatales se las encuentra hasta en el consommé.

6.ª Que el cock-tail *no lo piden más que cuatro cursis a los que no les gusta.*

7.ª Que nadie se muere de amor, sino de la grippe.

8.ª Que no hay un solo amor eterno.

9.ª Que todas las mujeres son iguales, salvo las diferencias de nombre, de físico, de cédula y de cutis.

10.ª Que los hombres no se dividen en grupos, sino en piaras.

11.ª Que el amor no tiene la importancia que se le da.

12.ª Que sólo toman estupefacientes las personas que no han digerido las novelas de amor *precitadas.*

13.ª Que en los cabarets *no se pervierte ni se divierte nadie.*

14.ª Que no hay mujer que no ame de un modo vulgarísimo.

15.ª Que las muchachas solteras no son susceptibles de división ninguna, porque forman una sola falange de hambrientas de la carne, *unas que saben lo que les ocurre y otras que no aciertan a explicárselo.*

16.ª Que el acto de hacerse el amor ha sido, es y será una suciedad tan lamentable como tranquilizadora.

La diferencia existente entre lo que aprendí en las novelas de amor y lo que he aprendido viviendo, me prueba que esas novelas inculcan falsas y absurdas ideas en los cerebros juveniles.

He creído necesario y loable deshacer esas falsas ideas, que pueden emponzoñar los claros manantiales de la juventud y he decidido poner a los jóvenes de España y América cara a cara con la sinceridad.

Para ello he escrito AMOR SE ESCRIBE SIN HACHE, pues pienso que las novelas «de amor» *en serio* sólo pueden combatirse con novelas «de amor» *en broma*. Exactamente igual hizo Cervantes con los libros de Caballerías, sin que esto sea osar compararme con Cervantes, pues entre él y yo existen notables diferencias; por ejemplo: yo no estuve en la batalla de Lepanto.

Hay que reírse de las novelas «de amor» al uso.

Riámonos.

Lancemos una carcajada de 400 cuartillas.

FIN DEL PRÓLOGO

APÉNDICE BREVE.–Ahí acaba el prólogo, pues por el momento me he cansado de hablar en primera persona.

Cuanto ha quedado escrito en él, es verdad.

Sin embargo, aconsejo a mis lectores que no hagan demasiado caso de todo lo dicho. Les conviene pensar en que la *verdad no es nunca absoluta*. Todo puede ser verdad, pero todo puede no serlo...

Y entre una verdad positiva y una verdad negativa, hay una infinidad de otras pequeñas verdades, que no son rotundamente negativas ni positivas. Es lo que los matemáticos –esos seres inexactos– llaman el *ultracontinuo*. (Esto no es nuevo, pero hay mucha gente que lo ignora.)

NOTA IMPORTANTE.–La cita de Heine con que he encabezado el prólogo, no la escribió nunca Heine. La he escrito yo, y he puesto debajo el nombre de Heine como podía haber puesto el de Landrú.

ENRIQUE JARDIEL PONCELA

(Se escribió este prólogo bajo una tienda de campana instalada en las cumbres de la Fuenfría (Guadarrama), y en agosto de 1928.)

LIBRO PRIMERO

TERCETO

EL MARIDO, LA MUJER Y EL AMANTE

LIBRO PRIMERO

PRIMER CAPÍTULO

LA VIDA EXTRAORDINARIA QUE SE VE OBLIGADA A LLEVAR UNA PROTAGONISTA DE NOVELA PARA NO DEJAR DE SERLO

TOILETTE

–¿Doy «polissoir»?

–No. Dé barniz, Elisa.

–¿Doy barniz?

–No, Fernández. Dé usted «polissoir».

–¿Masaje en los hombros y en el rostro?

–Sólo en la cara, Asunción.

–¿El pelo, «garçon» o «boule»?

–«Boule», como siempre, monsieur Robert.

–¿La señora se arregla hoy también la nuca?

–Únicamente las axilas, Guzmán.

–¿Le pongo a la señora en los ojos «kohol» o antimonio o «humo de sándalo» o «rimmel»?

–Ponme parafina, Juanita. Al sonreír se me hacen unos pliegues odiosos.

–¿Qué va a fumar la señora? *¿Abdulla? ¿Capstan? ¿Ombos? ¿Turkish Teofanil? ¿Selectos de Oriente? ¿London Idol? ¿El Fayum, de Batschari? ¿Egipcios Luxor? ¿Colombos aristocráticos? ¿Rose of Stamboul? ¿Miss Blanche? ¿Nadir? ¿O Cavalla?*

–Dame un *Tanagra Laurens,* Marianito.

Y añadió:

–Acércame el atril y pon en él, para que pueda leerlo, aquel libro que hay allí.

–¿Cuál, señora? ¿El titulado: *Enloqueció por un violinista?*

–No. Ese otro, que se titula. *Las enfermedades de la piel en el Cáucaso.*

Marianito, el «botones», obedeció. Colocó el libro en el atril y llevó éste al lado de Lady Silvia. Y Lady Sylvia Brums de Arencibia lanzó al techo unos chorritos del humo azul-grisáceo en que se consumía el cigarrillo *Tanagra Laurens* y se engolfó en la lectura del tercer capítulo de *Las enfermedades de la piel en el Cáucaso.*

Entretanto, seis personas la rodeaban practicándole las siguientes operaciones:

La manicura Elisa le perfeccionaba las uñas de las manos.

El pedicuro Fernández le embellecía las uñas de los pies.

La masajista Asunción le pellizcaba el rostro.

El peluquero monsieur Robert se ocupaba de sus cabellos.

El electromecánico Guzmán le depilaba las axilas.

La doncella Juanita le estropeaba los ojos.

Lady Sylvia Brums de Arencibia, solicitada por aquellas doce manos, se había visto obligada a echarse en una otomana y a adoptar la postura de los condenados al suplicio llamado de la escalera*.

Todas las mañanas, desde hacía unos años, aquellas operaciones se repetían y sólo cambiaba los nombres de las personas que manoseaban a lady Sylvia. El peluquero «monsieur Robert», había sido antes «míster Mac Everny», y antes, otro, que era alemán y mucho antes otro, que era bizco. E igual ocurrió con la masajista, con el pedicuro, etc. La única que no variaba lo más mínimo, era la propia lady Silvia Brums.

Nacida en el histórico castillo de los Brums, en Mersck, pueblecito del condado de Hardifax (pueblo, castillo y condado serían preciosos, probablemente, si existieran en el mundo), Sylvia había vivido rodeada de lujo y de orquídeas.

A los siete años perdió a su madre. Aquella elegante dama se fue una mañana a Londres a presidir una función a beneficio de los «niños ingleses criados con biberón», y no volvió más. Al pronto se pensó en un crimen. Y puede que lord Brums –padre de Sylvia y esposo de la desaparecida hubiera hecho movilizar a los agentes de Scotland Yard, si no hubiese sido, porque, a los dos días de desaparecer, lady Brums envió a su marido la siguiente carta:

---

* Este tormento, usado mucho por los inquisidores españoles, consistía en tumbar al reo en un potro en forma de canal, sin tabla por debajo y en el cual la cabeza quedaba más baja que los pies. En esa postura se obligaba al condenado a beber agua sin descanso proyectándosela en la garganta con un embudo. Otras veces, en lugar de echarle agua al reo, se le leían libros originales de don José María de Pereda, el gran escritor montañés. ¡Cuánta crueldad!

«Me largo a América con mi amante, porque estoy ya hasta la coronilla de ti y de tus ascendientes. Te deseo un buen reúma. Alicia.»

Lord Brums fue a llorar, pero no le dio tiempo: el odio hacia su mujer nació de súbito en el ventrículo derecho de su corazón y pronto ocupó toda la víscera.

Un mes más tarde descubría el estado de su ánimo a sir Ranulfo Macaulay, amigo de la infancia, en un descanso entre dos partidas de *golf*.

–Querido Ranulfo: la fuga de mi mujer me llena de odio hacia ella.

–¡Bah! Considera, Patricio –repuso Macaulay para quien no tenía nada importancia, fuera de sus minas de hulla–. Considera, Patricio, que tú eres veinte años más viejo que tu mujer; estás en la época en que comienza a preferirse un buen *grog* a una noche de pasión. Y las mujeres, querido amigo, no entienden otra música que la ejecutada con las trompas de Falopio.

No; si mi odio hacia ella no está motivado porque se haya fugado con su amante.

–Pues ¿por qué?

–Porque en su carta me desea un buen reúma, y hoy, al levantarme, ya he sentido los primeros dolores, Ranulfo.

Macaulay le aconsejó que se armase de paciencia y que mandara comprar salicilatos.

Pero lord Brums no tenía cura, y de allí en adelante pasó el resto de su existencia con las piernas rígidas, apoyadas en un butacón.

Y como los deportes lo enloquecían, diose a cultivar el ejercicio del remo, único para el cual no necesitaba mover las piernas. Pasaba largas horas acuchillando las aguas de un lago próximo al castillo con la aguda proa de un esquife.

Un día, en cierto brusco movimiento, el esquife dio media vuelta y sir Patricio cayó al lago. Sabía nadar y era hombre sereno, así es que, al encontrarse en el agua, sacó su pipa y pretendió llenarla de tabaco, pensando que alcanzaría la orilla nadando únicamente con las piernas.

Por desgracia, había olvidado que el reúma tenía sus piernas inmovilizadas.

Y lord Brums se quedó en el fondo del lago hasta que lo sacaron once días después, envuelto en líquenes y mucho más muerto de lo que le conviene a un hombre que tiene cierto interés en seguir viviendo.

SYLVIA Y LA BODA

El ochenta y cinco por ciento de las muchachas cuyo padre está reumático e inmóvil en un butacón, adquieren el carácter disoluto de las cortesanas. Y si la acción se desarrolla en Inglaterra, en lugar del ochenta y cinco por ciento, resulta el noventa y hasta el noventa y cuatro. Y si la acción se desarrolla en Nápoles, entonces es el ciento nueve por ciento.

Sylvia no quiso ser esa excepción que confirma la regla, y al convencerse de que lord Brums no podía seguirla en sus evoluciones alrededor del amor, se convirtió en una Mesalina que decía *stop, thank you, good morning, y trade mark*.

Las primeras pulsaciones de pasión coincidieron en Sylvia con la llegada de la primavera, que en el condado de Hardifax es tumultuosa y algo menos húmeda que un impermeable. El parque que rodeaba el castillo de los Brums se vestía de frac y en las solapas de sus macizos estallaban los tulipanes, los rododendros y las rosas de Escocia. Y por encima de todos los olores campestres, sobresalía el de las marlefas*.

¿Fue aquel perfume lo que aturdió a Sylvia privándola del raciocinio? ¿O lo que la privó del raciocinio fue el deseo de lucir su camisa, color pervinca? No es fácil determinarlo. Pero lady Brums cayó de un modo vulgar con el jardinero del castillo, un mozo que se llamaba modestamente Jim y que se pasaba el día construyendo silbatos con trocitos de ramas de álamo y una navajita de Birmingham (El Albacete del Reino Unido.)

La escena había sido rápida. Sylvia sorprendió a Jim fabricando un silbato, se echó en sus brazos y le dijo en inglés:

–Te amo.

Jim la abrazó, correspondió durante seis minutos al amor de Sylvia, la saludó con una inclinación de cabeza, recogió del suelo su navajita y su ramita de álamo y se alejó, trabajando de nuevo en el silbato y tarareando un aire irlandés.

Sucesivamente Sylvia amó a toda la servidumbre que se afeitaba y vivía en el castillo.

Y la noche en que se cumplía el novenario del entierro de lord Brums, sir Ranulfo Macaulay ofreció su brazo a Sylvia, la llevó al «hall» del castillo y le habló así:

–Sylvia: eres ya una mujer...

–Lo sé –replicó ella, que aborrecía los prólogos inútiles.

–Y yo, Sylvia soy un hombre...

–Lo sospeché al momento, sir Ranulfo.

–Pues bien, Sylvia; cuando un hombre y una mujer se han encontrado solos como nosotros, se han casado. Esto viene ocurriendo desde el tiempo de Adán.

–Adán y Eva no se casaron, sir.

---

* Planta de la familia de las tuberosas, cuñada del lirio, cuyas flores se suelen arrancar tirando del tallo.

–Por eso su pecado fue original. Pero tú y yo, que somos más vulgares, debemos casarnos. Tengo el honor de poner a tus pies mis cuatro minas de hulla, Sylvia.

Lady Brums reflexionó unos instantes, muy pocos, para no malgastar su cerebro. Luego se acercó a sir Ranulfo y le habló al oído largamente. Sir Ranulfo retrocedió lleno de asombro.

–¿Es posible? –dijo–. ¿Y quién ha sido él?

–Primero, Jim–repuso Sylvia–. Luego, Jack, después, John, más tarde, Harry, Fred, Tom, Doug...

–¡San Jorge! –exclamó sir Ranulfo cayendo en un sillón que había pertenecido al duque de Buckingham.

–He creído necesario decíroslo para que os convenzáis, sir Ranulfo, de que la que va a ser vuestra esposa tiene un alma sincera.

–Gracias, hija mía... Déjame que me recobre... El golpe ha sido tan inesperado...

–Pero pensad que lo inesperado siempre es gracioso, sir.

Sir Ranulfo Macaulay calló, aparentando no haber oído la última reflexión de Sylvia. Luego, como si hablase consigo mismo, murmuró:

–Sin embargo... Sin embargo...

Por fin se alzó resueltamente del sillón, se paseó por la estancia, acarició con gesto maquinal una reproducción en bronce de la Venus Calipygea, que se aburría en uno de los rincones, y se dirigió a Sylvia.

–Yo me casaría contigo de buena gana, pero después de lo que me has confesado, nuestra boda me parece un negocio un poco sucio...

Sylvia se estremeció; luego se irguió exclamando:

–¿Y puede desdeñar un negocio sucio el hombre que tiene cuatro minas de carbón?

Un silencio imponente, y al cabo, sir Ranulfo Macaulay avanzó con grave solemnidad.

–¡Basta! –dijo–. Nos casaremos a primeros de mes.

Y el día 5 de junio se casaron.

DOS LITERAS EN EL EXPRESO

Sylvia tenía entonces dieciocho años; Macaulay tenía setenta y tres. Él se hallaba agotado por la edad y por los disgustos que le producían sus cuatro minas, y ella disfrutaba de un temperamento ígneo entrenado en el largo ejercicio de nueve amantes diferentes.

Sin embargo, Sylvia no engañó a sir Ranulfo Macaulay.

Porque sir Ranulfo Macaulay murió el día mismo de la boda.

Una aplastante angina de pecho sobrevenida al final del almuerzo de esponsales obró el milagro de que Sylvia Brums fuese, en aquel memorable martes 5 de Junio, las siguientes cosas:

A. *De ocho de la manana a doce del día,* SOLTERA
B. *De doce del día a dos y media de la tarde,* CASADA
C. *De dos y media de la tarde en adelante,* VIUDA.

Al llegar la muerte, sir Ranulfo Macaulay había inclinado ante ella la testa, no obstante lo cual murió sin testar, y Sylvia, a quien el tránsito de lord Brums había dejado heredera de un capital de doscientas mil libras, vio cómo se acumulaba a su fortuna la fortuna de su fugaz marido.

(Las fortunas se forman por acumulación de valores.)

(Las tertulias literarias y los montones de piedras se forman por acumulación de adoquines.)

Sylvia lloró a Macaulay durante diez minutos. Después se encerró con el administrador de su marido e indagó la cifra a que ascendían los bienes de sir Ranulfo. Resultó de la investigación que los castillos que el difunto poseía en Rostgow y en Larcatles valían ochenta mil libras. Al saberlo, Sylvia salió del despacho, lloró otros diez minutos a Macaulay y volvió a entrar en la estancia. Entonces se enteró de que las minas de hulla darían, al ser negociadas, de trescientas a trescientas veinticinco mil libras y Sylvia lloró al muerto diez minutos más. Por último, el administrador puso en conocimiento de la viuda que el dinero en metálico que dejaba sir Ranulfo se aproximaba a sesenta mil libras y ochenta peniques. Con lo cual, Sylvia se apresuró a añadir otros diez minutos a los ya llorados.

El administrador hizo los cálculos finales rápidamente:

CONCEPTOS	LIBRAS
Valor de los castillos de Rostgow y Larcatles, incluidos tapicería, moblaje, obras de arte, garajes, cuadras, cocheras, campos de deportes y roedores instalados en las cuevas	**—** **80.000,00**
Valor de las minas de hulla «La Repleta», «La Profunda», «La Pródiga», y «La Vertical»	**325.000,00**
En metálico; dejado por sir Ranulfo al morir por imposibilidad de llevárselo al otro mundo ...	**60.000,80**
TOTAL APABULLANTE	**465.000,80**

Lady Sylvia Brums había llorado cuarenta minutos justos, de suerte que –según cuenta aproximada del administrador– resultaron unas once mil quinientas ochenta y cinco libras y dos peniques por cada minuto de llanto. Lo que no habría sido capaz de llorar ninguna viuda que no fuese ella.

–Así, pues... ¿estoy rica? –le dijo Sylvia al administrador.

–¡Lady Sylvia está riquísima! –repuso él de un modo que hubiera resultado equívoco en España.

–Y ya... ¿lo puedo todo?

–*Yes!* La fuerza que le dan sus dos herencias, lady Sylvia, es ilimitada. Todos los deseos de lady Sylvia pueden ser satisfechos. ¿Desea algo lady Sylvia?

–Sí, William. Deseo que tomes billete en el expreso de Londres para la noche. Tú me acompañarás en el viaje; iremos absolutamente solos. Reserva un único departamento. Yo ocuparé la litera de arriba y tú la de abajo.

Y añadió jugueteando con una ramita de muérdago:

–Cuando estemos en el tren y me haya acostado ya, procura subir a mi litera, que tengo que darte a esa hora un recado importante.

(Al administrador del difunto sir Ranulfo se le cayó al suelo una cartera de piel negra, llena de documentos que llevaba siempre bajo el brazo.)

. . . .

Y al llegar a Londres, lo que William Hebert llevaba bajo el brazo no era la cartera de piel negra llena de documentos, sino un perro de piel blanca lleno de pulgas. Lo habían encontrado perdido en el andén de la estación y Sylvia se propuso prohijarlo.

(Cuando veáis que un hombre va con un perro bajo el brazo detrás de una mujer, y al parecer contento, no vaciléis en determinar la relación que tiene con ella: o es su criado o es su amante o no es ninguna de las dos cosas.)

. . . .

Recorrieron juntos toda Europa. Lo que se dice un hermoso idilio; pero William, el antiguo administrador, que seguía llevando el perro bajo el brazo, sentía en lo hondo de su alma que, para ser feliz, debía decidirse por cualquiera de estas seis resoluciones:

I.–Tirar el perro al paso de un tren.
II.–Comérselo.
III.–Regañar con Sylvia.
IV.–Tirarla al paso de otro tren (o del mismo).
V.–Comérsela.
VI.–Casarse con ella.

Y lo que decidió fue casarse... ¡¡¡Claro!!!

Cuando se lo propuso, Sylvia le preguntó:

–¿Y eso por qué?

–Porque me canso de llevar el perro bajo el brazo, Sylvia.

–Sin embargo, desde que le bañaron, pesa mucho menos.

–Es cierto, pero no basta. Necesito ser tu marido para tener el derecho de colgar a este encantador animalito de una viga.

–¡Ah!

Y con el sencillo monosílabo, Sylvia consintió en aquella nueva boda.

Así que la vida matrimonial se normalizó, William Hebert se dio el gusto de tirar al mar el perrito que le había esclavizado tanto tiempo, pero fue esa su única satisfacción de casado. Porque no tardó en darse cuenta de que en Sylvia se había operado un fenómeno frecuente: ella, que en la comunidad de una unión ilegal le había sido fiel, porque nadie le imponía la obligación de serlo, no bien se encontró casada y consciente de que mantenerse fiel a William era su deber, comenzó a engañarlo.

Los disgustos habrían sido terribles si William hubiese tenido el pelo negro, porque amaba extraordinariamente a Sylvia. Pero William era albino y a los hombres albinos les falta carácter para imponerse a las mujeres y para aprender a montar en bicicleta. De modo que, al enterarse de una nueva infidelidad de su esposa, William hacía lo que hacen los niños cuando les peinan: lloraba.

Y mientras se mojaba de llanto la corbata, una cruel lucha se entablaba dentro de su corazón.

El matrimonio se había instalado en Madrid, porque Sylvia amaba ahora a un español y los negocios del nuevo amante requerían la presencia de éste en la ciudad del cielo azul y del servicio de gas deficiente.

No tardó William en enterarse del extravío de turno. Volvió a mojar de llanto su corbata y a luchar valerosamente contra la desdicha. Pero sus fuerzas de resistencia iban batiéndose en fuga.

Y persuadido de que llevar a Sylvia al buen camino era tan difícil como conducir a pie quince gatos por carretera, se encerró en su alcoba y se practicó una operación delicada.

Al día siguiente, Sylvia ponía de su puño y letra los nombres de las amistades más íntimas en unos sobres que encerraban este lindo prospecto:

†

ROGAD A DIOS POR EL ALMA DE

WILLIAM HEBERT HANDCKERCHIF[58]

QUE FALLECIÓ, VÍCTIMA DE UN ACCIDENTE DOMÉSTICO,

EL DIA 16 DE ENERO DE 1921

A LOS 35 AÑOS DE EDAD

R. I. P.

Lo de «accidente doméstico» era un delicioso eufemismo con el cual se intentaba ocultar a la sociedad mundial que William Hebert se había comido cuarto de kilo de cianuro potásico.

. . . .

Paco Arencibia –el amante español, causa indirecta de aquel hecho– también recibió la consiguiente esquela. Y su único comentario hacia Hebert fue éste:

–¡Qué estúpido!

Comentario que volvió a repetir ocho días después delante de Sylvia, que había ido a visitarle con el cuerpo envuelto en negro y las pestañas rebozadas de *pasta.*

–¿Por qué le llamas estúpido? ¿Porque se ha muerto?

–No. Porque se ha matado.

–Veo que opinas igual que el forense...

Arencibia contestó tecleando en su pianola un cuplé.

–¿Es que tú no te matarías si estando casado conmigo te engañase? –indagó Sylvia.

Paco Arencibia lanzó una carcajada que había de durar 620 segundos.

–¡Matarme yo! –exclamó levantando los brazos al techo como si quisiera agarrarse a la lámpara–. ¡Matarme!

Y emitió otra carcajada de media hora de duración.

Sylvia Brums, herida en la vanidad –único impulso, único fin, único sentimiento, único ídolo, único dios de las mujeres– se revolvió iracunda.

–¡No serías capaz de hacer la prueba! –le gritó.

Silencio.

Arencibia, súbitamente serio, avanzó paso a paso hacia su amante. La cogió por un brazo.

–Oye –le dijo–. No nos casamos mañana, porque la ley no lo permite. Pero el día 25 de Noviembre, o sea dentro de diez meses, firmaremos juntos el acta matrimonial.

Ambos vieron desfilar aquellos trescientos días en una actitud febril; sentían una impaciencia loca, una verdadera sed de que el tiempo pasase. Y el tiempo pasó al fin; todo acaba por pasar en el mundo: hasta las procesiones de Semana Santa.

Se casaron, y el mismo día del enlace, por la tarde, Sylvia llegó de la calle y, sin despojarse del abrigo ni del sombrero, entró en el despacho de Paco. Llevaba en la mano una fotografía.

–Mira –habló tirando la fotografía encima de la mesa–, éste es el retrato del que acaba de ser mi amante.

Arencibia se caló el monóculo y examinó el retrato.

–¡Es un guapo muchacho! –alabó–. Mi enhorabuena.

Y agregó en seguida:
–¿Quieres dar orden de que nos sirvan? Tengo un hambre terrible.

. . . .

Ya, en los seis años de matrimonio con Sylvia, Paco Arencibia había conocido a un número de amantes de su mujer absolutamente inverosímil. Su actitud continuaba siendo la misma que la del día de la boda. Al enterarse de cada nuevo resbalón de lady Brums, daba su opinión personal del interfecto y felicitaba calurosamente a su esposa.

Porque Paco Arencibia, con sus treinta y ocho años elegantísimos, su distinción, su cabello canoso y su boca fruncida hacia el lado izquierdo, tenía teorías particulares sobre el amor, las mujeres, la fidelidad, la muerte, la vida, el honor, los viajes en automóvil, etc., etc.

Hasta que cierta tarde, en el Casino, sorprendió, al entrar en uno de los salones, una conversación que sostenían acerca de él varios socios.

Comentaban las veleidades (¡qué bonito! veleidades...) de lady Sylvia y afirmaban que «el pobre Arencibia estaba ciego».

Arencibia se dirigió a ellos, les saludó y ordenó a un criado que pidiese en la biblioteca del Casino el volumen señalado en catálogo con el número 3.227 y que se lo trajera.

El criado volvió al rato con el libro; era una «edición-miniatura» de *Don Quijote de la Mancha,* esa gloriosa novela que elogia todo el mundo, pero que nadie ha leído.

Y Arencibia cogió el tomo, lo abrió y, arrellenándose en la butaca, comenzó:

«–En un lugar de la Mancha, de cuyo nombre no quiero acordarme, vivía un hidalgo de los de adarga...»

Al acabar la lectura del primer capítulo, se encaró con los amigos murmuradores.

–He leído este capítulo, porque perteneciendo a una «edición-miniatura» demuestra no sólo que yo no estoy ciego, sino que mi vista es excepcional.

Los amigos, que eran cobardes, como el resto de los habitantes de Europa, Asia, África, América y Oceanía, se quedaron lívidos. Arencibia siguió:

–No estoy ciego. Veo perfectamente. Ignoro el número exacto de amantes que ha tenido mi mujer, por la misma razón que ignoro el número exacto de estrellas que forman el sistema solar o el número de granos de arena que encierra el desierto del Sahara o el número de tartamudos que estudian Medicina. Resumiendo: lo que yo no veo es porque no quiero mirarlo. Pero ya que existen cretinos que se ocupan de mis asuntos particulares, voy a tomar una medida con la cual probaré a todo bicho viviente que no estoy ciego. Buenas tardes.

Y Arencibia se levantó y se fue del Casino.

La medida anunciada consistió en dirigirse a una imprenta donde encargó la impresión de cien mil circulares, que decían así:

H. FRANCISCO ARENCIBIA
PASEO DE LA CASTELLANA, 90 (HOTEL)
MADRID

Sr. D...

Muy distinguido señor mío: Habiendo tenido noticia de que es usted el actual amante de mi esposa, lady Sylvia Brums Carter, y suponiendo que usted ignora que a mí me tiene sin cuidado el que usted le diga «amor mío», «mi cielo» u otra cualquiera de esas simplezas tan frecuentes entre enamorados, siento el gusto de comunicar a usted por medio de esta circular que no tiene necesidad de ocultar a los ojos de la sociedad esos culpables amores, puesto que yo, como marido y presunto perjudicado, los autorizo desde el momento.

Con tal motivo me es muy grato ofrecerme a usted como s. s. y amigo q. l. e. l. m.,

Héctor Francisco Arencibia.

Y a partir de aquel día, cuando Paco Arencibia se enteraba de que Sylvia había cambiado de pasión, averiguaba el nombre y las señas del nuevo favorito, escribía todo ello a la cabeza de una de las circulares y en un sobre, y ordenaba echar la carta al correo, advirtiendo que no olvidasen ponerle sello.

MATRIMONIO FELIZ

Marianito, el «botones», después de haber obedecido la última orden de Sylvia relativa a que le acercase el atril, se dirigió a su ama:

–Señora: el señor pide permiso para entrar a saludar a la señora.

Sylvia desvió sus cejas hacia el pequeño *groom* todo lo que le permitió la parafina, y repuso:

–Hazle pasar en seguida.

El «botones» desapareció como un cometa y no tardó en aparecer de nuevo (como los cometas también), diciendo:

–El señor.

En la puerta, color de palo de rosa, surgió Arencibia: en la mano, el sombrero, los guantes y el bastón.

Y Elisa, la manicura; Fernández, el pedicuro; Asunción, la masajista; monsieur Robert, el peluquero; Guzmán, el electromecánico, y Juanita, la doncella, se retiraron a un lado respetuosamente abandonando la estatua yacente de lady Sylvia. Ésta, con gran gentileza, le alargó a su marido una de las manos que Arencibia besó de un modo personalísimo.

–¿Descansaste bien?

–Divinamente, Sylvi. *(Diminutivo de Sylvia.)*

–¿Sales?

–A dar una vuelta.

–Cada vez tienes un aire más distinguido, querido mío.

–Y tú estás cada vez más hermosa.

Sylvia sonrió con agrado y murmuró amablemente:

–This is very readig and how?

A lo que Arencibia repuso riendo:

–Litle parrows cleveland...*.

Luego volvió a besar la mano de su mujer y salió del gabinete, dándole un papirotazo cariñoso al «botones», que permanecía serio y rígido al lado de la puerta.

Y Elisa, Fernández, Asunción, monsieur Robert, Guzmán y Juanita, volvieron a apoderarse de lady Sylvia y continuaron el interrumpido manoseo de su cuerpo, tan bello y tan adúltero...

(¡Qué final!)

---

* Esto no es inglés, pero ¿verdad que lo parece?

CAPÍTULO SEGUNDO

EL HOMBRE QUE PENSANDO IRSE A AUSTRALIA, SE FUE AL POLO NORTE

ENCUENTRO

Sobre la mesa de despacho (acero con incrustaciones de lapislázuli) había un cenicero de bronce y un documento.

Este documento era ése que vulgarmente se llama padrón y que sirve para denunciar las circunstancias de los individuos que habitan en pueblos civilizados y para que un guardia se dedique durante dos meses a subir y bajar escaleras hablando mal de los inquilinos, que nunca tienen prisa por denunciar dichas circunstancias.

Tampoco Elías Pérez Seltz se había dado prisa por llenar su padrón. Lo tuvo quince días en el bolsillo derecho de una americana color marrón glacé; dos meses guardado entre las páginas de cierto libro cuya lectura hubo de abandonar una tarde precipitadamente; seis horas en el cacharro destinado a la basura y dos semanas sobre la mesa del despacho (acero con incrustaciones de lapislázuli).

El municipal número 876, Paciano Ragout, subió once veces al piso 2.° del 207 de la calle de Lagasca con el propósito definido de recoger la hojita impresa, la cual decía así:

AYUNTAMIENTO DE MADRID.

DISTRITO DEL Buenavista. BARRIO DE Salamanca. CALLE DE Lagasca. CASA NÚM. 207. PISO 2º. CUARTO —

Hoja declaratoria de los individuos mayores de 14 años que habitan la expresada casa y cuarto

NOMBRES Y APELLIDOS.	EDAD.	HIJOS.	ESTADO.	NATURALEZA.	PARENTESCO CON EL CABEZA DE FAMILIA.	PROFESIÓN.	RENTAS ANUALES QUE PERCIBE.	LUGAR DONDE PRESTA SUS SERVICIOS.	ALQUILER ANUAL QUE SATISFACE.	OBSERVACIONES VARIAS.
Elías Pérez Seltz	30	0	S.	Madrid	Cabeza	Ingeniero	36.000	En los cabarets	6.000	—
Louis Dupont	50	0	S.	París	Criado	Criado	1.200	—	—	Es sordo como una tapia
Juana Díaz Suárez	45	0	V.	Madrid	Cocinera	Cocinera	600	En la cocina	—	Guisa divinamente
Francisca Gómez	23	3	S.	Ávila	Doncella	Doncella	480	—	—	Es muy mona.

EL CABEZA DE FAMILIA.

Elías Pérez Seltz

EL AGENTE.

Pero el guardia no logró otra cosa más que entablar una serie de diálogos absurdos con el criado de Pérez Seltz, que era sordo como una tonelada de yeso. La última vez que subió, el heroico 876 pronunció palabras que me resisto a escribir, porque el buen gusto debe ser inviolado.

Elías Pérez Seltz, acabó por fin de llenar el padrón; apresuróse a disparar al aire su pistola, procedimiento que utilizaba para llamar al criado, y le dijo a voces:

–¡Cuando venga el guardia mañana, que no se os olvide darle el padrón! ¡Aquí, encima de la mesa, os lo dejo!

Y luego, distraídamente y en la precipitación de cerrar la última maleta, porque Elías se disponía a partir de viaje, se echó el padrón al bolsillo y se fue a la calle para tomar el tren, llegar a Marsella y embarcar con rumbo a Australia.

. . . .

Pero no embarcó para Australia, ni llegó a Marsella, ni siquiera tomó el tren.

. . . .

Lo que hizo fue subir a un taxi y decirle al *chauffeur* brevemente:

–¡A la estación!

Habían recorrido unos doscientos metros y el *chauffeur* se volvió hacia él, preguntándole:

–¿A la del Norte? ¿A la del Mediodía? ¿A la de las Delicias? ¿A la de Arganda? ¿O a la de las Pulgas?

–Pero ¿hay cinco estaciones en Madrid?

–Sí, señor. Y contando la Primavera, el Verano, el Otoño y el Invierno, hay nueve.

Entonces Pérez Seltz miró fijamente al *chauffeur* con ánimo de aconsejarle que hiciese una de esas frituras de espárragos tan comunes en España, pero lo que hizo fue sonreír y darle la mano con fuerza y exclamar con voz gutural:

–¡Fermín!

A lo que el *chauffeur* contestó con igual guturalidad:

–¡Zambombo!

Ambos, *chauffeur* y viajero, acababan de descubrir que eran antiguos amigos. Y el lector acaba de descubrir a su vez que los amigos antiguos le llamaban Zambombo a don Elías Pérez Seltz, de treinta años de edad, natural de Madrid, rentista y vecino del barrio de Salamanca.

La vida está llena de sorpresas y de protozoos del paludismo.

–Pero ¿tú eres *chauffeur?*

–Suponiendo que a los que conducen automóviles se les llame *chauffeur,* soy *chauffeur.*

–¿Qué tiempo llevas conduciendo?

–Unos dieciocho neumáticos de repuesto.

–¿Y cuántos años suman esos neumáticos?

–Tres años, dos meses y un día. Lo que cualquier delito vulgar.

Los dos amigos siguieron su diálogo hasta que el coche, conducido por Fermín, que llevaba el rostro vuelto hacia atrás, atropelló a un guardia, el 876 precisamente. Entonces hubo que frenar, dar explicaciones, permitir que el guardia, levantándose del suelo, tomase el número del auto y apartar enérgicamente a los 5.680 transeúntes que habían acudido al lugar del suceso con la esperanza de que el guardia matase al mecánico o el mecánico matase al guardia.

Fermín indicó a Pérez Seltz la conveniencia de que se sentase a su lado, en el *baquet* delantero para evitar otro accidente similar, y se interesó por su viaje.

–¿Adónde vas?

–Pienso embarcar para Australia.

–¿Y por qué no te vienes conmigo al Polo Norte?

–Pchss... Casi me da lo mismo el Polo Norte que Australia...

–Te lo digo, porque el Polo Norte es un bar muy confortable que hay en Cuatro Caminos y allí, delante de unos vasos de cerveza, me podías contar qué mujer es la que se ha cansado de ti. Para los espíritus cultos, un hombre que se va a Australia es un hombre que ha sufrido un desengaño de amor. Es una frase que tengo apuntada.

Pérez Seltz, o, mejor dicho, Zambombo, reflexionó cosa que hacía hasta tres y cuatro veces al año. Y sintió la voluptuosidad de trasladarle a alguien sus preocupaciones.

–Bueno, vamos al Polo Norte... Dejaré para mañana mi viaje a Australia. Así como así, el barco no sale hasta el 15 y yo llevaba el proyecto de estarme seis días en Marsella...

–¿Y para qué?–dijo el otro enfilando una calle.

–Para aprender el francés.

–Pero ¿tú crees que el francés se aprende en unos días?

–¿Por qué no? Un hombre que lleva dinero en la cartera no necesita saber de cada idioma más que seis frases.

–¿Y qué frases son esas? –indagó haciendo un viraje.

–*«Tráigame huevos fritos». «Tráigame carne asada». «Tráigame pescado en salsa». «La amo a usted, señorita». «Lléveme a un buen hotel» y «Se ha olvidado usted ponerme el salero.»*

–Siendo así, sabrás muchos idiomas.

–Domino el portugués.

–¡¡Animal!! –rugió Fermín con rabia frenética.
–¿Por qué me insultas?
–Se lo decía a aquel imbécil. Va leyendo el periódico y casi se nos ha metido debajo de las ruedas del coche.
El transeúnte que leía el periódico quedaba atrás, parado junto a la acera.
–Verás qué poco tarda en decirme «el animal lo será usted» –agregó Fermín.
Y segundos después, llegó hasta ellos un vozarrón lejano:
–¡¡El animal lo será usted!!
–¿Ves? –musitó Fermín con pena–. Abruma la falta de originalidad de la gente.
–Es que si todo el mundo fuera original, no sería original nadie –observó Zambombo.
Fermín emitió un silbido admirativo y exclamó:
–Lleva el coche un instante.
–¿Qué vas a hacer?
–Voy a apuntar tu frase –replicó el *chauffeur* sacando un cuadernito de hule–. Acostumbro a apuntar todo lo que puede tener interés para repetirlo.
–Los loros lo repiten sin necesidad de apuntarlo.
Fermín se dispuso a escribir mientras Zambombo llevaba el volante.
–¿Cómo dijiste? *«Si todo el mundo fuese original...*
–...no sería original nadie.» Y puedes añadir: *«Sólo sería original el que no fuese original.»*
El *chauffeur* volvió a silbar con admiración creciente y escribió con rapidez las dos frases.
Zambombo añadió todavía:
–Pero como se supone que todo el mundo sería original, no habría nadie que dejase de serlo.
El silbido de Fermín adquirió la intensidad de un escape de vapor y su lápiz se movió febrilmente para apuntar también la reflexión última de su amigo.
Al acabar, el coche se hallaba ya a veinte metros del Polo Norte.
Fermín volvió a hacerse cargo del auto y con un pisotón en los frenos evitó el entrar en el bar sin necesidad de apearse.
Eligieron una mesa que tenía el mármol roto y se sentaron.
–Cerveza –pidió Fermín al mozo.
Y aseguró a su amigo:
–La cerveza de aquí es estupenda.
–¿Sí? –indagó Zambombo.
–¡Maravillosa! –corroboró el *chauffeur* con entusiasmo.
–Entonces –resolvió Zambombo dirigiéndose al camarero– tráigame una taza de café.

El mozo llevó la cerveza; sirvió el café, después de tirarlo en el platillo, en la mesa y en los pantalones de Zambombo, y se alejó satisfecho de su obra.

Zambombo emitió, con los dientes apretados, algunos conceptos infames, tomó un sorbito homeopático de café, retiró la taza, se sirvió agua en una copa y se la bebió de un golpe.

–El agua es bastante potable –añadió por fin.

–Sí –apoyó el *chauffeur*–. Yo, siempre que tengo caliente el radiador del coche, vengo aquí.

–¿A llenarlo de agua?

–No. A tomarme una copita del anís del Mono.

Zambombo le miró largamente. De buena gana le hubiese abofeteado, como hacían siempre con el traidor las heroínas de Jorge Ohnet, pero le contuvo un recuerdo lejano: Fermín había sido compañero suyo de colegio (Escuelas de San Juan Nepomuceno; fundadas bajo la advocación de San Emiliano en el siglo XVII; edificio revocado en 1918) y ya es sabido que todo hombre se siente débil ante una persona que le recuerda la infancia.

El pulso, la respiración y la temperatura son las bases en que se apoya la vida humana.

La estatua de la Libertad, del puerto de Nueva York es de bronce y fue ideada por Bartholdi.

Zambombo y Fermín eran compañeros de colegio.

Y Zambombo recordó...

UN RECUERDO INFANTIL DE ZAMBOMBO

Estaban en el patio del colegio. Fermín era entonces un niño pálido y delgadillo, que comía las naranjas chupándolas por un agujero abierto con el berbiquí de su dedo meñique.

Y Zambombo era entonces un niño gordo, semejante a un balón de fútbol, pero con orejas.

Ambos se hallaban en el centro del patio. Un patio en cuyos rincones se agolpaban todos los trastos inútiles del colegio: sillas rotas, trozos de mapas, una botella de Leyden, los marcos de unas ventanas y una oleografía de Alfonso XII.

Zambombo y Fermín discutían un tema de política interior.

–Yo te digo –aseguró Fermín chupando naranja– que el «Persianas» (NOMBRE DADO POR LOS ALUMNOS AL PROFESOR DE ARITMÉTICA) es más sucio que «Queso Duro». (NOMBRE DADO POR LOS ALUMNOS AL PROFESOR DE GEOGRAFÍA.)

–¡Que va! –rezongó Zambombo–. Es mas sucio «Queso Duro». Yo le he visto guardarse un huevo frito en el bolsillo.

–Y yo al «Persianas» le he visto lavarse las manos con los guantes puestos.

Otro alumno, Matías Ros, se acercó a ellos.

–Oye, Matías –indagó Fermín buscando un apoyo–. ¿Quién es más sucio «Persianas» o «Queso Duro»?

–El más sucio es «Lentejilla». (NOMBRE DADO AL PROFESOR DE LATÍN.) *En el cuarto de «Lentejilla» hay tal olor que hace diez años un alumno que entró murió a las dos horas.*

Y Fermín y Zambombo se quedaron mirando a «Lentejilla», que en aquel momento se paseaba por el patio cuidando de los niños, mondando cacahuetes y expeliendo las cáscaras contra las narices de los muchachos más próximos.

OTRO RECUERDO INFAN-
TIL DE ZAMBOMBO

Era un día de Diciembre. Desde la clase, al través de una ventana por la que entraban más arañas que rayos de luz se veían los tejados llenos de calcetines viejos, de latas de sardinas y de alpargatas del pie izquierdo. (Porque en los tejados hay menos gatos y gatas que alpargatas.)

La clase era húmeda y de Historia Universal. Cincuenta alumnos –opositores a la tuberculosis y al reúma articular– se apretujaban unos contra otros buscando calor y entre castañeteo y castañeteo de dientes, se veían obligados a levantarse y a relatar la vida magnífica, dorada, esplendorosa, triunfal y mediterránea de Aníbal. Pero en aquellas condiciones lo único fácil de relatar era la vida del «judío errante».

Y el profesor –agriado por su vejez y por el fracaso de su existencia– recorría los bancos con un puntero en la mano atizando porrazos en los nudillos, amoratados por el frío, de los muchachos.

OTRO RECUERDO INFAN-
TIL DE ZAMBOMBO

En la primavera de 1912, Zambombo tenía justamente quince años.

Su voz se iba haciendo ronca y cuando se hallaba a solas pensaba en una niña que vivía enfrente de su casa. Se llamaba Eloísa y era, como las demás niñas de doce años que andan por el mundo, una estupidilla que se pasaba el día mirándose al espejo y rezando para que le creciese el pecho pronto.

Zambombo, lleno de la idealidad que la adolescencia pone en los muchachos, la veía entre nubes, como un ángel de Murillo (aquel gran artista que pintaba manchando el pincel en merengues de diferentes colores) *y se hubiera desvanecido de dicha si hubiese podido besar unos cabellos de la niña.*

Fermín le descubrió el secreto al descubrirle un retrato de ella en el tomo de «Francés 2.°»

–¿Es tu novia?

–Sí –dijo sin saber lo que decía.

–¿Y qué la dices cuando habláis?

Sintió de pronto necesidad de abrir la caja de su alma.

–Nunca la he hablado –murmuró–. La miro desde mi cuarto cuando ella no me ve...

Y besó el retrato, agachándose en el banco para que no le sorprendiese el profesor.

Fermín, que vivía en la Guindalera, y tenía esa experiencia de golfo que da el viajar a diario en tranvía, rió como un conejo.

–¡Uf! ¡Uf!...

Y agregó desgarrando los labios:

–¡Ahí va, qué chico mas idiota...!

Zambombo se ofendió y le volvió la espalda.

Entonces Fermín, personificando a Satanás, le habló al oído:

–Mira que cuando te cases con ella y...

Zambombo, que le había escuchado con los ojos brillantes, las manos temblorosas y la boca fruncida en un gesto de asco, indagó queriendo saber y sintiendo el horror supremo a la sabiduría:

–Pero... ¿es qué?...

–¡Pues claro! ¿No lo sabías?

Fermín afirmó satisfecho, con la alegría salvaje del perro que mueve las aguas estancadas de un charco.

Y le disparó su frase predilecta:

–¡Ahí va, qué chico más idiota!

OTRO RECUERDO INFANTIL DE ZAMBOMBO

Había regañado en la clase de Álgebra con Fermín.

–Te espero en la calle.

–A la salida verás...

Durante la explicación del binomio de Newton, estupidez que les meten a los niños en la cabeza y que no sirve más que para atontarlos durante todo un curso, Zambombo lanzó sobre Fermín catorce rápidas ojeadas y siempre que lo hizo vió a su amigo colocarse la mano derecha, cerrada en forma de cucurucho, sobre uno de sus párpados, lenguaje mudo que en la jerga de los colegios significa: «te voy a hinchar un ojo».

Al acabar las clases Zambombo y Fermín se encontraron en la calle frente a frente, como Vercingetórix y César en las Galias.

Zambombo avanzó noblemente con los puños en alto. El de la Guindalera, que personificaba a César, lo esperó, le esquivó y le dio una patada feroz en la espinilla.

Zambombo perdió el curso, porque tuvo que aguantar un escayolado de seis meses en la pierna.

Por ello, a la temporada escolar siguiente, Fermín pasó al quinto año y Zambombo hubo de repetir el cuarto.

Y ya no se vieron más hasta que Zambombo planeó su viaje a Australia.

VIDA DE FERMÍN

Estos dulces recuerdos infantiles fueron los que empujaron a Zambombo en los brazos de Fermín.

–Cuéntame. ¿Cómo has llegado a *chauffeur?*

–Un poco delicado de la pleura.

–Te pido noticia de los episodios más salientes de tu vida.

–Lo más saliente de mi vida es mi nariz –declaró Fermín, que tenía una nariz mezcla de la nariz de Voltaire, de la nariz de Cyrano y del obelisco a los héroes de 1808, en Madrid*.

–Pero, si no recuerdo mal, tú tenías cierta afición a la Medicina –observó Zambombo.

–No recuerdas mal. La tuve. Sólo que a los quince años me puse enfermo de inapetencia; el doctor me obligó a que durante treinta y seis meses tomase todos los días una medicina hecha con ruibarbo, cuasia, retama, quina y jarabe simple, y al tomar la última cucharada de aquélla, mi afición a la Medicina había desaparecido completamente.

–Algo semejante le ocurrió a mi padre. Era un entusiasta de las armas de fuego y el día que al dispararsele una pistola, quedó muerto en el acto, su entusiasmo por las armas de fuego acabó de un modo radical.

Zambombo dejó escapar un suspiro, que se marchó revoloteando, y añadió:

–Las aficiones de los humanos son efímeras.

Fermín sacó su cuadernito, apuntó la frase y habló con voz doliente:

* Madrid. Ciudad algo civilizada, de 1.000.000 de habitantes, situada sobre el Manzanares.

–Años más tarde leí varios libros y decidí hacerme filósofo. ¡Oh! No creas... Llegué a tener ocho o diez ideas originales...

–Cítame algunas.

–Por ejemplo: yo decía *«el amor acaba donde empieza la discusión»; «si quieres salvar a una mujer, hazla madre»; «el sacrificio y el heroísmo sostienen el mundo»; «dime con quién andas y te diré quién eres»; «agua que no has de beber, déjala correr»*.

–Eran unas ideas magníficas. ¿Y por qué no seguiste la filosofía?

–Porque hice oposiciones a Hacienda, las cuales abandoné por otras al Catastro, sustituidas a su vez por unas a Gobernación, que dejé por las del Tribunal de Cuentas.

–¡Ah!

–Pero como no había acabado las de Hacienda ni las del Catastro ni las de Gobernación, comprendí que no estaba llamado a acabar ninguna y tampoco acabé las del Tribunal de Cuentas.

–Muy justo.

–Entonces –siguió Fermín– empecé a morirme de hambre a chorros y mi estómago protestaba del aburrimiento de la ociosidad. Para saciar mi estómago matando hambres, decidí saciar mi odio a la humanidad matando hombres, y senté plaza y me hice soldado. Me pusieron un uniforme y me entregaron...

–Un fusil.

–No. Un tambor. Al año me harté de romper parches y rompí filas. Llegué a Bilbao y me coloqué en los Altos Hornos...

–Oye –interrumpió Zambombo–. ¿Tú cómo te llamas de apellido?

–Martínez. ¿Te gusta?

–Sí. Es bonito. Sigue. Estabas en los Altos Hornos de Bilbao.

–Durante un invierno –siguió Fermín Martínez– todo marchó bien; pero al llegar el mes de Agosto, me di cuenta de que allí hacía un calor excesivo.

–¿Y te fuiste a la sierra?

–Me fui a la orilla del mar, que estaba más próxima. Admitido de buzo, bajé hasta los treinta metros de profundidad para tomar parte en las obras del puerto. Pero allá abajo me encontré otro buzo –un comerciante de San Sebastián– que me ofreció tres duros por la escafandra. Me la quité y me dio los tres duros.

–Y te metieron en la cárcel.

–Al contrario: me sacaron del agua. Me practicaron la respiración artificial y, como estuve a la muerte, los elementos vivos de la localidad hicieron una cuestación en mi beneficio que ascendió a dos mil pesetas.

–Te guardaste las dos mil pesetas y...

–Está visto que no acertarás nunca. La junta iniciadora de la cuestación se quedó con las dos mil pesetas y a mí me dieron un diploma, un sombrero de paja y un bastón de fresno. Rompí el bastón en las costillas del presidente y le di el sombrero de paja a un pobre caballo famélico que se lo tragó con verdadera fruición. Finalmente, como no sabía que hacer del diploma, y como no tenía sombrero, me fabriqué un gorro con él.

–Eres un hombre de los que viven intensamente.

–¿Y qué es lo que hacen los hombres que viven intensamente?

–Se cortan la cara al afeitarse.

Fermín bebió un sorbo de cerveza en el mismo instante matemático en que sufrió un golpe de tos; hizo el pulverizador con sus labios y siguió el relato de sus andanzas.

–Al día siguiente me coloqué en una fábrica de ascensores; fui con dos operarios a instalar uno a la calle de Ferraz y cuando, ya instalado, hice en él el primer viaje, me quedé en el segundo piso, en casa de una viuda.

–¿Rubia o morena?

–Rentista.

–¿Y os amasteis?

–Sí. Pero con disimulo, porque en el gabinete había un retrato de su difunto que cada vez que nos dábamos un beso se caía al suelo.

–¿Se quejarían los vecinos de abajo?

–Lo que sucedía era que el retrato estaba hecho al pastel y tenía cristal. Y Amanda, que era la viuda, me despidió un día diciéndome: «Lo siento, Fermín, pero en tres meses he tenido que ponerle once cristales al retrato de Heliodoro y mi fortuna personal no me permite tal gasto. Eres un amante demasiado caro; me arruinarías...» Y me sacó a la escalera cogiéndome por los sobacos y cerrando la puerta detrás. Entonces maldije del amor y vendí por las calles una sustancia llamada KAS-KAS que servía para limpiar los metales y para manchar las americanas.

–Ese oficio de vendedor ambulante está bien, ¿verdad?

–Contemplado desde un avión es precioso. Pero yo nunca he tenido ocasión de contemplarlo así. Después del KAS-KAS, vendí un dentífrico; a continuación, unas máquinas para calcular la velocidad que lleva el tren en que se viaja, y, luego, unas pipas provistas de un timbre que sonaba tres segundos antes de apagarse el cigarro y servía para avisarle al fumador que era imprescindible chupar rápidamente.

–Yo tuve una pipa de esas de timbre –interrumpió Zambombo–, pero sonaba tres segundos después de apagarse.

–¿Y para qué servía entonces?

–Para avisarle a uno que debía comprar cerillas.

–Por último –siguió el *chauffeur*– vendí una colección de postales del Tibidabo y el traje gris que llevaba puesto. Y cuando salí en calzoncillos de la casa de préstamos, logré lo que hacía muchísimo tiempo que deseaba: que me llevasen a un sitio donde comía dos veces diarias sin trabajar.

–¿Qué sitio era ese?

–La Cárcel Modelo.

Cinco horas después, ya de madrugada, Fermín había acabado de hablar. En aquel espacio de tiempo los dos amigos cenaron, y el *chauffeur* explicó a Zambombo que había desempeñado los siguientes oficios: electricista; «cowboy» en una finca de Guadalajara; pintor de puertas; campeón de billar; bailarín; repostero; limpiabotas, con un procedimiento de su invención que consistía en barnizar el calzado a dos colores; apasionado de una muchacha morena; mecanógrafo; fumista; batelero del Volga; apasionado de una muchacha rubia; camarero de «dining-car»; relojero, practicante de botica; limpia-espejos; peón de albañil; listero de una fábrica de bocadillos de jamón falsificados; apasionado de una muchacha castaña; afinador de pianos, apasionado de una muchacha trigueña, y de su hermana, y de su tía, y profesor de dibujo de tres hijos de las tres; pocero; equilibrista; anunciante; cochero de dos mulas enjaezadas a la andaluza, y cochero de cuarenta caballos pintados de amarillo y con taxímetro, que era la profesión que desempeñaba en el momento.

Cuando acabó de hablar, Zambombo tenía jaqueca y no hizo ninguna observación, pero Fermín le dijo:

–Cuéntame ahora por qué quieres irte a Australia. Te ha dejado alguna mujer, ¿verdad?

Y Zambombo, reventando por hablar, con ese ansia de hacer confidencias que tienen los enamorados y los oficiales de peluqueros, notó que se desvanecía su dolor de cabeza.

–No; no me ha dejado ninguna mujer.

–¿Te ha engañado con otro? ¿Te has aburrido de ella porque te ama con demasiado fuego? ¿Has descubierto de pronto que le gustan los percebes?

Zambombo apoyó su frente en la mano derecha, metió el codo en un plato de dulce de melocotón y movió su artística cabeza de un lado a otro.

–¡Lo que me sucede es terrible! Hay veces que la realidad supera al ensueño.

–Aguarda un momento que apunto la frase –murmuró Fermín sacando el cuaderno de hule.

Y añadió, como hace «el amigo del protagonista» en la segunda escena del primer acto del noventa y nueve por ciento de las comedias:

–Te escucho...

Zambombo fue a tomar la palabra, pero interrumpióle la voz del camarero, que se había acercado a la mesa.

–Perdone usted; vamos a cerrar el local y tengo orden del dueño de no permitirles a ustedes comenzar una nueva historia.

–Así, pues, ¿hay que irse? –indagó Zambombo.
–Sería conveniente que pagases antes –le aconsejó Fermín.
Zambombo tiró un billete de cinco duros encima de la mesa y el camarero se lo devolvió vertiginosamente.
–¿Es falso?
–Sí, señor. ¿Le extraña a usted?
–No. Ya no me extraña. Hace dos años que me dicen lo mismo en todos los sitios donde lo entrego.
Salieron a la calle y se encontraron bloqueados por una niebla espantosa; no se veía un farol a medio metro de distancia, parte por lo espantoso de la niebla y parte porque a medio metro de distancia no había ningún farol. Todo se hacía impreciso y tenue, y al hablar, el aliento salía de la garganta como salen los vapores del cráter del Strómboli y del puerto de Génova.
Un perro –ese perro triste que parece siempre perdido en la noche– husmeaba a la puerta del bar un montón de residuos de quisquillas.
Al tocar en el suelo, la niebla se convertía en un puré negruzco en el cual se podía patinar perfectamente y romperse la base del cráneo a voluntad.
Zambombo patinó y no se rompió la base del cráneo, porque se agarró a una de las portezuelas del taxi de Fermín.
Su esbelta figura parecía mucho más esbelta al ser rodeada por la niebla, que, aunque excita las afecciones de las vías respiratorias, siempre idealiza.
(Fermín bajito, delgadito, provisto de un bigote negro que tenía una guía más larga que otra y daba a su dueño el aspecto de que se estaba comiendo un ratón, había nacido en Alicante un día de eclipse lunar. Por esta razón no se hacía ilusión ninguna respecto a la influencia de la luna en su existencia.)
Al rato de estar indecisos y parados en la acera, el frío de la niebla se les había metido en los huesos. Y cuando, a espaldas de ellos, cayeron los cierres metálicos del bar, ennegreciendo la calle por completo y ahuyentando al perro que husmeaba residuos de quisquillas, los dos amigos comprendieron que era necesario buscar un sitio abrigado donde poder seguir hablando.
–Mi taxi–propuso Fermín.
–Es verdad... Tu taxi.
Y se metieron en el automóvil.
–Aquí se está más cómodo que en cualquier otra parte –aseguró Zambombo.
–Sí –repuso Fermín.
Y agregó cerrando los ojos:
–Mi oficio de ahora es magnífico. El *chauffeur* tiene en su poder los destinos de la Humanidad y le basta un cuarto de vuelta al volan-

te para matar impunemente a un hombre o cargarse un farol o hacer polvo el escaparate de una tienda de gramófonos. Cuando una mujer bella y elegante toma su taxi, en las manos del *chauffeur* está el raptarla, para lo cual le es suficiente enfilar la carretera de Francia a noventa por hora y no parar hasta Londres. ¿Digo la verdad?

–Dirías la verdad si no existiese el Canal de la Mancha.

–A propósito, Zambombo... ¿Por qué no me cuentas lo que te ha empujado a tomar la decisión de irte a Australia?

–Porque eres un imbécil que me has interrumpido siete veces.

–Empieza tu relato de nuevo. Palabra de honor que ya no te interrumpiré –resumió el *chauffeur* bostezando como un buzón.

–Júrame que antes que interrumpirme serás capaz de dormirte. ¡Si no se lo cuento a alguien, reviento! –gruñó Zambombo.

–Pues bien, te lo juro –balbuceó estropajosamente

–¿Qué es lo que juras?

–Que juro... Eso de la... Lo de... Juro que el de la de lo...

Y Fermín –con un último balbuceo– se quedó dormido.

Entonces Zambombo encendió un cigarrillo y seguro de que nadie le interrumpiría, comenzó a hablar.

CONTINUACIÓN DEL SEGUNDO CAPÍTULO

LO QUE CONTÓ ZAMBOMBO MIENTRAS FERMÍN DORMÍA

CUATRO HISTORIAS PASIONALES DEL PROTAGONISTA

Antes de pasar adelante, quiero dar las señas personales de Zambombo completando las que han podido leerse en su padrón.

ESTATURA: Un metro setenta y cinco. O, si se quiere mejor, mil setecientos cincuenta milímetros.

OJOS: Dos.

DIENTES: Blancos e iguales.

NARIZ: Aguileña imperial.

LABIOS: Finos, delgados y con inclinación a buen tiempo.

PARAGUAS: Tres, regalo de un empleado en Correos.

CARÁCTER: Apático, linfático, flemático, ático, socrático y simpático.

IDEAS PERSONALES: Dos o tres. Puede que cuatro... En fin, todo lo más, cinco.

POLÍTICA; RELIGIÓN; INTELECTUALIDAD; FILOSOFÍA; ARTE: Lo corriente; lo corriente; lo corriente; lo corriente; lo corriente.

AFECTOS: Tres amores fugaces en 1922. Un amor firme, de dos años de duración, en 1925. Amor intermitente al recuerdo de una tía andaluza que le dejó en herencia treinta mil duros. Amor a un perro setter llamado «Guido de Verona» que murió espatulado por un camión. Amor al tabaco.

POSICIÓN SOCIAL EN EL MUNDO: Huérfano.

RETROCEDAMOS

Y ahora retrocedamos un segundo hasta el día del encuentro de Fermín y Zambombo. Retroceder es cosa muy frecuente en las novelas y en los trenes que hacen maniobras.

ZAMBOMBO HABLA DE AMOR

Zambombo, después de encender el cigarrillo, se retrepó en el asiento del auto –que parado en medio de la calle y rodeado por la niebla parecía una urna funeraria– y habló de esta manera, procurando ahogar con su voz los ronquidos de Fermín:

–Nunca he creído en el «flechazo», llamado también «coup de foudre» y «hemoclasia». Nunca he creído en la existencia de esos amores que nacen de pronto, en el instante en que nos abrochamos el gabán o en el momento en que el cobrador del tranvía se chupa el dedo para arrancar nuestro billete. Siempre creí que el amor era un producto fruto de una elaboración, igual que la seda, y que va creciendo lentamente a semejanza de la úlcera de estómago. ¿No te parece?

Fermín contestó con un ronquido tumultuoso.

–Celebro que estemos de acuerdo –siguió Zambombo–. Mi vida (tú no la conoces, cosa que te sucede también con la urbanidad) ha sido una vida vulgar. Lo que denominan los latinistas macarrónicos: «vidae vulgaris sin accidens dignus de mencionis».

Mis amores han sido hasta ahora superficiales como una hectárea, y en su totalidad numérica, cuatro.

Ellas se llamaban: *Luisita, Drasdy, Ramona y Manolita.*

LUISITA, LA MUCHACHA NOVELESCA

Amé a Luisita ocho meses, incluido Febrero. Era una muchacha de diecisiete años, mecanógrafa, que por esta última razón, me escribía unas tiernas cartas llenas de faltas de ortografía. Sus dedos, ejercitados en el tecleo de la «Underwood» número 5 (Underwood Standard Tipewriter) me producían unas cosquillas enervantes, las cuales me hacían tanta gracia que durante el tiempo que nos amamos, no tuve necesidad de ir al teatro a ver obras cómicas.

Por las noches, aprovechando la circunstancia de que el padre de Luisita era sereno y estaba a aquellas horas repartiendo cerillas encendidas entre los vecinos de la calle de Fuencarral, yo me introducía en su alcoba. *(En la alcoba de Luisita, que quede esto bien claro, pues en la alcoba de su padre no entré más que la primera noche, y fue porque no conocía bien el plano del edificio.)*

La alcoba de Luisita (una alcoba de 3 x 2 metros) olía a «Origan» de diez céntimos los cien gramos, y a «Camomila Intea», pero esto sólo cada quince días: cuando le tocaba teñirse el pelo a mi amada.

La primera noche, Luisita me recibió hablando en voz baja.

La imité, suponiendo que en la casa habría alguien que podía oírnos. Más tarde, la experiencia me ha enseñado que en la casa no había nadie y que a las mujeres les gusta entregarse hablando bajo, porque así el pecado les parece más pecado*.

–Éste es mi tocador –susurró ella deslizando un hilito de voz en mi oído.

–¡Ah! ¿Sí? –maullé tan bajo que yo mismo no me oí. Y abarcando con mis manos su cintura de avispa, exclamé:

–Ven aquí...

–¡Chits! ¡Más bajo! –suplicó.

–Ven aquí –repetí apenas con el movimiento de los labios.

Luisita se zafó aconsejándome:

–Por Dios, Elías... Contén los apasionados y naturales impulsos de tu corazón impaciente.

Me quedé sin habla; no porque me fatigase la voz de falsete, sino por el efecto que me produjo aquella frase inicua.

Frase que no tardé en explicarme al ver sobre una silla un montón de novelas de amor. Luisita estaba influida por ellas.

–¿Lees muchas novelas? –le dije.

–Sí. Me entusiasman. Ahora me acaban de dejar ésta.

Y cogió un volumen muy desencuadernado, del que me señaló varios capítulos con el índice, lo cual no me extrañó, porque el oficio del índice es precisamente señalar los capítulos de los libros. La novela se titulaba: *La jovencita que amó a un vizconde* y mi mecanógrafa se sentó en el lecho dejando oscilar sus soberbias piernas y dispuesta a contarme el argumento.

Era demasiado grave el propósito y lo corté en flor.

–No. Perdona... Prefiero tus pantorrillas al argumento de esa sandez.

Una chispa de ira brotó de cada ojo de mi novia. Y observando que el camino que debía seguir para desmayar de voluptuosidad a aquella niña era precisamente el contrario del elegido, me apresuré a hacer un elogio de la novela y de su autor, lo que me costó un esfuerzo violento.

---

* A propósito de esto, podría citarse el caso de aquel fumista de Nueva York que, estando poniendo una chimenea en un tejado, se cayó a la calle. Claro que no tiene nada que ver con lo anterior, pero se podía citar ese caso.

El efecto fue instantáneo. Cada palabra de elogio a *La jovencita que amó a un vizconde* me permitía besar a Luisita en un lugar cada vez más estratégico.

Para alcanzar la victoria total me asimilé la forma de expresión propia de esas novelas y nuestro diálogo se encauzó de esta exquisita y peculiar manera:

ELLA:–¿Me amas?

–Te adoro.

–¿Sí?

–Sí, nenita mía.

–¿De veras?

–Lo juro.

–¡A cuántas...

–¿Qué?

–... les habrás dicho igual!

–Sólo a ti.

–¿Es posible?

–¡Palabra!

–¿De honor?

–De honor.

–Júralo.

–Lo he jurado ya.

–Júralo otra vez.

–¿Por quién?

–Por tu madre.

–Lo juro.

–¡Ay, Elías!

–¿Qué te pasa?

–Tengo miedo.

–¿A qué?

–A todo y a nada.

–Estando a mi lado...

–¿Qué? ¡Acaba!

–... no debes tener miedo.

–¡Bien mío!

–Dame un beso.

–¿Otro?

–Otro y mil más.

–¿No te cansas?

–¿De qué?

–De besarme.

–¡Oh, no!

–¿No?

–¡Nunca!

–¿No?

–¡Jamás!
–Júralo.
–¿Por quién?
–Por tu padre.
–Lo juro.
–¿Me querrás siempre?
–¡Siempre!
–Júralo.
–¿Por quién?
–Por tu padre y tu madre.
–Lo juro.
–¡Mi vida!
–Nena...
–¡Ay! No me beses así.
–¿Por qué?
–Me subyugas...
–Lo sé.
–Me enervas...
–Lo veo.
–¡Me enloqueces!
–Lo noto.
–¡Oh!
–¡Ah!

Y sonó un ruido. Y después otros dos.

El primer ruido fue el del conmutador de luz al girar. Y los dos últimos ruidos los produjeron, al caer al suelo los zapatos de Luisita.

Una hora después ésta me comunicaba que se había entregado a mí de la misma manera que se entregaba la protagonista de *La jovencita que amó a un vizconde*.

Con ligerísimas variaciones siguió desarrollándose mi idilio con la mecanógrafa durante ocho meses; sucesivamente tuve que soportar que mi novia imitase a las apasionadas protagonistas de las novelas *Una aventura en la calle de las Infantas*. *Rízate la melena, Enriqueta*. *Reír, soñar, acatarrarse* y *Las corbatas voluptuosas*.

A fines de Septiembre apareció una nueva novela de amor: *El vórtice de las pasiones*. Luisita se apresuró a pedirme que se la comprase; se la compré; se la tragó en una noche y como la protagonista del libro engañaba a su amante, Luisita comenzó a engañarme a partir del siguiente día.

Le rogué, le supliqué.

Luisita no me hizo caso.

Me arrastré por el suelo llorando y mendigando una fidelidad que necesitaba para seguir viviendo.

Luisita volvió a desdeñarme.

Le juré que si no me amaba como antes me dispararía un balazo en la sien izquierda.

Luisita conservó su actitud despreciativa.

Le pedí por Dios, por los Santos y por sus muertos más queridos.

Luisita no me contestó siquiera.

Entonces alcé la manga de mi camisa, la doblé sobre el antebrazo y le aticé a mi novia doce bofetadas gigantescas seguidas de seis puntapiés indescriptibles.

Y Luisita se colgó de mi garganta y me juró amor eterno.

Pero ya me había hartado de ella y se la cedí al dependiente de una guantería, que pintaba al temple de oído.

. . . .

–¿Qué opinas de mi aventura con Luisita? –preguntó Zambombo a Fermín al acabar su relato

Fermín, por toda respuesta, lanzó un ronquido cavernoso.

Y Zambombo añadió:

–Entonces te contaré mi aventura con «Drasdy». Es más corta.

DRASDY, LA EXTRANJERA POLÍGLOTA

«Drasdy» –nunca he comprendido por qué se llamaba así– había nacido en Nuremberg.

Las mujeres de rostros puros suelen tener una expresión imbécil.

«Drasdy» tenía el rostro absolutamente puro. Su ojo derecho era igual a su ojo izquierdo; su nariz, perfecta, y sus labios dos maravillas de dibujo y de colorido.

La conocí en «el paseo de las estatuas» del Retiro, en aquella parte en que todos los guardas son de Orense.

«Drasdy», sentada en un banco y leyendo un libro, cuidaba de un niño de cinco años. Y mientras ella cuidaba del niño, el niño comía tierra, utilizando como cuchara una pala de juguete.

A simple vista pude apreciar que las ligas de «Drasdy» eran verdes, y esto fue lo que me empujó a abordarla.

–Señorita, es usted estupenda.

Ella me contestó unas palabras en alemán.

–Me gusta usted de frente, de espaldas, de busto, de cuerpo entero, de perfil, de costado, de pie y en decúbito.

«Drasdy» me contestó en inglés.

Añadí sentándome a su lado:

–¿Sería usted capaz de amarme?

Me contestó en francés.

La estreché por el talle, agregando:

–Dígame que me quiere.

Me contestó en ruso.

Y cuando me hubo contestado sucesivamente en sueco, en portugués, en japonés, en hebreo, en griego y en italiano, se cogió a mi brazo y se vino a mi casa, desabrochándose el abrigo por la calle. (Las extranjeras son activas.)

Entrando en el portal, se despojó del sombrero; al meternos en el ascensor, se quitó el traje; al pasar por el entresuelo, tiró la combinación (color malva); en el principal, se sacó la faja y, al llegar al segundo piso, prescindió del sostén. Le pregunté la causa de aquella precipitación y contestó lacónicamente.

–Time is money! (¡El tiempo es oro!).

Me guardé sus ropas en el bolsillo, le ofrecí mi brazo y apreté el timbre. Mi criado, al verme entrar emparejado con una dama que no conservaba puestos más que las medias, las ligas, los zapatos y tres sortijas, cayó sentado en el recibimiento.

Gracias a la rapidez de «Drasdy», nuestra primera entrevista de amor duró lo que dura la operación de poner un telegrama.

Sufrí mucho tiempo al lado de la ex-institutriz, porque no conociendo ella el castellano, ninguno de los dos nos entendíamos. Luego empezó a aprenderlo y cuando, al cabo de varios meses lo dominaba y ambos nos entendíamos a la perfección, entonces la encontré tan vulgar como otra mujer cualquiera y la abandoné en la plataforma de un tranvía 48.

El niño de quien cuidaba «Drasdy» el día que nos conocimos y que había quedado comiendo tierra en «el paseo de las estatuas», ha fallecido de aburrimiento hace año y medio.

Se llamaba Oleaginosito Fernández, así es que ha hecho bien en morirse.

. . . .

Al final de la historia de «Drasdy», Fermín emitió otro ronquido, y animado por esta muestra de aprobación, Zambombo contó su aventura con Ramona.

RAMONA, LA MUJER ROMÁNTICA

Una tarde me metí en el «Cinema Menjou» palacio del celuloide erigido en honra de dicho autor y en el cual (¡delicado presente!), al adquirir la localidad, regalaban un pelito del bigote de Adolfo conservado entre virutas.

Avancé en la oscuridad del patio de butacas, dando tumbos y sin ver nada, y me senté encima de una señora.

La señora no protestó; limitóse a ladearme un poco la cabeza, diciéndome:

–Dispense, caballero, pero es que teniendo usted la cabeza derecha no veo bien la película.

Aquella señora era Ramona.

Le pedí perdón y me coloqué en la localidad de al lado, que era la mía. Nuestra amistad surgió de un modo lógico: en mitad de una película «del Oeste» la butaca de mi vecina se rompió y Ramona se hundió por el agujero del asiento. Gritó, aulló, acudieron doce acomodadores, se encendieron todas las lámparas y hasta los personajes de la película miraron hacia la localidad de Ramona para enterarse de lo que sucedía.

Las piernas de la dama se agitaban en la atmósfera, como si dijeran adiós a alguien. Tiré de ellas con todas mis energías para sacar a flote a Ramona. Trabajo inútil. Tiraron los doce acomodadores. Esfuerzo infructuoso. Luchamos todos bravamente durante un cuarto de hora entre los alaridos de Ramona y las protestas del público, que pedía la continuación del espectáculo cinematográfico y el fin del espectáculo nuestro.

Las lámparas se apagaron; la película «del Oeste» volvió a rodar. Y el jefe de acomodadores y yo solos ya en la adversidad, continuamos a oscuras las operaciones de salvamento de Ramona. Parecíamos dos mineros, bregando en las tinieblas de la mina para librarnos de una explosión de gas grisú (o protocarburo de hidrógeno). (¡Qué cultura!)

Sacamos a Ramona a la superficie a las doce y cuarenta minutos de la noche, en el momento en que en la pantalla del «Cinema-Menjou» aparecía este letrero y esta advertencia:

HA TERMINADO

NO SE OLVIDEN USTEDES EL ABRIGO EN LA BUTACA,
QUE LUEGO TENDRÍAN QUE VOLVER A BUSCARLO

Dos días más tarde y a la misma hora, Ramona y yo estábamos sentados en el alféizar de uno de los ventanales de mi despacho. Era en Diciembre y hacía un frío horroroso, pero Ramona me había suplicado que abriese de par en par el ventanal para contemplar el cielo, y allí nos hallábamos los dos contemplándolo.

–Soy tan romántica... –suspiró ella.

–Sí –repuse yo con arrebatada elocuencia.

–Mira las estrellas –añadió apoyándose en uno de mis hombros, no recuerdo si el derecho o el izquierdo.

–Tienen cinco picos –declaré, echando una rápida ojeada al firmamento, con la aburrida expresión de un meteorólogo.

Y en seguida, estornudé.

–¿Tienes frío?

–¡No! Estornudo por darme importancia.

–No puedo evitarlo. Soy muy romántica. Las estrellas... El amor... Los misterios inexcusables del Más Allá...

Seis lágrimas se escaparon de los ojos de Ramona y cayeron en el alféizar. Yo, en justa correspondencia, dejé escapar otras seis lágrimas, de las cuales sólo cayeron dos en el alféizar, pues las otras cuatro se quedaron en mis mejillas convertidas en escarcha.

El frío ambiente podía calcularse muy bien en 35 grados Réamur.

Sentía furiosos deseos de acostarme, mas no me atrevía a proponerle ese grosero materialismo a una mujer tan romántica como Ramona. Y allí, al aire libre, hubiera seguido hasta la total congelación de mis moléculas, si Ramona no me hubiera arrastrado hasta el lecho jurándome por enésima vez que era muy romántica.

Sé lo que es amar; conozco todas las fierezas de la pasión: mordiscos, arañazos, traumatismos que conducen a la tumefacción. Pero nada de esto conocería en su más alto arpegio si no me hubiese amado Ramona. Las palizas que su entusiasmo pasional me propinó, en un trimestre de dulzuras, todavía se conocen a la perfección en mi piel. Un día se me llevó un trocito de oreja, una tarde se quedó con medio labio y una noche me arrancó al besarme en el brazo toda la manga del «smoking».

Su ideal era las posturas apaisadas y su idea fija, el que ambos nos agitásemos en las convulsiones de un delirio compartido.

El 5 de Marzo, Ramona y yo giramos a la alcoba diecisiete visitas. El día 8, treinta y cuatro. Logró que estuviéramos dos días en un arrullo ininterrumpido. Y luego, tres. Y luego cuatro.

Ella se mostraba feliz, pero reconocía que la amaba muy de tarde en tarde.

Yo me desinflaba tan vertiginosamente como un globo de goma en una mano infantil.

Finalmente, el 16 de Marzo, comenzó un idilio que no debía acabar sino cinco semanas después. Al ponerme de pie en el suelo, tuve que agarrarme al flexible de la luz eléctrica para no caerme. Por cierto, que a consecuencia de aquello arranqué en su totalidad la instalación.

Y como realmente seguir al lado de Ramona era tan perjudicial para mi salud como un espumoso de vitriolo, me fuí para siempre.

Antes la dejé una carta sobre la mesita de noche. La carta era ésta:

Y desde entonces, cuando oigo decir a una mujer que es muy romántica, le compro un tomo de poesías y subo a un «taxi», procurando que ella se quede en la acera.

. . . .

Amanecía. La niebla era cada vez más densa y Fermín seguía durmiendo y roncando. Zambombo contempló unos segundos al *chauffeur*, encendió otro cigarrillo y contó la cuarta y última aventura de su vida: con Manolita.

MANOLITA, LA AMADA MÍSTICA

La primera vez que vino a mi casa Manolita (treinta y tres años, menopáusica precoz, ojos lánguidos, rostro demacrado y labios febriles), la recorrió toda, de punta a punta, y dos elogios calurosos salieron de su corazón.

El primero fue en la alcoba, delante de un hermoso Cristo de marfil:

–¡Qué preciosidad, Dios mío!

Y se arrodilló y rezó fervorosamente.

El segundo elogio lo lanzó en la cocina:

–¡Qué bonito juego de cacerolas!

Y descolgó las cacerolas una a una para mirarse la cara en ellas.

Yo la arrastré fuera de la cocina, porque la cocinera –Juana Díaz Suárez– estaba al llegar.

Y volví a llevarla a la alcoba donde le dirigí varias de esas delicadas frases, precursoras de los momentos agudos del amor.

Por ejemplo:

–Si te quitas el sombrero estarás más cómoda.

–Te voy a poner estos almohadones en la espalda para que puedas reclinarte en el diván.

–Mira qué portada tan graciosa esta de «La Vie Parisienne».

–Se te ha desatado un zapato... Yo mismo te lo ataré.

–¿Las medias son de gasa?

–¡Uy, qué broche tan raro llevas en las ligas!...

–Te sacaré la faja para que respires a gusto.

–Voy a quitarte el vestido. Hace calor.

–Te quitaré la...

–Déjame que te quite la...

–Convendría que te quitase el...

–Te quitaré las...

–Y las...

–Y los...

Y por fin me callé: ya no había nada que quitarle a Manolita.

–La besé los labios, siguiendo una antigua costumbre.

Pero nuestra entrevista se resintió –como las que sostuve con «Drasdy»– de precipitada. Manolita, que amaba con entusiasmo, se arrepentía una vez que la fiebre del momento había remitido. Y se tiraba de los rubios cabellos, se retorcía las manos como si fuesen dos toallas mojadas y se derrumbaba en los sillones, tapándose el rostro y gimiendo:

–¡Dios mío! ¡Dios mío! ¿Por qué me he dejado arrastrar al pecado? ¡Soy una infame! ¡Estoy manchada de la peor culpa!

Pedía a grandes voces:

–¡Confesión, Dios mío! ¡¡Confesión!!

Y se vestía y volaba a confesar su pecado al templo más proximo.

Su mezcla de voluptuosidad y de misticismo me atrajo al principio de singular manera. No hubiese entonces cambiado a Manolita por ninguna mujer del mundo, incluidas Greta Garbo y Paulina Bonaparte.

Pero a los cuatro meses, aquellos arrepentimientos sistemáticos comenzaron a parecerme un poco excesivos. Y un día le pregunté:

–¿Por qué no te confiesas antes de venir a casa?

–¿Antes de venir?

–¡Claro! Como sabes de antemano que vienes a pecar, confesándote antes te ahorrarías las molestias de vestirte precipitadamente, de retorcerte las manos y de tirarte de los cabellos.

–¡Hereje! –exclamó ella furibunda.

–Pero mujer, si...

–¡Quita! ¡Quita! ¡No te acerques! ¡Te odio!

Y añadió con la expresión exacta de una heroína de Eurípides:

–¡¡Ah!! ¡Te juro que no me tendrás más entre tus brazos!

. . . .

Ocho minutos después, salía de casa para confesarse.

LAS SIETE DE LA MAÑANA

–¿Y cómo acabaste con ella? –preguntó Fermín.

Zambombo volvió la cabeza bruscamente.

–¿Pero estabas despierto?

–Me he despertado –dijo el *chauffeur*– cuando repetías las frases de Manolita: «*¡confesión, Dios mío!, ¡confesión!*» Y dabas tales gritos que supongo que se habrán despertado también los demás vecinos de la barriada.

–Nada se ha perdido con ello. Es gente que suele madrugar.

Y agregó:

–Pues acabé con Manolita de un modo vulgar. En cierta ocasión tuve que marcharme dos días a Alcalá de Henares y cuando volví, trayendo una cajita de almendras...

–Ella se había escapado con otro...

–No. Pero había ardido su casa a las once de la noche, y como Manolita no salía nunca después de comer, se achicharró en el incendio.

–Pues es gracioso.

–Sí. Es muy gracioso.

Hubo una pausa, cosa que acaba por ocurrir siempre en todas las novelas.

La claridad del nuevo día ponía en aquel auto, inmóvil, una especie de barniz acuoso. Y el frío exterior, en combinación con el humo de los cigarros de Zambombo y con las respiraciones de los dos hombres, había provisto de unos opacos visillos los cristales.

Zambombo consultó el reloj; se convenció de que eran las siete y de que estaba saltada la cuerda y dijo:

–Te he contado esas cuatro historias, esencia de mi vida amorosa, para que vieras cómo interpretan el amor las mujeres y para que pudieras apreciar bien lo que me ocurrió ayer, suceso que me ha decidido a marcharme a Australia.

Fermín alzó una mano.

–Perdona –exclamó–, son las siete, tengo que reanudar mi trabajo y no puedo seguir escuchándote.

–Pero, Fermín...–susurró Zambombo con la voz estrangulada por la ira.

–Es inútil. El deber es el deber. La obligación es la obligación. Tú no puedes seguir a bordo de mi coche.

Le dio un empujón, le obligó a hacer mutis por una portezuela y apretó el botón de la puesta en marcha; y después de aguardar media hora a que el motor funcionase, viró en redondo y desapareció calle abajo, llevándose en el vehículo las tres maletas-cofres del equipaje de Zambombo.

* * *

Verdaderamente ya comprendo que no es lícito llegar hasta aquí sin haber empezado a narrar el episodio que constituye la trama de esta novela. Voy a contarlo y el lector podrá enterarse de ello inmediatamente.

Pero para enterarse, no tiene más remedio que volver la hoja.

Vuelve la hoja, lector.

TERCER CAPÍTULO

EL EXTRAÑO SUCEDIDO QUE LE HIZO ADOPTAR A ZAMBOMBO LA DECISION DE MARCHARSE A AUSTRALIA

LA CIRCULAR

Dos días antes de que Zambombo y Fermín se encontrasen en la forma en que el lector habrá visto, si no es que el lector pertenece a esa falange de individuos que leen los libros dando saltos de canguro, el criado de Zambombo, Louis Dupont, hombre sordo y afable, había entregado a su amo una carta.

Roto el sobre con un mondadientes (Zambombo tenía varias plegaderas, pero no las utilizaba más que para abrir los cajones cuya llave había perdido; esto lo hacemos todos), roto el sobre, decía, Zambombo extrajo de él una circular.

He aquí su texto:

H. FRANCISCO ARENCIBIA
PASEO DE LA CASTELLANA, 90 (HOTEL)
MADRID

Sr. D. Elías Pérez Seltz.

Muy distinguido señor mío: Habiendo tenido noticia de que es usted el actual amante de mi esposa, lady Sylvia Brums Carter, y suponiendo que usted ignora que a mí me tiene sin cuidado el que usted le diga «amor mío», «mi cielo» u otra cualquiera de esas simplezas tan frecuentes entre enamorados, siento el gusto de comunicar a usted por medio de esta circular que no tiene necesidad de ocultar a los ojos de la sociedad esos culpables amores, puesto que yo, como marido y presunto perjudicado, los autorizo desde este momento.

Con tal motivo me es muy grato ofrecerme a usted como s. s. y amigo q. l. e. l. m.,

Héctor Francisco Arencibia.

Al acabar de leer, pues antes de leerlo hubiera sido absurdo, Zambombo se quedó pensativo.

Volvió a pasar sus miradas de arriba abajo de la circular; la dio vueltas entre sus dedos; escudriñó el matasellos atentamente sin lograr descifrar los camelos que aparecían escritos en él; olió el sobre; olió la carta; miró al trasluz ambas cosas. Y, por fin, murmuró:

–Pero ¿qué quiere decir esto?

Después volvió a leer la circular. A continuación, pensó: «Es una broma de algún amigo»... En seguida, rompió la circular y la echó al cesto de los papeles. E inmediatamente se arrepintió, cogió los pedazos y los pegó en una cuartilla, diciéndose: «Lo enseñaré en el Círculo, porque tiene gracia.»

En fin, hizo lo que hubiese hecho cualquier otro en su caso.

Y «su caso» era que Zambombo no conocía ni de vista a lady Sylvia Brums Carter de Arencibia.

. . . .

Al día siguiente, a la una de la tarde, Zambombo le tiraba a su criado la lámpara portátil que descansaba en la mesita de noche.

Esto sucedía a diario, porque también era a diario cuando entraban a despertarle, y así, al cabo del tiempo, Zambombo había abollado el cobre del portátil, y el criado había inventado el procedimiento de llamar a su amo al través de una larga bocina que introducía por el montante de la puerta.

La bocina aulló:

¡SEÑOR, QUE ES LA UNA!

E, inmediatamente, el portátil cruzó la estancia silbando como un aerolito hasta que se chafó contra la puerta:

–¡PSFCHPPSSSFFCHSSFFOSSPPSFFCHSS!

¡¡¡PLUM!!!

El criado entonces entró con la bocina protectora en una mano y la bandeja del desayuno en la otra.

Zambombo desayunó y leyó la Prensa de la mañana. (Ya se ha dicho que era un hombre corriente.) De pronto, dio un alarido y releyó la noticia que le había arrancado aquel trozo de lenguaje de Cro Magnon.

Era una simple «nota de sociedad» que insertaba el díario «D E F» y decía sencillamente:

VIAJES

HAN REGRESADO:

... De Londres, lady Sylvia Brums de Arencibia...

... De Segovia, la vizcondesa de... (Etc.)

¡Es decir, que Sylvia Brums existía realmente!...

¡Y su marido se llamaba, en efecto, Arencibia!...

¡Y la circular no era el producto de una broma!..

¿Entonces?

Si él no conocía a lady Sylvia, ¿por qué recibía una circular del marido suponiéndole su amante?

¿Qué clase de hombre era el señor Arencibia, que mandaba imprimir circulares como aquélla?

¿Qué clase de mujer era lady Sylvia Brums, que para dirigirse a sus amantes era necesario recurrir a la pasmosa multiplicación de la imprenta?

Pasó todo el día meditando sobre el asunto y, como ocurre siempre que se medita, concluyó por alejarse diametralmente de la verdad.

Y de pronto tuvo miedo, un miedo absurdo que quizás no era más que el cansancio de todo un día de utilizar con furia el cerebro. Y decidió marcharse a Australia.

. . . .

Puede que esto no sea muy lógico, pero si obrásemos todos lógicamente, haría tiempo que la raza humana habría desaparecido del planeta.

Con lo cual no se hubiese perdido mucho, ciertamente.

CUARTO CAPÍTULO

ZAMBOMBO CONOCE A SYLVIA Y SYLVIA CONOCE A ZAMBOMBO

SERVIDUMBRE

¿Cómo averiguar el paradero y la dirección de Fermín?

¿Cómo recuperar las tres maletas-cofres que el *chauffeur* se había llevado distraídamente en su auto y dentro de las cuales iba encerrado el vestuario íntegro de Zambombo, sus utensilios de *toilette*, sus libros preferidos y, en suma, todas esas menudas cosas que el hombre necesita al viajar para pagar exceso de equipaje?

¿Cómo irse a Australia con un solo traje gris, un sombrero frégoli y un abrigo de entretiempo?

Zambombo, de pie en medio de la calle, se hizo estas tres preguntas y se dirigió a su domicilio, aquel domicilio del que salió contando con no volver en un par de años.

Al llegar, al abrir la puerta con su llavín, le sorprendió el silencio que se extendía por el inmueble. Eran ya las ocho de la mañana y sus criados (tres, según hemos visto en el padrón: ayuda de cámara, cocinera y doncella) parecían haberse muerto de un modo unánime.

Recorrió las habitaciones exteriores; nadie.

Entró en el comedor: sobre la mesa había todavía restos de un festín de cuatro personas; los manteles, manchados de vino: redondeados violáceos en los que Zambombo adivinó las marcas: «Byass», «Domeçq», «Rioja», «Valdepeñas», «Arganda», «Pozuelo». Y todo ello saturado de esa cosa gelatinosa y fría que tienen las mesas abandonadas de los banquetes cuando las alumbra el puro sol de la mañana.

Zambombo siguió adelante. Al pasar ante la puerta de la habitación de la doncella creyó oír una voz de hombre allí dentro. Como la doncella era mujer (de lo cual Zambombo estaba bien seguro), podía sospecharse que aquella voz no salía de la garganta de la doncella.

Un poco más allá, al entrar en su alcoba, debía descubrir otro idilio. En el propio lecho del amo, el ayuda de cámara y la cocinera dormían dulcemente.

Zambombo se metió en su despacho y ante la mesa (acero con incrustaciones de lapislázuli) hizo sonar un timbre con insistencia apremiante. Se oyeron carreras, portazos, diálogos en voz baja y al cabo de un rato el ayuda de cámara, la cocinera y la doncella se hallaban en el despacho pronunciando frases de disculpa.

–Quién iba a pensar en que el señor...

–Como no esperábamos al señor...

–Si hubiera avisado el señor...

Zambombo los calló con un gesto breve.

–No tienen ustedes vergüenza –les comunicó.

–No, señor –declaró el criado que sabía ponerse en la realidad intrínseca de la existencia.

–He venido –siguió Zambombo– para advertirles que retraso mi viaje unos días.

–Sí, señor.

–Así es que, por ahora, todo debe seguir igual que antes. Voy a salir. Que cada uno de ustedes vuelva a su obligación.

Y se marchó a la calle a tomar un chocolate con doble juego de ensaimadas y a equiparse de la ropa y los utensilios que había perdido por culpa de Fermín.

Los tres criados deliberaron acerca de lo que debían hacer. El ayuda de cámara llevó la dirección del debate y lo resumió con estas palabras dirigidas a la doncella, a la cocinera y al novio de la doncella, que, al marcharse Zambombo, volvió a la superficie desde las profundidades de un cesto de ropa donde le ocultó su novia.

–El señor lo ha dicho bien claro antes de salir. «Que cada uno de ustedes vuelva a su obligación.» Nosotros somos cuatro enamorados. Ahora bien: ¿la obligación de los enamorados no es amarse? Pues amándonos, volveremos a nuestra obligación.

Y se fueron a ocupar las habitaciones que habían abandonado precipitadamente.

Eran las ocho y diez.

VISITA

Once horas después.

Empieza a deshacerse el día en una extenuación de nubes girovagantes.

En las calles, claxons, bocinas, largos pitidos.

En las casas, niños que reclaman la merienda.

En los conventos de religiosas, monjas.

En los *restaurants*, abundantes «seven o'oclock tea».

Y en el domicilio de Zambombo, un timbrazo, dos timbrazos, tres timbrazos, dieciocho timbrazos.

Es una dama vestida con un traje «amarillo-fuego»; la cabeza encerrada en un casquete color plata, del cual sale un airón argentífero que le acaricia el hombro.

Alta y delgada, envarada, altiva, parece una pluma estilográfica. Abre la puerta Louis.

LA DAMA.–¿Está el señor?

EL CRIADO SORDO.–¿Cómo?

LA DAMA.–¿Que si está el señor?

EL CRIADO SORDO.–¿Qué?

LA DAMA.–El señor Pérez Seltz, ¿está?

EL CRIADO SORDO.–¿Decía la señora?

LA DAMA.–Pregunto si está el señor en casa.

EL CRIADO SORDO.–¿Cómo dice?

La dama sacó de su bolso un lapicerito de oro y escribió en la pechera del criado la frase: *«¿Está el señor?»;* luego dio un tirón de la pechera, arrancó el pedazo y lo puso ante los ojos del ayuda de cámara.

–¡Ah! Sí, señora. Pase la señora...

Echaron a andar por un pasillo.

Cruzaron unas habitaciones; el criado moviendo cortinajes al paso de la dama; la dama moviendo las caderas a cada paso. Y la dama ingresó en el despacho de Zambombo como se ingresa en la Judicatura: con un montón de recomendaciones:

–Siéntese la señora. Si la señora desea entretenerse, hay revistas aquí. Aguarde un instante la señora. La señora haría bien acercándose al radiador.

Doce minutos de pausa

Zambombo apareció, encuadrado por tres rayas perfectas: la del pelo, la de la pernera derecha del pantalón y la de la pernera izquierda. Una inclinación.

–Señora...

Y esta frase extraordinaria, pronunciada por la dama:

–Soy Sylvia Brums Carter de Arencibia.

* *

*

(¡Ay, perdonen ustedes, que he puesto los asteriscos del revés!...)

*
* *

(Ya está subsanado.)

–¿Ha dicho usted Sylvia? –indagó Zambombo.

–Pero... ¿Sylvia Brums? –volvió a inquirir.

–¿También usted es sordo?

–Es que la sorpresa... Lo raro de esta visita... En fin... Créame usted que no sé qué pensar...

–Piense usted que tengo hambre –exclamó la dama– y ordene a su criado que nos traiga alguna chuchería.

–¿Té con pastas?

–O pastas sin té. Me es lo mismo.

–En seguida.

Zambombo fue hacia la mesa (acero con inscrustaciones de lapislázuli), abrió un cajón, sacó una pistola y la disparó al aire tres veces.

–Lo hago para que venga mi criado –aclaró.

–Ya lo supongo –replicó la dama sin extrañarse–, pero me parece que esa pistola no tiene una detonación lo suficientemente fuerte.

–Es que cuando el criado no oye los tiros, le avisa la cocinera.

Louis entró a punto de *no interrumpir* el diálogo. Su amo le dio algunas órdenes, escritas en un papel, para que preparase una merienda estimable y el criado desapareció, arrugando la alfombra al salir.

Zambombo se volvió hacia Sylvia. Lady Brums revisaba las bibliotecas, que eran altas hasta el techo y estaban protegidas por grandes cristaleras. Se acercó a la dama:

–¿Revisaba los títulos de los libros?

–No... Me miraba los ojos en el cristal –dijo ella.

Y en seguida se dejó caer en uno de los butacones; el vestido, cortado con arreglo al último figurín, dejó al descubierto sus rodillas; por arriba, el escote permitía ver perfectamente un lunar que adornaba la región umbilical: el resto de su persona permanecía cubierto.

. . . .

(¡Parece mentira! ¡No haber descrito todavía a lady Brums! Esto, en una novela de amor, es un defecto imperdonable y hay que corregirlo al punto.)

. . . .

DESCRPCIÓN DE SYLVIA DESCRPCIÓN DE SYLVIA

Lady Sylvia tenía el pelo dorado como el boj; sus ojos de pantera hambrienta relucían con los destellos de la calcopirita.

Ojos en los que oscilaba la llama indecisa de un deseo inconfesable, y que subyugaban y atraían como un patíbulo; sus cambiantes de luz, ya roja, ya mercurial, hacían pensar en las aguas quietas de los lagos, cuando la luna pasea por ellas la primera ráfaga de su lívida linterna, escondiendo el légamo herbáceo que duerme en el fondo. *(¡En la que me he metido!)*

Prendidos en la palidez gripal de su semblante, los ojos de lady Sylvia se enturbiaban con un resplandor febril, que era a la vez atractivo y odioso y se alargaban –como «matasuegras»– a buscar los remansos de las sienes.

Su boca, flor del Trópico de Cáncer, parecía haber absorbido la savia de todo su organismo y sus pétalos se estremecían en la impaciente espera de la mariposa que –después de volar sobre el mar– debía libar en ellos la frenética esencia de sus voluptuosidades. El cuerpo de Sylvia apoyaba su prestigio en las letras *ese, te* y *equis,* pues era flexible, laxo, flexuoso, esbelto, estilizado, terso, satinado, sintético y extenuante. Y, sobre todo, artístico y extraordinario y praxitélico. *(¡Hola, hola!)*

Finalmente, quiero añadir que en aquella maravillosa mujer se daba una circunstancia no menos maravillosa y era que las partes más importantes de su persona las tenía dobles: dos ojos, dos orejas, dos senos, dos brazos, dos manos, dos nalgas, dos piernas, dos pies y dos ovarios.

Genéricamente ya conocemos a Sylvia. Era joven, no tenía mas grasa que la necesaria, sus órganos funcionaban sin irregularidades y sus secreciones internas eran normalísimas. Por todo esto –como las demás mujeres que se hallen en su caso– su vida se deslizaba de un modo corriente y el día que la habían amado* con insistencia, se sentía feliz y optimista, y el día que no la habían amado, se notaba pesimista y desgraciada.

Sin embargo, yo aseguro con firmeza que ella procuraba por todos los medios a su alcance ser feliz y optimista a diario.

En las restantes cosas y aspectos, esos aspectos y esas cosas que definen a la gran mayoría de las mujeres y que sirven para que no se las confunda con el «tití» amaestrado

---

* Amado... ¡Qué delicada expresión!

DOS NUEVAS FÓRMULAS

de Borneo, Sylvia era exactamente igual que sus compañeras de sexo. *(El sexo de las mujeres es el femenino.)*

A propósito de ello, quiero determinar las dos fórmulas químicas con las cuales se puede obtener una mujer o un hombre a voluntad y rápidamente. De esta manera, se sabrá de ahora para siempre de qué substancias se componen los hombres y las mujeres, esas dos terribles plagas que comenzaron por repartirse una manzana y han acabado por repartirse calles enteras.

FÓRMULA A: *(Para obtener hombres).*

Bestialidad	50	gramos
Presunción	15	»
Talento	5	»
Egoísmo	15	»
Envidia	5	»
Fuerza	10	»
TOTAL	100	» de hombre.

FÓRMULA B: *(Para obtener mujeres).*

Vanidad	40	gramos.
Belleza	20	»
Instinto maternal	8	»
Envidia y sensualidad	30	»
Talento	1	»
Fuerza	1	»
TOTAL	100	» de mujer.

Para conseguir un hombre que pese setenta kilos, repítase la fórmula setecientas veces.

Y para conseguir una mujer que pese cincuenta kilos, repítase la fórmula quinientas veces.

Después de estas páginas de descripción, creo que ya se puede seguir adelante.

LA RABIA DESNUDA A LADY BRUMS

Zambombo, sentado frente a Sylvia, se hundió en la delectación de contemplar las piernas –soberbias– de lady Brums; y ésta, para no molestarse en impedirlo, cogió una revista de encima de la mesa (acero con incrustaciones de lapislázuli) y se dispuso a leer todo el tiempo que durase la delectación de Zambombo. La revista elegida fue precisamente el *Tomorrow Is Sunday**, de Londres.

Louis volvió a entrar empujando un carrito de ébano y plata, en cuyas dos plataformas venía dispuesta una merienda a base de té, mermeladas, pastas; mermeladas, pastas y té; pastas, té y mermeladas. Louis dijo:

–Los señores están servidos.

Y tornó a irse, dejando el carrito al lado de su amo. Ni Zambombo ni Sylvia se dieron por enterados. Ella continuó leyendo el *Tomorrow Is Sunday* y él prosiguió en la delectación de contemplar las piernas de lady Brums.

Por fin, exclamó dirigiéndose a la dama:

–¿Son las dos absolutamente iguales?

–Sí, sí, vea usted.

Cambió de postura y en lugar de hacer cabalgar la pierna izquierda sobre la pierna derecha, hizo cabalgar las dos piernas sobre el brazo izquierdo del butacón.

Añadió:

–¿Le parecen bien?

–Son efectivamente prodigiosas. Sin embargo...

Y dejó su frase colgada.

–Sin embargo ¿qué? –indagó lady Brums alzando una ceja con aire impertinente.

–Digo que aunque son prodigiosas, eso no prueba nada. Conozco cientos de mujeres provistas de piernas prodigiosas y que, no obstante, flaqueaban en el dibujo de las caderas, o en el de la cintura, o en el del pecho.

–Debía llamarle a usted estúpido –repuso lady Brums después de una pausa fría–. Pero prefiero demostrarle que lo es.

Se levantó vivamente, arrancó de un tirón la piel de zorro chingue que ceñía su garganta, se despojó del vestido amarillo-fuego, y de una combinación aurífera, y de pie en el centro de la estancia dio una vuelta lenta, como un maniquí, dejando aquilatar su belleza transparente.

(El airón que se escapaba de su sombrero color plata acariciaba ahora un hombro desnudo.)

–¿Soy como esas mujeres que flaquean en el dibujo de las caderas o de la cintura o del pecho?

---

* *Tomorrow Is Sunday.* «Mañana es domingo»

Zambombo no replicó. Miraba anhelante y olfateaba como un lulú perdido, la vibrante esencia de «lirios tumefactos» que había invadido el ambiente.

–Perdón...

Se acercó a ella tembloroso, en esa actitud de violador en cierne que provoca varios *«close up»* en las películas americanas; Sylvia le dejó acercarse y cuando estuvo a su lado, le cruzó la cara con el *Tomorrow Is Sunday*.

–Entonces –preguntó frunciendo los labios asqueada– ¿es usted más memo de lo que yo creía?

–¿Eh? –profirió él, retrocediendo.

–Entonces ¿el hecho de que yo me desnude significa para usted que hemos de acabar desordenando una cama juntos?

–Si usted prefiere, podemos utilizarla sin desordenarla en absoluto –propuso él rehaciéndose.

El semblante de Sylvia se animó con esta réplica.

–No todo se ha perdido –dijo–. Veo que conserva usted cierta finura de espíritu. Sin embargo, su actitud de hace unos momentos sigue siendo estúpida, y es preciso castigar esa estupidez. He venido a que hablemos. Vamos a hablar. El castigo consistirá en que yo permaneceré desnuda todo el tiempo que dure nuestra conferencia.

Zambombo se inclinó en vasallaje; luego abrió por completo la llave de los radiadores.

–Gracias –susurró Sylvia ante el aumento de temperatura.

Y volvió a ocupar su butacón, estupendamente blanca y traslúcida sobre el aterciopelado del respaldo, dejando en su regazo el número de *Tomorrow Is Sunday* para que hiciese el oficio de una hoja de vid.

(Por lo demás, el hecho de que una dama de la aristocracia inglesa venga a nuestro domicilio y se desnude por completo para hablar con nosotros ocurre todos los días y ya no le extraña a nadie.)

SYLVIA SE RINDE POR LA ACROBACIA

–Cuénteme algo de sus asuntos.

–Mis asuntos, señora...

–No me llame señora.

–¿Debo llamarla acaso señorita?

–Debe usted llamarme sencillamente «divina». El espectáculo de mi cuerpo desnudo autoriza y obliga a que se me divinice. En Grecia ocurría siempre.

–Grecia era un pueblo sensual.

–España, también, sólo que la sensualidad se ha refugiado en algunos rincones propicios de los cinematógrafos y de la Sierra de Guadarrama.

–Efectivamente: en uno y otro sitio se percibe la misma frescura.

–Odio los chistes fáciles. En lugar de decir chistes de zarzuela, cuénteme algo de sus asuntos.

–Pues mis asuntos, divina, no merecen ser contados. Corto el cupón, fumo, voy a los teatros y a los *cabarets,* me baño, juro en falso y visito a mi sastre mensualmente. Lo que querría hacer todo el mundo.

–¿Cuántas mujeres ha inaugurado usted?

–Ninguna. En mi repertorio no hay más que reprises.

–¿Ha intentado usted casarse?

–Una vez. Fue en esa terrible época de los veintidós años en que los hombres, cuando encuentran una mujer de pie en una esquina, a las tres de la madrugada, tienen la duda de si será realmente una profesional del amor o una princesa real que vuelve de un baile. ¡Época maravillosa, durante la cual los muchachos, para creer en la pureza de alma de una joven, les basta con que esa joven lleve buclecitos rubios o tenga los ojos azules o escriba «mantilla» con i griega! ¡Maravillosa época en que los hombres tienen la primera novia, y le sonríen dulcemente a la futura suegra y apenas si se deciden, llenos de confusión, a rozar con los suyos los labios de la prometida, porque suponen que las demás cosas le van a parecer repugnantes! ¡Dieciocho, veinte, veintidós años: época magnífica en que...

–Está muy bien –cortó Sylvia–. Pero si persiste usted en hacer párrafos así de largos, me dormiré, saturada de tedio. ¿Decía usted que en esa época intentó casarse?...

–Sí. Lo tenía ya todo: licencia de matrimonio, cédula personal, dinero, casa, un sacerdote amigo dispuesto, dos billetes de ferrocarril para Hendaya, varios pijamas...

–¿Tenía usted novia?

–Me faltaba ese pequeño detalle, pero la busqué y no tardé en encontrarla. Era una muchacha angelical. Pertenecía a esa salsa gris y espesa, en la cual flotan innumerables cretinos, que se conoce con el nombre de «buena sociedad». Yo adoraba a mi prometida y si no llegué a casarme con ella fue porque un día antes de la boda supe que la que entonces era «prometida» mía había sido antes «regalada» de un primo suyo.

–¡Pobre muchacha! –dijo Sylvia–. ¿Y esa circunstancia vulgarísima fue la que le impidió llevarla al altar?

–No esa, precisamente, sino la circunstancia de que el que iba a ser su esposo era yo y no su primo.

Sylvia acariciose con gesto pensativo uno de sus senos desnudos y exclamó de pronto:

–¿Qué otros amores ha tenido usted?

–Cuatro amores más: la hija de un sereno que devoraba libros de amor, una institutriz, una joven muy romántica y otra joven muy mística, que murió en un incendio. Los cuatro han sido relatados por su autor en una novela cuya tercera edición se ha puesto a la venta hace poco.

–«¿Amor se escribe sin hache?»

–La misma.

–Conozco la novela y conozco también, por lo tanto, esos cuatro amores. De suerte que usted, a pesar de sus treinta años, ¿no sabe todavía lo que es una gran pasión, un verdadero amor, con una mujer exquisita, refinada, inteligente que haya consumido su vida en los viajes y en el ansia de la originalidad y de lo extraordinario?

–Debo declarar que no.

–Entonces acaso es conveniente que usted y yo nos amemos.

Zambombo se levantó con el rostro transfigurado por un sentimiento indecible.

–Sylvia... –murmuró.

Se arrodilló en éxtasis ante lady Brums y la besó un pie.

Ella replicó dándole un taconazo en la nariz.

–No vuelva a las simplezas de antes –dijo–. Soy una mujer diferente de las demás; soy una heroína de novela de amor. Además, todavía no hemos acabado de hablar.

–Acabemos, pues –propuso Zambombo desde el suelo donde le había sentado el taconazo de Sylvia.

–¿Recibió usted hace dos días una circular de mi marido?

–Sí. Y me ha extrañado, porque...

–No pido su opinión. Mi marido acostumbra a enviar esas circulares a mis amantes y se la ha enviado a usted sin serlo, porque yo le aseguré que lo era.

–No comprendo, señora...

–Le he dicho que me llame «divina».

–No comprendo, divina.

–Es muy sencillo. Yo me desestimaría a mí misma si dos veces por semana, al menos, no le comunicase a mi marido el nombre y los apellidos de un nuevo amante. En la semana pasada ya sólo pude decirle un nombre; en esta semana, ninguno. Mi rabia era inmensa, mis nervios estallaban; creí morir de impotencia. ¿Qué hacer? Una mujer que durante años enteros tiene dos amantes inéditos por semana y que de pronto ve transcurrir catorce días sin renovar las existencias, presenta todas las apariencias de que ha dejado de ser seductora y atractiva...

–Le juro, se... divina, que sigue usted siendo extraordinariamente atractiva y maravillosamente seductora...

–No diga bobadas. Ya lo sé. Ya sé que continúo siendo una mujer soberbia. *Mi espanto radicaba en que mi marido tuviese la sospecha de que yo iba dejando de serlo.* ¿Comprende?

–Sí, sí... –dijo Zambombo

–Multipliqué mis dotes de seducción. Sonreí a los hombres como nunca les había sonreído. Hice lo que no he hecho jamás: salir a la calle a pie. Inútilmente. Muchos imbéciles me piropearon al pasar. Otros me siguieron un buen trecho. Pero todos ellos, al comprender que podían llegar a tenerme en los brazos rápidamente, huían. ¿Por qué esto? Mi apariencia no es la de una mujer del arroyo, que puede introducir en el organismo del que la ama algunos millones de espiroquetas pálidos. ¿Por qué huían? Y lo comprendí al cabo. Es, sencillamente, que *los imbéciles que tienen valor para piropear en la calle a una mujer elegante y para seguirla hasta su casa, no tienen valor para encerrarse a solas con ella.*

–Una verdad indiscutible –aseguró Zambombo, recordando la psicología de alguno de sus amigos.

–Entonces, incapaz de mantenerme en la humillante situación en que estaba a los ojos de mi marido, abrí la *Guía de Madrid* y fijé mi vista en un nombre cualquiera; era el de usted: Elías Pérez Seltz. Y cuando mi marido llegó a comer, le cerré el paso, diciéndole: «Mi nuevo amante se llama Elías Pérez Seltz, Paco.» Él repuso: «Muy bien, Sylvia, mañana sin falta enviaré la circular a ese caballero.» Y yo pude aquella noche dormir sosegada y tranquila.

Sylvia calló. Zambombo, que había permanecido sentado en la alfombra al lado de lady Brums y acariciándole tenuamente el alto empeine izquierdo, subió su mano a lo largo de la pierna, mientras sonreía con una sonrisa inductiva:

–Puesto que ya me ha declarado a lo que ha venido, y puesto que ni siquiera necesita despojarse de la ropa...

–Se equivoca usted. He venido exclusivamente para prevenirle y para explicarle el por qué de la circular, pues temía que visitase usted a mi marido para sincerarse con él. Sin embargo... ¡quién sabe! Si usted fuese un hombre que se adaptara a mi amor y que se sintiera capaz de arrostrarlo todo por mí..., es posible que llegásemos a un acuerdo.

–¡Soy ese hombre! Lo juro –afirmó solemnemente Zambombo, siempre sentado en el suelo.

Lady Brums estiró sus miembros blanquísimos en un esguince de hastío.

–Estoy tan cansada de este ajetreo de cambiar de amantes... –dijo–. Ahora me gustaría revelarle lo que es una gran pasión con una mujer excepcional a un hombre que, como usted, no hubiera tenido ninguna.

Sylvia abandonó el butacón. Su ágil cuerpo desnudo se paseó por la estancia y todo él se agitó en rápidos movimientos, mientras el cerebro meditaba despacio, pues lady Brums tenía más costumbre de mover el cuerpo que el cerebro, fenómeno bastante femenino.

–No basta –murmuró al fin– con afirmar «soy ese hombre». Hay que probarlo. Mi amor no es un amor vulgar, ni soy una mujer como su institutriz o su hija del sereno o su muchacha mística; ya se lo he dicho. Mi amor está lleno de rarezas, de obstáculos, de originalidades. Yo, por ejemplo, sería incapaz de amar a un hombre que no supiese dar el doble salto mortal. ¿Sabe usted darlo?

–¡Sí! –replicó Zambombo cuando todavía vibraba en el aire la última sílaba pronunciada por lady Brums.

Y comprendiendo que no conducía a nada el dilatar la demostración, se subió sobre la mesa (acero con incrustaciones de lapislázuli) y se lanzó al *parquet* de cabeza, con vigoroso impulso de los músculos tibiales y tensorios de la fascia lata.

Dos vertiginosos giros en el aire y Zambombo cayó de pie. Acababa de dar el primer doble salto mortal de su existencia.

–Lo había hecho otras veces, ¿verdad? –indagó Sylvia.

–Nunca hasta ahora –repuso Zambombo arrancando un cortinaje, al que se había aferrado para conservar el equilibrio estable.

Lady Brums acercóse a Zambombo, y mientras sus encendidos labios dejaban escapar un ¡oh! admirativo, sus brazos rodearon la cabeza del saltarín intuitivo.

–¡Te adoro!

Y lo besó en la boca con un beso comunista y trepidante que a Zambombo le produjo la impresión de que acababan de extraerle la médula incluido el bulbo raquídeo.

Sin embargo, tuvo suficiente presencia de ánimo para hundir sus dedos, como clavos, en los flancos palpitantes de Sylvia, llevándola hacia sí. Le devolvió el beso, diciéndole apasionadísimo:

–¡Mi alma!

Y ella contestó estremeciendo su carne desnuda:

–¡Tienes las manos muy frías!

Zambombo requirió su pistola, la disparó tres veces y cuando el criado acudió, le pidió unos guantes de gamuza. Despues se calzó los guantes y volvió a abrazar a Sylvia, sin que ésta se quejase ya del grado de temperatura de su piel.

. . . .
. . . .

ESTOS PUNTOS SUSPENSIVOS SON CLÁSICOS

. . . .
. . . .

Apoyando un codo doblado entre la tercera y cuarta circunvolución de las sábanas, saturadas por completo de esencia de «lirios tumefactos», Zambombo habló:

–¿Por qué una cosa tan ajena al amor y a la seducción como es el acto de dar un doble salto mortal, te ha decidido a rendirte?

Sylvia echó hacia atrás su cabeza, bostezó ampliamente y dando unos golpes en su boca entreabierta con el reverso de sus deditos, murmuró:

–¿Por qué había de decidirme otra cosa y no ésa? Probar el amor de un hombre no es nada fácil y entre un juramento hecho en el momento en que la sangre azota con furia las arterias o ver que el aspirante a nuestro corazón se lanza a dar un doble salto mortal en el que se expone a partirse en cuatro los riñones, doy mayor crédito a la acrobacia improvisada que al juramento solemne. Además... lo que busco es más un esclavo que un amante.

–¿Un esclavo? ¿Por qué?

–¡Pchss! Las mujeres amamos la esclavitud.

–¿Es posible?

–Amamos la esclavitud... ajena. Sin embargo, no todas podemos practicar esa esclavitud. Yo sólo una vez pude gozar del maravilloso espectáculo; fue con mi segundo marido, ¡hombre admirable!, que acabó suicidándose como Leónidas.

–También yo me suicidaría por ti –susurró Zambombo besándole detrás de un oído y con la sinceridad y el entusiasmo amoroso que proporciona el abrazar de prístina intención el torso desnudo y perfumado de una mujer.

–¿De veras? –dijo Sylvia–. Tiempo tendrás de probarme que no mientes. Entretanto, te confesaré que me gusta tu estilo, aunque ya me doy cuenta de que en el primer día de unirse una pareja hay siempre tirantez, falta de costumbre de medir mutuas distancias y, en general, una singular extrañeza... ¡Ay! –suspiró–. Idéntica extrañeza que la que sentimos al ponernos un sombrero nuevo, o una nueva sortija, o al cambiarnos de sostén... Es terrible y cierto que el amor significa tanto en nuestra vida como un sostén, una sortija o un sombrero... Por eso el amor hay que hacérselo o elegirlo a la medida, y por eso te he elegido yo a ti: porque creo que eres «mi número».

LADY BRUMS SE VA

Los muebles de la alcoba estaban esmaltados de un rojo ardiente; la colcha era de damasco negro con tornasoles lívidos, y del mismo tono los cortinajes, las pantallas de las lámparas y los grandes borlones que caían –¿de dónde caían? ¡ah, sí!– de las llaves de los armarios, del tocador y del sofá turco. Los espejos reflejaban hasta el infinito el enorme lecho, que tenía igual alzada que un perro pekinés. Vista desde la puerta que se abría sobre el despacho, la alcoba parecía una caldera ingente a cuyo lado hubiese montones de carbón dispuesto para ser arrojado al fuego.

De pie ante uno de los espejos, Sylvia luchaba por ceñirse de nuevo su traje amarillo, que en realidad hay que suponer que debió de ser fabricado para enfundar un paraguas de caballero. Zambombo, que le había traído las prendas olvidadas en el despacho, la contemplaba con el sombrero en las manos. (Hay mujeres que lo primero que se ponen es el sombrero; estas mismas lo último que se quitan son los pendientes.)

Por fin, lady Brums logró introducirse en el vestido que, así repleto, restallaba y mordía con furor la silueta de Sylvia. Ésta completó su atavío colándose con minucioso estudio el casquete color plata y acostando en sus hombros rectos la piel de zorro chingue que le tendía Zambombo.

El cual, al verla vestida y dispuesta a partir, la besó nuevamente. *(¡¡Qué falta de originalidad!!)*

–¿Cuándo? –indagó el joven como cualquier protagonista corriente.

–Jamás –replicó ella con absoluta firmeza.

–¿Qué dices? ¿Es que no hemos de volver a vernos?

–No.

–Pero ¿no decías?...

–He cambiado de opinión.

Y añadió, volviendo su tratamiento al «usted»:

–Le ruego que llame a su criado para que me acompañe a la puerta. Deseo salir de aquí como una visita de poca confianza.

Fue ella misma a la mesa del despacho (acero con incrustaciones de lapislázuli), sacó el revólver, lo disparó tres veces e indicó al criado que le acompañase hasta la puerta.

Y se marchó sin mirar atrás. Como Isabel II.

LO QUE PENSÓ SYLVIA AL BAJAR LA ESCALERA

Mientras bajaba la escalera, Sylvia iba pensando lo siguiente:

Es un hombre guapo.

Me gusta.

Pero conviene, después de habérselo concedido todo, negárselo todo también.

Para que esto le excite y le exalte.

Y para que se vuelva loco por mí y me desee y me busque y empiece a ser mi esclavo.

Y conviene decirle que no nos veremos ya más para que él haga por verme a todas horas.

Me gusta. Me gusta.

Es un hombre guapo.

LO QUE PENSÓ ZAMBOMBO

Y Zambombo, saliendo al despacho, donde yacía olvidada la merienda (mermeladas, pastas, té), se tiró de bruces en el butacón que había ocupado Sylvia, y pensó angustiado:

¡La adoro!

¡La buscaré, sea donde sea! ¿En qué la habré desilusionado para que se haya marchado así?

¡Tendrá que quererme por encima de su marido y por encima del mundo!

¡La adoro! ¡La adoro!

. . . .

. . . .

Porque el hombre es el ser más ingenuo de la Creación y donde la mujer pone cálculo, él no pone más que simpleza.

QUINTO CAPÍTULO

UN DUELO A MUERTE, UNA CONVERSACIÓN TRASCENDENTAL Y UNA FUGA

CINCO ENTREVISTAS

PRIMERA ENTREVISTA

A la puerta de casa de Sylvia.

Enfrente, el «Cadillac» ronronea como un gato metálico. Junto a una de las portezuelas de la izquierda, el lacayo rígido, en posición de «firmes» y tocando la visera de la gorra con las puntas de sus dedos; en el umbral, el portero –levita azul, botones plateados– no menos rígido que el lacayo; y esperando y espiando, Zambombo.

Sale Sylvia (traje guarnecido de pieles del Cáucaso; abrigo de pieles del Cáucaso; bolso de piel de serpiente; zapatos de piel de serpiente; sombrero de paja, hecho con paja de sombrero) y se dispone a cruzar la acera en busca del «Cadillac»*.

* Se previene que las *toilettes* que luce la protagonista de esta novela estaban de moda en la fecha en que el libro se escribió, año 1928. (Nota de la tercera edición.)

Zambombo le corta el paso.
–¡Sylvia! –murmura.
Ella le mira con esa expresión helada que se adopta al mirar a un desconocido enojoso y a un prestidigitador mediocre, y le advierte:
–Le he dicho a usted otras veces que no insista.
–Debo hablar contigo.
–Entre usted y yo todo está hablado ya.
–Te suplico...
–Déjeme...
–¡Sylvia!
–¡Al «Palace»!
Y el auto escapa mugiendo y tragándose la calle.

SEGUNDA ENTREVISTA

En la Castellana, a las doce del día. Mientras el auto la sigue, deslizándose junto al encintado de la acera, Sylvia pasea por el andén. Rodea su cuerpo con un «froid-tail» persa; el sombrerito es de fieltro y pluma negros. Zambombo la adelanta y la detiene:
–Tienes que oírme, Sylvia.
–¿Otra vez?
–Es preciso.
–¿Cuándo acabará esta situación ridícula?
–Cuando me razones tu actitud.
–Las cosas del corazón no pueden razonarse.
–Todo es susceptible de ser razonado menos los impulsos; lo mío es impulso, lo tuyo es reflexión. ¿Cómo una reflexión no ha de poder razonarse si ha nacido de un razonamiento?
–Estos diálogos de comedia me dan náuseas. Adiós –responde Sylvia.
Y sube al auto, que parte.

TERCERA ENTREVISTA

Enero
21
Lunes

Ocho de la noche. En la perfumería «Eleusis».

Entra Sylvia. Lleva abrigo de piel de nutria y casquete de pana. Bolso y zapatos de tafilete morado. Se acerca a un dependiente, que huele como una «horizontal» de veintidós pesetas.

–Deme «lirios tumefactos» de Coty.

–No tenemos de Coty, señora; de Houbigant...

–No lo quiero. Deme entonces «adelfas encarnadas». En Colonia. Para el baño.

Entra Zambombo y, disimulando como si no hubiese visto a Sylvia, se acerca a otro dependiente. Éste huele igual que una «horizontal» de doce pesetas.

–¿Tienen crema Lathers?

–¿Para el afeitado, verdad? Sí, señor.

–Dos tubos.

–En seguida.

–¡Sylvia!

–No finja usted. Viene siguiéndome desde la calle del Arenal.

–Sí; porque no puedo más. Esto es...

–Caballero: aquí tiene los dos tubos de crema.

–Esto, Sylvia, ¡es demasiado!

–¿Demasiado? Entonces llévese un tubo nada más.

Al acabar las compras –pagadas por Zambombo–, dialogan en la puerta otra vez.

–Dame una esperanza. Te lo pido por lo más sagrado...

–¿Y no se avergüenza usted de esa mendicidad?

–De nada me avergüenzo tratándose de ti... ¿No te perturba el recuerdo de aquella tarde en mi casa? ¿No se repetirá aquello nunca?

–No sé... ¿Quién sabe? Váyase... Pueden vernos.

Y sus voces se escabullen entre los ruidos de la ciudad, que hierve en un bullicio heterogéneo*.

CUARTA ENTREVISTA

En el patio de butacas del *Teatro de la Princesa Juana*. Las doce y cuarto de la noche. Ha terminado el segundo acto de la hermosa comedia regional, *Pescaíto frito*. Aún flotan en el aire las últimas frases pronunciadas por los actores:

ÚLTIMA ESCENA DEL 2.° ACTO DE LA COMEDIA «PESCAÍTO FRITO»

ROCÍO.–*Pue no y no... No te canse, Manué. Suya e de sé de por vía y ná me hará retrosedé en mi querensia... ¡Ay, Señó! Si lo dise la copla:*

«¡Te has de ir con é para siempre
y dejarás a lo tuyo
má triste que uno siprese!...»

MANUEL.–*Tá bien, mujé. Dichosa la ramita que ar tronco sale... Pero oye una cosa, Rosío, y no lo orvíes. Yo conosco otra copla, y dise así:*

«¡Pa la mujé que se va
siempre hay fundía una bala
o una argoya o un puñá!»

(Calándose el sombrero con gesto desesperado):

¡Con Dió, Rosío! (Mutis.)

TELÓN RÁPIDO

---

* Heterogéneo. Filósofo griego. Nació y murió en Éfeso, perteneció a la escuela jónica y sin inclinarse hacia las teorías de Demócrito, para quien la comedia humana era motivo de risa, tampoco participó de las ideas de Heráclito, a quien el espectáculo de la vida le obligaba a prorrumpir en llanto.

Osciló de unas teorías a otras, sin adaptarse a ninguna y fue, en esencia, lo que vulgarmente se llama un pelmazo; en Éfeso estos hombres eran conocidos con el nombre de *sphentris*. Nació en 480 y murió en 403 antes de J. C. Como buen filósofo, no dejó hijos. En cambio, dejó muchas deudas.

El público, puesto de pie, ovaciona largamente. Se alza el telón varias veces y cae de finiquito.

Zambombo, que ocupa una butaca del extremo de la cuarta fila, sale a fumar un cigarrillo al «foyer». Al pasar ante uno de los palcos plateas se detiene con doloroso estupor. En el palco está Sylvia; viste una túnica que, con los zapatos, las medias, los guantes y el bolso de brocado, componen una sinfonía en gris pálido. Sobre el respaldo de su silla hay derribada una capa de felpa y armiño en tono «biscuit».

–¡Tú!–dice Zambombo.

–¡Chits, silencio! –reclama ella sin mover más que los labios–. Mi marido está en el antepalco.

–Pero yo necesito verte, hablarte...

–Mañana, a las once de la noche, frente a la verja de la Embajada Británica.

–Allí estaré.

Y Zambombo entra en el «foyer». Va tan nervioso, que al encender el cigarrillo, se enciende las cejas.

QUINTA ENTREVISTA

Enero
25
Viernes

Eran las once y diez de la noche. Frente a la verja de la Embajada Británica.

Al través de las ventanas se descubría la fiesta que se celebraba en el interior. Una larga fila de automóviles reptaba a lo largo de la verja. A doscientos pasos de allí, Zambombo aguardaba impaciente, escondido en la caja paralelepipédica de un taxi.

Salió Sylvia del edificio de la Embajada, y desdeñando la reverencia de su lacayo, fue rápida hacia el taxi.

Llevaba lady Brums un hilito de turquesas al cuello; entre los cabellos asomaban dos rosas de plumas y se envolvía en una capa de chinchilla y zorro gris, modelo «a la reine d'Angleterre».

Al entrar en el taxi, al cerrar la portezuela, Zambombo dispuso:

–Vamos a...

Pero Sylvia le atajó, irreplicable:

–No vamos a ningún sitio. Nos quedamos aquí. Me he escapado un momento para que hablemos, pero he dejado a mi marido en el baile de la Embajada.

–¡Siempre tu marido!

–Amigo mío, precisamente el inconveniente de las mujeres casadas es que suelen ser esposas de sus maridos.

Y añadió sonriendo:

–Pero cuando se quiere tener aventuras...

Zambombo murmuró esperanzado:

–¡Eres adorable!

–Por fortuna para mí –dijo ella–. Y hablemos la última vez.

–¿La última vez?

–Claro... Espero que no pensarás que consumamos nuestra existencia en rogar tú y en negar yo. Hay dos cosas que me son insoportables: ésa y jugar al ajedrez. He venido a decirte que «esto acabó», Zambombo. Fue una vez y ya no será mas.

–Pero ¿por qué? –indagó él con esa pesadez propia de los hombres pálidos.

–¿Y tú lo preguntas? ¿Es que no te acuerdas de que soy casada?

Hubo un silencio, hijo de aquella declaración indignante.

–¿Y qué, que eres casada? Ya lo sé. Y ello no te ha impedido en absoluto tener tantos amantes como plátanos hay en la Habana.

–Trece más –aclaró Sylvia–. Pero no se trata de eso, Zambombo. Los amantes que he tenido –añadió con un símil a lo Pérez Escrich– han sido para mi corazón como plumitas de colibrí: apenas he notado su peso, mientras que tú, tú...

–¿Qué?

–Tú eres mi amor, mi profundo amor.

Zambombo hizo un movimiento de alegría, y de resultas del movimiento, metió el bastón por el cristal de su ventanilla.

–¿Que soy tu amor? ¡Sylvia! –barbotó, insistiendo en su entusiasmo–. ¡Sylvia!

–Pero por eso mismo –concluyó lady Brums– he de renunciar a ti. Porque eres incompatible con mi marido, y amándote a ti, tendría que abandonarlo a él.

–¿Y por qué no lo abandonas? ¿Es que le quieres?

–No, pero le tengo miedo.

Al oír aquello, Zambombo pudo haber reflexionado; y si hubiese reflexionado habría comprendido que Sylvia llevaba un plan calculado o que era absolutamente estúpida, pues sólo una de esas dos razones podía hacer declarar a una mujer su miedo a un marido como Arencibia.

Sólo que no se le debe pedir reflexión a un hombre enamorado, y Zambombo estaba enamorado hasta la parálisis progresiva. Por ello, en lugar de reflexionar, preguntó a Sylvia con gesto torvo:

–¿Y si yo me impusiera a tu marido? ¿Consentirías entonces en que huyésemos juntos?

Sylvia se miró atentamente el barniz de las uñas; perdió los rayos de sus pupilas en el vaho aguardentoso del cristal de la ventanilla que quedaba sano; extendió sus pies y los agitó en el aire a un palmo del suelo; suspiró; rebuscó una motita en su abanico de avestruz, se arropó fuertemente en la capa y emitió este monosílabo importantísimo:

–Sí.

SEPARACIÓN

Se separaron; ella volvió al baile de la Embajada; él pagó lo que marcaba el contador del taxi, más trece pesetas, importe del cristal roto.

Y se alejó a pie, calle abajo, ansiando con frenesí la llegada del amanecer, y con él del nuevo día, para acudir a casa de Sylvia y desembarazarse del marido.

Por su parte, Sylvia entró en el baile con los ojos destilando alegría. *¡Ay! ¡Oh! ¡Es tan dulce para una, saber que existe un hombre que todo lo va a arrostrar por nuestro amor!...*

PETICIÓN RECHAZADA

Al día siguiente. A las nueve de la mañana:

ZAMBOMBO.–*(Al criado de Paco Arencibia.)* Vengo a ver al señor.

EL CRIADO.–¿Al señor Arencibia?

ZAMBOMBO.–Sí.

EL CRIADO.–Pues lo siento de veras, caballero, pero el señor está descansando.

A las diez:

ZAMBOMBO.–¿Puedo ver al señor?

EL CRIADO.–Todavía descansa, caballero.

ZAMBOMBO.–¿Se ha levantado ya el señor?

EL CRIADO.–No, caballero. Está durmiendo aún.

A las doce:

ZAMBOMBO.–¿El señor?

EL CRIADO.–Duerme todavía. Le he llamado dos veces y me ha dicho que me fuera a vender dátiles.

A la una:

Zambombo.–¿Pero es posible que no se haya levantado aún el señor?

El criado.–Es posible, caballero. Parece mentira que eso pueda ocurrir, pero desgraciadamente ocurre.

A la una y media:

Zambombo.–¿Todavía?

El criado.–Aún.

A las dos:

Zambombo.–¿Aún?

El criado.–Todavía.

A las dos y media:

Zambombo.–¿Sigue durmiendo?

El criado.–Pase usted al salón. Está levantándose.

De dos y media a tres y media.

Impaciente espera de Zambombo en el salón particular de Paco Arencibia.

A las tres y media:

Paco Arencibia surgió en la puerta del saloncito y avanzó sonriente hacia su visitante. Vestía un traje morado abate, abrigo de paño gris empeletado; en la mano izquierda, un sombrero del color del traje y unos guantes livianos, y su mano derecha jugueteaba con la cadenita de platino blancuzco de un monóculo oval.

–Perdone la larga espera, caballero. Nada me cuesta tanto trabajo como madrugar. La persona de mi mayor afecto no tiene que hacer, si quiere granjearse mi odio, más que despertarme temprano. Ésta es la razón por la cual aborrezco a mi ayuda de cámara. Supongo que a usted le sucederá lo que a mí. Pero no hablemos de mí... El tiempo de usted es precioso y el mío encantador, aunque yo no hago nada en todo el día, aparte –claro está– de aburrirme. No obstante, la vida moderna nos obliga a hacerlo todo de prisa, incluso aburrirnos. La vida moderna... ¡Qué cosa, la vida moderna! Pero ¿con quién tengo el honor de hablar, caballero?

Zambombo, a quien la espera y su galerna interior habían teñido las mejillas de un tono céreo, repuso con rabia concentrada, creyendo aplastar a Arencibia con sus palabras:

–Soy Elías Pérez Seltz. ¿Me entiende? Elías Pérez Seltz.

Arencibia, repuso con aire distraído:

–¡Ah! Muy bien...

Pero se notaba que aquel nombre no le decía nada.

Zambombo remachó con rostro grave:

–Usted sabe quién le digo, ¿eh? ¡Elías Pérez Seltz!...

–Sí, sí... –susurró Arencibia.

Y agregó:

–Pues usted dirá en qué puedo servirle, señor Pérez Seltz...

–Creo –opinó Zambombo después de una pausa– que sigue usted sin comprender del todo. Quiero decirle que soy Elías Pérez Seltz en persona. Elías Pérez Seltz, el actual amante de su señora...

Arencibia se pegó en las rodillas con los guantes.

–¡Demonio! Dispense usted, caballero. No me acordaba. Tengo una memoria odiosa... Efectivamente, Sylvia me comunicó ya que su amante actual era usted y hasta me parece recordar que le envié la circular correspondiente. Le suplico que me disculpe. Siéntese. Siéntese, hágame el favor. ¿Un cigarrillo?

Zambombo retrocedió con dignidad:

–Gracias –murmuró fríamente–. No fumo.

Arencibia quedó de pie asombrado; la mano que sostenía el cigarrillo, inmóvil en el aire:

–¿Es posible que no fume usted? Entonces ¿con qué se envenena?

–Con mujeres hermosas.

Arencibia clavó en Zambombo una mirada burlona. Después guardó el cigarrillo rechazado en su pitillera de esmalte –dos áspides verdes sobre un fondo negro– y claqueteó con sus uñas sobre la parte correspondiente al áspid de la izquierda. Luego, reintegró la pitillera al bolsillo, volteó su monóculo y se sentó en el respaldo de un silloncito.

Marido y amante se contemplaron con insistencia. El último, deseando pulverizar con los ojos al marido; el marido sospechando con bastante certidumbre que Zambombo era un cursi. El primero en volver a hablar fue Arencibia.

–De todas formas –dijo– como no hace al caso el género de substancia con que usted se envenena, tengo un verdadero gusto en ofrecerle mi casa. Desde este momento, puede considerarla como suya.

–Gracias –replicó Zambombo con una frialdad tres grados más fría que la anterior.

Y los dos hombres tornaron a contemplarse con fijeza. La ruda acometividad que denunciaba la actitud de Zambombo encontraba un enorme obstáculo en la serenidad irónica de que parecía saturado Paco Arencibia. Estaban igualados, como una fórmula matemática:

$$A + B = C + D.$$

Y la serenidad irónica de Arencibia determinó:

–En fin, amigo mío, usted dirá...

Zambombo se recogió en sí mismo, acaso para tomar impulso, como los saltarines y los tartamudos, y habló así:

–Señor Arencibia, soy un hombre que viene dispuesto a todo...

–Lo celebro de veras, esa clase de hombres me encanta. Pero está usted algo nervioso y me permito ofrecerle un vaso de agua con azahar.

Y agregó mientras daba tres vueltas más al monóculo:

–El agua de azahar no calma la excitación nerviosa, pero quita la sed.

–Le ruego que cese en su empeño de ofrecerme cosas –repuso Zambombo con acento emponzoñado–. Me ha ofrecido usted ya un cigarrillo, su casa y un vaso de agua con azahar. Y quiero que sepa que lo único que a mí me interesa que me ofrezca usted es a Sylvia.

Suponía Zambombo que después de aquella propuesta brutal comenzaría la tragedia. Pero el lector ya ha tenido ocasión de observar que Zambombo era un poco ingenuo. Por ello no esperaba que Paco Arencibia, al oírle, se limitase a expeler una cierta cantidad de humo, a hacer una pequeña pausa y a exclamar:

–Le quiero a usted demasiado bien para ofrecerle una finca que necesita tantos cuidados y lleva anejas tantas responsabilidades.

–Pero ¿ha olvidado usted que, en cierto modo, yo disfruto ya de esa finca? –preguntó Zambombo decidido a conducir la gravedad del asunto a su máximo extremo.

–No he olvidado que disfruta usted de la finca –declaró Arencibia balanceando el pie izquierdo a lo largo del respaldo del silloncito–. Pero hasta ahora la ha tenido usted en usufructo, y los cuidados y responsabilidades nacen de tenerla en propiedad.

–Es decir que ¿en propiedad me la niega usted?

–Sí; para evitarle sinsabores.

–Y, en cambio, ¿no le importa que la tenga en usufructo?

–Claro que no me importa. ¿Por qué ha de importarme? Veamos, señor Pérez Seltz, veamos... ¿cómo se llama el dueño de la casa donde usted vive?

–Agustín Romerales.

–Muy bien; Agustín Romerales. Ahora medite usted en este caso: don Agustín Romerales, dueño de la casa en que usted vive, admite y consiente que usted la habite y la disfrute, o, lo que es lo mismo, admite y consiente que la tenga en usufructo. Pero pídale usted la casa en propiedad a don Agustín Romerales y verá cómo don Agustín Romerales se la niega...

–Pchsss... Una mujer no es igual que una casa.

–No. No es igual; produce menos y gasta más. Para obtener una casa hay que comenzar por levantarla y para obtener una mujer hay que empezar por acostarla. No es igual una mujer que una casa ciertamente...

–Y si mi casero me permite tener la casa en usufructo –siguió Zambombo– es porque a cambio de ello le entrego una cierta cantidad de billetes de Banco todos los meses, mientras que a usted no le doy nada por el usufructo de Sylvia...

Arencibia alzó las manos al techo, primero en un ademán de asombro, luego en un gesto de felicidad.

–¿Que no me da nada? –exclamó–. ¿Qué no me da nada? ¡Ya lo creo que me da usted! Me da usted lo que hay de más preciado en el mundo. Me da usted la tranquilidad.

–¿La tranquilidad?

–Sí, sí, la tranquilidad –remachó el marido de lady Brums–. Y los amantes de Sylvia que le precedieron a usted, también me dieron la tranquilidad a manos llenas al tener a Sylvia en usufructo. ¿No adivina usted la razón? Pues es sencilla: me dan la tranquilidad, porque las horas que ella emplea en entrevistarse con ustedes, en maquillarse y vestirse para la entrevista, en recordar lo hablado, en pensar lo que va a decirles al día siguiente, etc., etc., son otras tantas horas en que prescinde de molestarme a mí.

Zambombo abrió los ojos como las puertas de la Bastilla.

–¡Ah!

–De modo –siguió Arencibia– que yo le agradezco vivísimamente sus buenos oficios (no menos vivamente que se los agradecí en su tiempo a sus antecesores), mas, por el momento, lamento de veras tener que negarle la propiedad de Sylvia. ¡Oh! No es usted el único a quien se la niego... con otros dos amantes suyos me sucedió lo propio; uno era un arquitecto famoso, y otro, empleado en Hacienda.

–¿Qué empleo tenía?

–Ministro.

–Y si usted mismo declara que la asiduidad de lady Brums le molesta, ¿por qué se niega a cedérmela en propiedad y para siempre?

–Porque en cambio, me he habituado a ella. Son varios años de matrimonio. Estoy ya acostumbrado a su perfume, a su risa, a su actitud al ponerse las ligas, a oír el timbre de su voz, a ese montón de cosas íntimas (sin las cuales la vida se hace imposible) que nacen en la larga comunidad de dos personas de distinto sexo.

Zambombo se puso de pie, luego de reflexionar unos instantes;

golpeóse los zapatos con la contera del bastón y por fin se encaró con Arencibia:

–Reclamo su última palabra, caballero –exigió.

–Mi última palabra es ésta: encantado con el usufructo, pero no acepto lo de la propiedad.

–Perfectamente; servidor de usted.

Inclinóse Zambombo de un modo correctísimo y salió de la habitación y de la casa sin haber dicho nada de lo que llevó pensado decir, y después de decir una serie de cosas que nunca sospechó que diría. (Ocurre siempre.)

Arencibia se fue también.

Subió a su automóvil y se dirigió rectamente a la Casa de Fieras. (Para estimularse el apetito, solía presenciar diariamente el acto de darles carne cruda al tigre de la Manchuria y al león del lago Tchad.)

ZAMBOMBO SE DECIDE A HACER ALGO GRANDE

A continuación, Zambombo vivió varias horas desagradables. Comenzó a pensar en la entrevista celebrada con Arencibia y sacó la consecuencia desoladora de que no había sabido proceder en aquel caso.

Porque estaba seguro de haber ido a ver al marido con el propósito firme de quitarle Sylvia, de arrancarle Sylvia, y en lugar de hacer esto se la había pedido humildemente como el aviador, a quien sorprende un remolino de aire, le suplica a su aparato que resista sin romperse.

¿Por qué las cosas se habían desarrollado así? ¿Era él un cobarde? Y Zambombo rechazó la protesta.

–¿Yo un cobarde?

¿Acaso todo consistía en que el marido de Sylvia le había sugestionado? Esto le obligó a meditar largo rato. Sí. Evidentemente en aquella serenidad, en aquella ironía, en el despreocupado cinismo de sus respuestas, había algo de sugestión. ¿Algo? Mucho. ¿Mucho? ¡Muchísimo!

Y vino una reacción en Zambombo, una reacción agresiva, emprendedora, acometedora.

Tan acometedora y agresiva, que al entrar en su casa rompió dos mayólicas que alegraban la seriedad del recibimiento.

Sobre la mesa del despacho (acero con incrustaciones de lapislázuli) le esperaba una carta: un sobrecito azul, escrito con una letra muy laxante y saturado de perfume de «lirios tumefactos».

Lo desgarró con dedos fremantes*.

La carta era –ya lo sabían ustedes– de Sylvia, y estaba escrita en un estilo afrodisíaco.

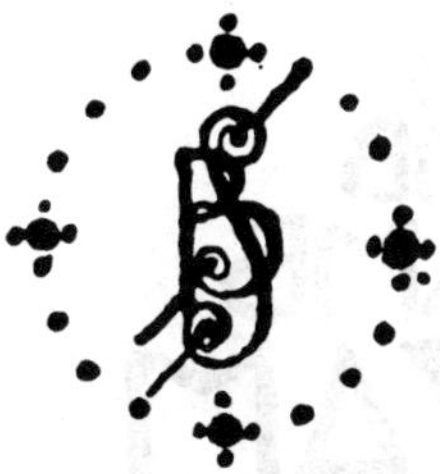

Adorado Zamb: ¿Le has visto? ¿Le has hablado? ¿Qué resultó de la entrevista? Hoy la luz que se precipita por los ventanales de mi alcoba es una luz de tonos metálicos que me emborracha el alma. Al despertarme esta mañana habría querido tenerte a mi lado para acariciarte bajo los haces vagarosos de esa luz. Te escribo arropada en mi «saut de lit», antes de bañarme y absolutamente desnuda, como en tu casa. Sólo que ahora en mi cuerpo persiste todavía el aroma nihilista producido en la piel por toda una noche de pensar en ti. Voy a restregar ese plieguecillo de papel contra mis senos para que al besarlo los beses. ¿Le has visto? ¿Le has hablado? ¿Qué resultó de la entrevista?

Desfalleciendo de amor sobre tu recuerdo, tu

Sylvia.

Y debajo del nombre, una rúbrica enérgica como un capataz.

Zambombo releyó la carta y la besó apasionadamente (nos lo figurábamos todos), buscando el sitio en donde ella había puesto los senos (también esto nos lo figurábamos), aunque ella no los había puesto, por fin, en ningún sitio.

Luego se dijo con orgullo:

–¡Sylvia encabeza su carta con un «adorado Zamb!»...

---

* Fremantes.—Galicismo encantador que uso todos los viernes.

Y estremecióse de gozo. Y aquel «adorado Zamb» fue creciendo en su cerebro como crecen las colonias de microbios.

ADORADO ZAMB
ADORADO ZAMB
ADORADO ZAMB
ADORADO ZAMB
DORADO ZAM

Y cuando ya estaba empaquetado en aquellas palabras y en idolatría hacia Sylvia, notó que su acometividad y su agresividad crecían varios palmos. Aquella mujer tenía que ser suya. Y si antes había flaqueado en su decisión delante de Arencibia, aún era tiempo de remediar su estupidez y arrebatarle Sylvia al marido.

Cogió unos guantes amarillos –esos terribles guantes amarillos que se ponen los hombres de mundo en los momentos trágicos de su vida– y dando un portazo, se lanzó a la calle provisto de un dinamismo sin precedentes en la historia de los grandes amores.

«Los acontecimientos se precipitaban», como escriben los retrasados mentales de la literatura.

KNOCK-OUT

El Club, Círculo, Casino o Centro Recreativo donde pasaba, invariablemente y diariamente tres horas de su existencia Arencibia, constaba de once pisos y de mil setecientas veintidós escupideras.

En aquel Club, que se llamaba, por cierto, *Beefsteak-Club,* los socios acostumbraban a hacer estas cuatro cosas diferentes:

Beber vinos, licores, refrescos, café, etc.

Hablar mal unos de otros.

Afirmar que habían amado a todas las mujeres que pasaban ante las enormes cristaleras del piso bajo del edificio.

Aburrirse como tuberculosos hospitalizados.

. . . .

La tarde en que recibiera la visita de Zambombo, Arencibia se hallaba, como de costumbre, en el saloncito chipendal (entrando en el *Beefsteak-Club,* a mano derecha), reunido con once amigos, que eran: Manolo Porta y Cubre, fabricante de microscopios; Adelciso Medrán, coronel; Fernando Pachín, ingeniero; Eduardo Raspagneto gastrálgico; don Florencio Garrote, magistrado; Félix Permuy, médico a pesar suyo, y Horacio Larreta, pintor «rayista» inventor del nuevo género denominado «rayismo» y autor de cuadros tan famosos como los titulados: *Badajoz visto desde el rompeolas* y *Retrato de mi madre antes de nacer yo.*

Había otros cuatro amigos más que por aquel entonces no tenían otro oficio que el de idiotas.

Los doce hombres, formando círculo* con sus sillones, hablaban no importa de qué. Y un botones, cuajado de otros botones más pequeños, se asomó a la puerta del saloncito para gritar:

–¡¡Señor Arencibia!!

Este grito significaba que al marido de Sylvia «le aguardaba un caballero que deseaba hablarle».

–¿Quién es ese caballero?

–El señor Pérez Seltz.

Arencibia se sorprendió agradablemente.

–¡Caramba, Pérez Seltz! Dile que pase aquí, pequeño.

Y explicó a sus amigos.

–¡Un muchacho muy simpático y de mi mayor confianza este Pérez Seltz! Figúrense ustedes que es el actual amante de mi mujer.

–Entonces –opinó el señor Raspagneto– tiene usted razón para considerarle como persona de su confianza...

–Sí, tiene razón –dijo Pachín.

–Tiene razón –repitió Garrote.

–Tiene razón–apoyó el pintor entornando los ojos, según solía hacer para ver los cuadros puestos ya en el caballete.

Y dos de los cuatro amigos idiotas fueron a añadir «tiene razón», pero les impidió hacerlo la entrada de Zambombo.

El cual tenía todo el aspecto de una hiena escapada de su jaula, pero con guantes amarillos. De dos zancadas Zambombo ganó el centro del saloncito chipendal y deteniéndose a veinte pulgadas de Arencibia, le escupió esta frase:

–¡Caballero: es usted un canalla y yo me permito llamárselo y además cruzarle la cara!

Y se la cruzó con uno de los ya conocidos guantes.

El hombre irónico, sereno, escéptico y cínico que era Arencibia,

* Origen de los círculos concéntricos, porque formaban un círculo en el centro de otro Círculo.

se esfumó. En su lugar apareció otro hombre distinto: un hombre nervioso, fibroso, que se alzó bruscamente, que extendió un brazo con la velocidad de una bala y que tumbó de un sólo puñetazo a don Elías Pérez Seltz llamado desde la infancia Zambombo. Y en seguida volvió a aparecer el Arencibia escéptico, sereno e irónico para sacudirse una mano contra otra y murmurar:

–Me molesta acudir a estos recursos.

Los once amigos y cuatrocientos socios más, que llegaron vertiginosamente, rodearon el cuerpo de Zambombo. Estaba desmayado. El médico Félix Permuy se colocó en el centro del grupo y declaró lo siguiente:

–Se trata, señores, de un fuerte golpe a la mandíbula que ha producido el desvanecimiento del golpeado, o «knock-out». El «knock-out», caballeros, ese «fuera de combate» que todos ustedes habrán tenido ocasión de observar en los *match* de boxeo, es –científicamente hablando– la cesación de la armonía nerviosa, psíquica y muscular, y se basa en los reflejos que, partiendo del seno carotídeo, actúan sobre el corazón y los vasos. Ahora bien: ¿qué es el seno carotídeo? El seno carotídeo, señores, se halla en la parte superior del cuello y es una distensión de la arteria carótida primitiva en el punto en que ésta se bifurca para dar sus dos ramas: externa e interna. De allí sale un nervio, llamado sinusal por algunos autores.

–¡Bravo! –gritaron los asistentes en masa, olvidados ya de Zambombo por la elocuencia anatómica de Félix Permuy.

–lQue siga! –aullaron otros–. ¡Que siga subido en una mesa para que le oigamos bien!

Treinta manos izaron al médico hasta una mesa, y allí arriba siguió hablando:

–Aquella rama nerviosa, respetable público, transmite dos reflejos: uno de los cuales ejerce influencia moderadora sobre la actividad cardiaca (acción vagal), mientras el otro dilata los vasos sanguíneos en ciertas partes del cuerpo (acción puramente simpática). Unidas esas dos circunstancias, pueden conducir a un marcado descenso de la presión sanguínea.

–¡Muy bien! –rugieron los oyentes, sin mirar siquiera el cuerpo inerte de Zambombo.

–Otro punto vulnerable para el «knock-out» es la zona mentoniana, muy próxima al seno carotídeo. Sin embargo, las causas de pérdidas de conocimiento son totalmente distintas. El traumatismo directo –siguió Permuy después de agotar una copa de agua–, el verdadero golpe al mentón, provoca una sacudida cerebral, conmoción que acarrea el desmayo, como hemos tenido ocasión de presenciar hace unos instantes. En cambio, cuando el golpe ha sido aplicado en el seno carotídeo, el desmayo se produce por reflejos sobre el corazón y los vasos, al descender bruscamente la presión sanguínea, según antes dije.

Una ovación cerrada premió aquel período de Félix Permuy.

Animado por lo denso del éxito, el médico continuó:

–Los golpes que provocan una conmoción cerebral, traen como consecuencia la pérdida de la memoria durante un espacio de tiempo. Es éste un síntoma por el que suele distinguirse si la pérdida del conocimiento se debe a la conmoción o a la acción refleja. Finalmente, señores, añadiré que se ha demostrado que la aplicación de un anestésico, la cocaína, por ejemplo, puede neutralizar esos efectos provocantes del «knock-out», ya que al paralizar las terminaciones periféricas de los nervios procedentes de la red simpática persinusal, los reflejos desaparecen automáticamente por no tener una vía de transmisión para realizarse.

–¡Bravo! ¡Vivaa! –fue la respuesta.

Algunos oyentes de los más entusiastas cogieron en hombros a Permuy y lo sacaron del saloncito chipendal entre aclamaciones. Los demás siguieron al grupo delirando de entusiasmo. Y en el saloncito no quedaron más que Zambombo (desmayado), Arencibia y sus amigos.

DUELO Y CONDICIONES

Pero Zambombo no tardó en volver en sí.

Y al volver en sí se encontró con que el marido de Sylvia le entregaba una tarjeta de visita impresa sobre cartulina de color hueso, que decía:

HÉCTOR FRANCISCO ARENCIBIA
ATEO
MADRID

Aquella tarjeta significaba –misterios sociales– que Arencibia le provocaba a un duelo. Y minutos más tarde el señor Adelciso Medrán, coronel, y el señor Fernando Pachín, ingeniero, en calidad de amigos y de padrinos de Arencibia, se lo confirmaban y le indicaban la necesidad de que nombrase otros dos padrinos que le representasen a él. Zambombo nombró al señor Manuel Porta y Cubre y al famoso pintor «rayista» Horacio Larreta.

Y los cuatro mamíferos, Medrán, Pachín, Porta y Cubre y Larreta, acordaron y dedujeron las siguientes bestialidades:

1.ª Que don Elías Pérez Seltz habiá ofendido gravemente de palabra y obra, ante testigos, a don Héctor Francisco Arencibia

2.ª Que esto forzaba a ambos señores a encontrarse en el terreno del honor con las armas en la mano.

3.ª Que el ofendido –señor Arencibia– tenía la facultad de elegir arma.

4.ª Que había elegido pistola «browning».

5.ª Que el lance se verificaría a las siete de la mañana del día siguiente en el despoblado del «Chatarra», (Carabanchel).

6.ª Que los adversarios cruzarían diez balas: cinco cada uno.

7.ª Que se colocarían a una distancia de 120 pasos y, después de cada disparo, avanzarían diez.

8.ª Que las voces de mando no serían más que dos: «¡Preparados!» y «¡Fuego!» y, lanzada esta última, los adversarios dispararían la primera vez, contarían diez pasos de avance y dispararían la segunda; contarían otros diez pasos y dispararían la tercera, y así sucesivamente hasta llegar al fin. (Al fin de las cápsulas o al fin de la existencia).

9.ª Que caso de no haber desgracias que lamentar en los diez disparos, los adversarios se reconciliarían en el terreno, y

10.ª Que si alguno –o los dos– moría, no tendrían necesidad de reconciliarse.

Zambombo leyó estas condiciones y las encontró aceptables, únicamente, en su afán de machacar a Arencibia, pidió que los disparos, en lugar de ser diez, fuesen ochenta y seis: a cuarenta y tres por barba. La proposición fue rechazada por unanimidad.

Arencibia aceptó también las condiciones, excepción hecha de la número cinco, que fijaba la hora del duelo.

–Yo no me levanto a las siete de la mañana ni para asistir a la resurrección de la carne –dijo lacónicamente.

Se convino entonces en que el duelo se verificaría a las seis de la tarde, y como el despoblado del «Chatarra» (Carabanchel) estaría a esas horas pobladísimo, diéronse a pensar en un sitio solitario para la celebración del encuentro. Se propuso la sala del teatro Infanta Beatriz a la hora de la función, pero por fin se eligió el kilómetro 8 de la carretera a las Islas Baleares.

Y entonces todos quedaron contentos al ver que nada impediría que Arencibia y Zambombo se matasen lo mejor posible.

Arencibia había cedido a sus padrinos el «Cadillac» para que fuesen en él al «campo del honor».

Y en vista de que se lo había cedido «a sus padrinos», ocuparon el coche Medrán, Pachín, Raspagneto, don Florencio Garrote; Félix Permuy, un amigo de Medrán, un amigo de Pachín y un amigo de Permuy.

Permuy iba en calidad de médico, y para que nadie dudase de ello, llevaba un botiquín de urgencia y su título de doctor, cuidadosamente enrollado.

El coronel Medrán era portador de una caja de sobres, dentro de la cual reposaban dos pistolas *browning,* calibre 6,35, absolutamente iguales.

. . . .

Por su parte, Arencibia acudía a pie al «campo del honor».

–Iré dando un paseíto –advirtió la noche antes.

Y fue el primero en llegar, volteando su monóculo y olisqueando de rato en rato una rosa encarnada.

. . . .

Zambombo, con sus padrinos Porta y Cubre y Larreta y con un amigo de Porta y Cubre, optó por un taxi de sesenta. Durante el viaje el cerebro de Zambombo trabajó mucho. Pensó en Sylvia. ¡Deliciosa Sylvia! ¿Qué haría si moría él, ahora que le amaba realmente? Se la imaginó desmelenada, llorando sobre su cadáver. Y se la imaginó suicidándose «al no poder soportar aquella cruel separación tejida por el Destino». Se imaginó infinitas imbecilidades de este jaez. Pensó también en sus padres –augustas sombras de las que no se acordaba más que cuando estaba enfermo o cuando el dinero de su renta no le alcanzaba para acabar el mes– y murmuró entre dientes:

–¡Cómo va a sufrir la pobre mamá! Lo único que me consuela es pensar que murió hace ya quince años.

Pensó también en que, con aquel cielo azul y aquellas nubecillas blancas, la vida era bastante agradable.

Luego estuvo mucho tiempo con los ojos clavados en una caja de sobres que llevaba Porta y Cubre (en la cual yacían otras dos *brownings,* calibre 6,35, idénticas) y sin pensar en nada.

El fabricante de microscopios –hombre que, necesariamente, tenía «mucha vista» para los negocios– le regalaba consejos sapientísimos:

–La *browning* –decía– es un arma muy traicionera. Ese diablo de Arencibia la ha elegido porque la conoce a la perfección; pero para el profano resulta difícil manejarla. ¿Se ha ensayado usted esta mañana como le advertí?

–Sí –repuso Zambombo–. Y a cincuenta pasos, he hecho blanco en el edificio de la Escuela de Ingenieros Agrónomos de la Moncloa.

–¿Cuántos disparos ha tenido usted que hacer para dar en el blanco?

–Mil doscientos sesenta.

–¡Bravo! No se preocupe usted. Matará a Arencibia.

–Lo deseo vivamente.

–Pero un consejo final: la *browning* desvía mucho el tiro; para dar en la cabeza, debe usted apuntar al vientre, y para dar en el vientre, debe usted apuntar a los pies.

–¿Y para dar en los pies?

–Para eso debe apuntar a la cabeza –terció el pintor.

Porta y Cubre y su amigo rieron a carcajadas. Zambombo arrugó la nariz para ofrecer la sensación de que se sonreía.

Y volvió a pensar en Sylvia, en sus padres, en lo agradable que era la vida, etc., etc.

. . . .

De pronto, una voz autoritaria resonó, exclamando:

–¡Alto!

El «Cadillac» frenó dulcemente y se detuvo.

–Hemos llegado, caballeros.

Señaló un bloque de granito que se alzaba a la derecha de la carretera y que era igual que éste:

Y agregó con acento decidido:

–Busquemos un lugar apropiado para el encuentro, caballeros. ¡Adelante!

La comitiva se puso en marcha; en vanguardia, el coronel con la caja de las pistolas; detrás, Permuy con el botiquín y su título de doctor; a retaguardia, Pachín, Raspagneto, don Florencio Garrote y los tres amigos voluntarios. En aquel orden llegaron a una explanada que el coronel juzgó propicia. Midiendo distancias con un bastoncito de junco malayo, encontraron allí un hombre elegantísimo.

Era Arencibia.

Se cruzaron saludos amables y solemnes.

–Todavía no ha llegado su adversario, caballero Arencibia –dijo el coronel, a quien la proximidad del duelo hacía llamar caballero a todo el mundo.

–Perfectamente. ¿Le parece a usted que vayamos midiendo distancias?

–¡Nunca antes de llegar nuestros compañeros, los caballeros padrinos del caballero Pérez Seltz! –replicó el coronel, poniéndose una mano sobre el corazón no se supo para qué.

Y llevándose aparte al marido de Sylvia, le advirtió confidencialmente:

–Nada tengo que decirle, caballero Arencibia... Usted sabe perfectamente lo que es manejar una *browning*. No obstante, procure no olvidar que la *browning* desvía considerablemente el tiro y que..

En otro grupo Pachín, Raspagneto, el magistrado Garrote, los amigos-pólizas* y el *chauffeur*, que se había acercado al adivinar de lo que se trataba, comentaban lo que no había sucedido aún.

–Creo que morirá Pérez Seltz –opinó Pachín.

–Yo creo que morirán los dos –dijo Raspagneto.

–¿Sí? ¿Será posible? –indagó Garrote–. Dios le oiga a usted, porque no puedo pensar sin estremecerme en los terribles remordimientos que sentiría el superviviente. ¡Que mueran los dos, Dios mío, que mueran los dos! Así, al menos, no nos habremos dado un paseo en balde...

Tres bocinazos en «la» indicaron la llegada del taxi en que venían Zambombo, Porta y Cubre, Larreta y el cuarto amigo-póliza. Habían tenido cinco *pannes* de tres neumáticos y consumieron un cuarto de hora en excusarse y en pronunciar palabras putrefactas.

Alguien comentó luego que «los duelos con *pannes* son menos» y hubo un rato de juerga general.

Por fin, Félix Permuy se retiró a un extremo del campo a preparar el botiquín, extendiendo en la hierba un periódico para colocar el instrumental de urgencia. Los padrinos de Arencibia y los de Zambombo se reunieron unos instantes a tratar de evitar el duelo, pero con escasas ganas de conseguirlo.

–Caballeros –dijo el coronel–, opino que el caballero Pérez Seltz y el caballero Arencibia debían reconciliarse. ¡Los dos se han portado como caballeros, y ésta es la costumbre entre caballeros, caballeros!

–Subrayo la opinión del señor Medrán –declaró Larreta, como representante de Zambombo–. Sin embargo, he de advertir que mi representado no admite reconciliación ninguna hasta después de haber cruzado los diez disparos propuestos.

–Ni mi representado tampoco, caballero Larreta –gruñó el coronel.

–Entonces ¿comenzamos?

El coronel dio ciento veinte pasos por la explanada, y señaló los lugares en que debían colocarse los adversarios por medio de sendas latas vacías de pimientos, esas latas vacías de pimientos de que aparecen cuajados casi todos los «campos del honor» de España.

Luego volvió al grupo formado por los demás padrinos y dejó en el suelo la caja de sobres llevada por él y la caja de sobres llevada por Porta y Cubre.

Los demás asistentes al duelo les miraban maniobrar con cierta envidia.

Zambombo, cruzado de brazos, parecía meditar.

Arencibia había descubierto un sitio tapizado de arena y se entretenía en dibujar grecas con la contera del junquito.

* Se llaman amigos-pólizas a aquellos que se «pegan» a uno sin que nadie les invite.

El coronel seguía los preparativos.

–La costumbre –dijo– manda que el médico desinfecte las puntas de los sables, pero como este duelo es a pistola... no sé, la verdad, lo que podríamos desinfectar.

–Podemos desinfectar las balas –propuso Larreta– La asepsia es imprescindible.

Y la idea fue puesta en práctica rápidamente. Apresadas con unas pinzas, las diez balas fueron sumergidas en un frasquito de ácido fénico; luego las metieron en sus respectivas *brownings* y allí dentro se embadurnaron de grasa y aceite.

A continuación, el coronel sorteó los lugares que debían aceptar los combatientes; daba igual uno que otro pero todos convinieron en que era necesario sortearlos.

A Arencibia le tocó el lugar de la derecha del espectador y, el de la izquierda, a Zambombo. Sin embargo, bastaba que el espectador diese media vuelta sobre sí mismo para que el lugar de Arencibia fuese el izquierdo y el lugar de Zambombo, el derecho.

Colocados frente a frente, nariz a nariz, y enfundados en sus abrigos, el tercer marido y el enésimo amante de Sylvia aguardaban. Aún se les acercó el coronel para preguntarlos si no se reconciliarían.

Zambombo contestó rudamente:

–¡No!

Y Arencibia, por toda respuesta, se puso a silbar el pasodoble de *La Calesera*, esa melodía que tantos platos ha hecho romper a las criadas.

Por último, el coronel, con dos «tome usted, caballero» entregó las pistolas a los adversarios.

Se oyeron estas palabras que convirtieron en trozos de hielo los corazones de los asistentes al acto:

–Atención... ¡Retírense todos!

Permuy, Porta y Cubre, Larreta, Pachín, el magistrado Garrote, Raspagneto, los cuatro «amigos-pólizas» y los dos *chauffeurs* retrocedieron con emoción.

El coronel, en su calidad de juez de campo, quedó junto a un pedrusco equidistante de los duelistas. Lanzó una mirada a su alrededor y murmuró con acento apagado:

–¡Parece mentira! El cielo sigue siendo azul, y los árboles siguen siendo verdes... Y, sin embargo, ahora va a decidirse la vida de dos hombres... Es espantoso...

Dejó escapar una lágrima por considerarlo de muy buen efecto, y puso la voz gruesa «para ahogar su emoción», como había leído siempre en las novelas cada vez que el autor describía un duelo y perfilaba la figura del juez de campo.

Luego gritó:

–¡Caballeros! ¡No lo olviden! ¡Después de la palabra «fuego» deben hacer el primer disparo; avanzar diez pasos, hacer el segundo; avanzar diez pasos, hacer el tercero; avanzar diez pasos, hacer el cuarto; avanzar diez pasos y hacer el quinto!

Y se recogió en sí mismo para rugir:

–¡¡Preparados!!

Y para aullar, tapándose los oídos:

–¡¡Fuego!!

Segundos después ocurrió algo extraordinario.

Sonaron dos tiros, casi simultáneos, y, al instante, rodaron por el suelo agujereados los sombreros de dos «amigos-pólizas».

Hubo un momento de asombro.

El magistrado Garrote gritó a los duelistas:

–¡Cuidado! ¡Que nos están dando en los sombreros y un poco más abajo tenemos la cabeza!...

Zambombo y Arencibia contaron diez pasos y volvieron a disparar al unísono. Y los sombreros de los otros dos «amigos-pólizas» fueron arrancados misteriosamente de sus cráneos.

–¡Caray! –susurró uno.

–¡Demonio! –dijo el compañero.

–Retrocedamos un poco, caballeros –ordenó el magistrado.

Arencibia y Zambombo, sin atender a nada que no fuera disparar, avanzaron diez pasos más, hicieron fuego y destocaron a Pachín y a Garrote, el cual clamó con angustia:

–¡Mi chistera!

Empezaban a mirarse con los ojos abiertísimos. Otros diez pasos de avance; dos nuevas detonaciones y los *chauffeurs* se quedaron sin gorras.

Entonces algo incomprensible estremeció a los espectadores y, como si una voz interior les hubiese puesto de acuerdo, emprendieron una carrera infernal a campo traviesa, con las cabelleras alborotadas, en busca de los automóviles. El coronel abría camino galopando sobre los zapatos de charol, como en sus mejores tiempos de la guerra carlista.

Mientras galopaba desarrollaba obsesionado una sola idea:

–¡Esto no es propio de caballeros! ¡Esto no es propio de caballeros! ¡Esto no es propio de caballeros!

Y únicamente agregaba de vez en cuando con manifiesta desolación:

–¡No han respetado ni las chisteras!

Dos tiros retumbaron aún, y dando una voltereta, besaron el suelo los sombreros de los carreristas Porta y Cubre y Raspagneto. En tan tremenda situación, se escucharon estas alarmantes palabras del coronel:

–¡¡Que todavía les faltan dos tiros!!

Gigantesco resorte, merced al cual todos los testigos del lance se precipitaron en el taxi y enfilaron a noventa y cinco por hora hacia Madrid.

Tardaron en llegar seis minutos y medio.

Pero había habido algo que no era cierto, pues no faltaba por disparar ningun tiro. Arencibia y Zambombo habían hecho los diez disparos convenidos, como lo demostraba a la perfección el hecho de que estuviesen boca abajo en el suelo diez elegantes cubrecabezas, que eran, a saber:

Cuatro frégolis (de los amigos-pólizas).
Dos gorras (de los *chauffeurs.)*
Un canotier (de Pachín).
Una chistera (de Garrote).
Un jipi (de Porta y Cubre).
Un hongo (de Raspagneto).

LA CONVERSACIÓN TRASCENDENTAL

A diez pasos de distancia mutua, Arencibia y Zambombo se detuvieron con las pistolas en las manos.

–¿Ha visto usted? –dijo el marido.

–Sí. He visto –contestó el amante–. Y no me explico este resultado que haría feliz a un sombrerero.

–Tampoco me lo explico yo.

–Cada vez que iba a disparar mi pistola, le apuntaba a usted cuidadosamente.

–Yo también le apuntaba a usted.

–Sin duda todo ha consistido en la desviación que sufre el tiro de *browning* –observó Zambombo, asimilándose las advertencias que le hiciera momentos antes del duelo Porta y Cubre.

Arencibia plegó los labios:

–¡Pchss! –rezongó–. Lo dudo mucho. No es la primera vez que disparo con *browning* y jamás me ha ocurrido nada semejante.

–Entonces, ¿a qué achaca usted lo ocurrido, al «destino»?

–¿Por qué no? El destino es el editor responsable de cuantas barbaridades realizamos los hombres. Y él ha querido ahora que usted y yo resultemos ilesos. No me extraña. Hace años me predijeron que yo moriría de bronconeumonía.

Y agregó, ofreciendo a Zambombo su pitillera llena de *sossidis:*

–¿Un cigarrito?

Esta vez, Zambombo no lo rechazó. Ya no odiaba a aquel hombre. Parecía que las diez detonaciones habían calmado sus nervios.

Seguía adorando a Sylvia; pero dejaba de ver en Arencibia un obstáculo para su amor. Llegó incluso a pretender disculparse con el marido, advirtiéndole:

–Yo sé que mi conducta de ayer fue estúpida, pero estaba tan excitado...

–Su conducta, señor Pérez Seltz, fue lógica; la mía también –dijo

Arencibia–. Usted, al enamorarse de Sylvia ha obrado como un hombre de levadura ingenua, como un hombre de los que tienen ideas generales, oídas a los demás, sobre el amor, sobre la ilusión y sobre la mujer. Yo he procedido como un individuo que tiene sobre eso mismo ideas particulares. Anoche, antes de acostarme, convencido de que en el duelo no iba a sucedernos nada irreparable y suponiendo que usted y yo acabaríamos atacando esta conversación, escribí en una cuartilla el cuadro sinóptico de nuestras divergencias ideológicas.

–¿De nuestras divergencias?

–Sí.

–¿Relativas a qué?

–Relativas al amor, a la ilusión, a la mujer... En el fondo, creo que usted y yo no estamos de acuerdo ni en la fecha del descubrimiento de América. En fin... Vea usted el cuadro sinóptico...

Y Arencibia alargó a Zambombo un papel en el que aparecía escrito lo siguiente:

IDEAS DE PÉREZ SELTZ	IDEAS DE ARENCIBIA
LA ILUSIÓN	LA ILUSIÓN
Impulso inmortal de naturaleza desconocida, que nos conduce eternamente en la vida y sin el cual nadie podría vivir, a menos de sentirse extraordinariamente desgraciado.	*Fenómeno óptico, hijo unas veces de la ignorancia y otras de la inexperiencia, a cuyo influjo empezamos a vivir y del cual nos desprendemos más tarde con cierto fastidio.*
EL AMOR	EL AMOR
Sentimiento exquisito, inexpresable, absorbente, de naturaleza divina, que nos da la razón de existir, padre de la vida, condensación de toda actividad y de todo goce, luz del mundo, premio, cenit, delicia y tormento del corazón humano por los siglos de los siglos.	*Máscara grotesca con que se tapa el rostro el instinto; mentira gigante que utiliza la especie para crear nuevos bípedos, hija de la civilización y del afán que tienen los humanos de parecer superiores; que ha complicado e idiotizado la vida de los hombres.*
LA MUJER	LA MUJER
Criatura maravillosa, extraordinaria, colocada en el lugar donde termina el cielo, representación en la tierra del amor y de la ternura; destinada a enflorecer y a engalanar la vida; sellada con el marchamo augusto y sublime de la maternidad; bella, graciosa y en cuyo regazo el hombre puede descansar su cabeza y dormir confiado, lejos de las turbulencias y sinsabores del vivir.	*Criatura vulgar y egoísta, de singular belleza corporal, a quien la bobería de los poetas líricos ha colocado una corona real que le viene ancha. La maternidad no tiene en ella nada de sorprendente, pues da a luz sus hijos y los cría exactamente igual que los demás mamíferos, con diferencia a favor de éstos de que son irracionales. Cuando el hombre duerme en su regazo, sufre pesadillas.*

Después de leer la cuartilla, Zambombo se la devolvió a su rival.

–Lo que ha escrito usted sobre mis ideas es exacto –declaró–. Las de usted me parecen excesivamente corrosivas...

Arencibia le tomó por el brazo y ambos emprendieron despacio el camino hacia el «Cadillac», que, a los reflejos del crepúsculo y en la carretera brillaba como una primera tiple.

De pronto, el marido de Sylvia exclamó:

–¿Decía usted que mis ideas son excesivamente corrosivas? Las de usted también lo serán con el tiempo...

Zambombo movió la cabeza en forma dubitativa.

–Lo serán –corroboró Arencibia– lo serán. Hoy usted tiene ilusiones y cree que sin ellas no podría vivir. Mañana verá claramente que la ilusión no es más que un error poetizado y prescindirá de ella para seguir viviendo. Con el amor le sucederá lo propio. No hay más que un amor: el del padre al hijo. El amor entre hombres y mujeres no es sino un conglomerado de pequeños resortes: el roce de las epidermis, la vanidad mutua, el trato social, la lucha por la vida, la costumbre de verse a diario, y un poco de tesón, y otro poco de necesidad de hablar con alguien en la cama y en la mesa. El amor es tan necio, que debiendo andar por el mundo desnudo, se afana por vestirse de púrpura. La atracción de los sexos por orden de la Especie es una verdad; el amor, como sentimiento puro y noble, es una inmensa y desoladora mentira. Yo se lo afirmo.

–Aunque se admitiera semejante cosa –dijo Zambombo– no puede negarse que las mujeres...

–Respecto a las mujeres –habló Arencibia– me encanta verlas pasar por la calle, con sus rostros pintados tan hábilmente, sus senos en punta y sus piernas mórbidas. Pero yo, que he amado a muchas de ellas –¡ay, a muchas!– sería incapaz de volver a amar a ninguna otra.

El marido de lady Sylvia miró con los ojos entornados la línea sutil del horizonte.

–En la intimidad –siguió– y no bien se han despojado del antifaz de los convencionalismos o de la pseudopasión, se muestran egoístas, vanidosas, ineducadas. La idealidad de sus brillantes ojos, la frescura de sus labios, el elegante desmayo de su cuerpo y de sus actitudes hace que las creamos seres adorables; pero no tarda en verse lo patente del error. Niéguele usted un capricho cualquiera a la mujer más dulce y discreta del mundo, y podrá observar cómo se encrespa, cómo se encoleriza, cómo le aborrece de súbito. Responda usted con el silencio a sus quejas y a sus alaridos –(la garganta de la mujer no está construida para discutir a media voz)– y a la cuarta frase furiosa que haya quedado sin respuesta por parte de usted, verá a aquella mujer dulce y discreta convertida en una fiera con medias de gasa.

Zambombo hizo un gesto que Arencibia se apresuró a cortar:

–Claro –advirtió– que si esto se lo dice usted a los jóvenes que tienen novia o a los recién casados, le contestarán con la frase, ya estereotipada, de:

«Así serían las mujeres que usted amó, porque, en cambio, mi Luisita...»*.

Y es lógico que le contesten eso, porque la especie reclama sus derechos y dispone las circunstancias para que esos derechos se ejerciten, y, así, las mujeres no suelen despojarse de su antifaz delante del hombre hasta que no han estado con él unas trescientas veces.

Arencibia reforzó todavía sus argumentos, añadiendo:

–Cierto que los hombres también son vanidosos y egoístas e ineducados y que incluso hay algunos que discuten a voces, pero al menos, tienen una buena cualidad, sirven para algo: estudian, aran y siembran; fabrican muebles; funden; dictan leyes o las aplican; construyen; detienen borrachos; pescan; telegrafían; conducen trenes; esculpen; barren; hacen moneda, pitos, caballos de cartón, automóviles, grúas y submarinos; cepillan maderas; venden; compran; ponen bombillas; crían cocodrilos, etc. Esto compensa de lo demás. Pero ¿quiere usted decirme qué hacen las mujeres a cambio? Pido una respuesta general y común a todas ellas, de la misma manera que es general el trabajo para los hombres. Vamos, responda... ¿qué hacen las mujeres?

Zambombo meditó un largo rato y contestó:

–Hacen niños y niñas.

–Esperaba esa contestación que no significa nada, puesto que el hombre también los hace sin darse tono por ello; al contrario, a veces, llevado de un impulso de extraordinaria modestia, dice que no son suyos, que no los ha hecho él... Esta modestia causa la desesperación de algunas familias honorables. En definitiva –aparte su misión reproductora, inherente también al hombre, y descontando casos particularísimos– la mujer no hace nada que compense de sus numerosos defectos.

–La mujer personifica el amor y la ternura –sentenció Zambombo con grave inflexión de voz.

Arencibia dejó escapar una carcajada limpia.

–¡El amor de las mujeres! –exclamó–. Un tema inagotable para el cretinismo agudo de muchos escritores... En la realidad su amor y su ternura dependen siempre de la cantidad de pesetas y de la cantidad de espasmos que usted las regale. No las dé usted dinero, no

---

* O *«mi Juanita»*, o *«mi Marujita»*, o *«mi Antoñita»*, o *«mi Paquita»*, o *«mi Clarita»*, o *«mi Margarita»*.

las dé usted espasmos y verá lo que duran su ternura y su amor. Para contar con su amor y con su ternura es imprescindible desmayarlas con frecuencia, y atender a sus gastos. Hay hombres que, embebidos en su trabajo, no sienten ni la necesidad del dinero ni la impaciencia sexual, la mujer que pueda vivir en esas condiciones, está por nacer todavía.

–No obstante, no puede negarse –objetó Zambombo– que ellas, al fin y al cabo nos dan lo único que compensa de las amarguras de la vida, puesto que nos dan el placer...

–¿El placer de los sentidos quiere usted decir?

–Naturalmente.

Arencibia volteó su monóculo con su gesto habitual y arrugó despectivamente los labios.

–¡Pchss! –emitió–. La satisfacción de los sentidos es cosa muy relativa.

Se detuvo de pronto y apoyó una de sus manos en el pecho de Zambombo.

–¿Ha pensado usted alguna vez en lo poco que vale ese amor espasmódico de los sentidos? –murmuró–. Piense y verá que es un instante, un suspiro... Llego a más: si es usted un hombre digno y delicado, la satisfacción de los sentidos de que habla constituirá para usted un sufrimiento, una tortura de toda su carne, porque se esforzará en contener y retener su naturaleza rápida para aguardar a que estalle la lenta naturaleza de la mujer. Por el contrario, si usted es hombre sin delicadeza y sin dignidad, uno de esos hombres que sólo se preocupan de su propio goce y dejan siempre a la mujer hambrienta, entonces le odiará con toda su furia y en cada palabra, en cada gesto, en cada escena de la vida, ella verterá una gota del veneno de su odio y la felicidad del amor será para usted un mito rodeado de nebulosidades.

–Queda siempre el placer de ver, de contemplar la belleza femenina –objetó Zambombo tercamente.

Arencibia repuso, disparando de un modo matemático la ametralladora de su escepticismo:

–Ese acto sucio y molesto que tanto han divinizado los poetas –gentes imaginativas que no conocen la práctica del amor– no reserva para el hombre ni siquiera el placer de ver y de contemplar, pues en semejante montón informe de carnes palpitantes no pueden apreciarse las gracias femeninas, porque falta la perspectiva, que es la pincelada suprema. Más fácil es embelesarse ante las piernas de una mujer –por ejemplo– cuando sube al tranvía o al auto que en el instante en que la hacemos nuestra. Sin contar con que la hermosura de la más bella del Universo pierde categoría e importancia así que la hemos disfrutado a nuestro sabor unas cuantas veces. Todo nos fatiga y nos harta cuando lo poseemos, y la mujer no es una excepción.

Y como Zambombo no replicase nada, Arencibia reanudó la marcha, añadiendo:

–¡Bah! Créame, Pérez Seltz... Son muy lindas, lindísimas y todo nos hace tomarlas por seres adorables: la fulgencia de sus ojos brillantes, sus encendidas bocas, la laxitud de sus formas magníficas; pero le aseguro a usted que estoy en lo firme al decir que lo mejor de las mujeres, lo único verdaderamente interesante que encierran es eso: verles pasar por la calle con sus rostros pintados tan hábilmente, sus senos en punta y sus piernas mórbidas. La sabiduría reside en contenerse en ese límite. ¿Ligar a ellas nuestra vida, nuestros ideales, nuestros esfuerzos, nuestras inquietudes y nuestras satisfacciones? Un error que se paga caro. ¿Amarlas? Una simpleza. Que las amen los imbéciles, los muchachos de veinte años, los que gustan del cante flamenco y los vendedores de torrijas.

Zambombo fue a contestar, pero Arencibia le cortó la respuesta por medio de una declaración que era como el resumen de todo cuanto había hablado hasta entonces.

–Por lo demás –sentenció– los Humanos somos una reunión de bestias que nos pasamos el día metiendo y sacando botones por los ojales de nuestros trajes.

Estaban ya junto al automóvil cuando Zambombo se volvió a Arencibia.

–Son las siete de la tarde –dijo– y antes me sentía feliz pensando que a esta hora usted o yo habríamos muerto y mi situación con Sylvia estaría ya claramente definida. Sin embargo, hemos llegado a la hora deseada y nada está definido aún.

–Es decir, que ¿con mis declaraciones no le he convencido a usted y sigue teniendo sus mismas ideas optimistas sobre la ilusión, sobre el amor y sobre la mujer?

–Las mismas.

–Es usted un caso de estupidez concentrada, Pérez Seltz –exclamó amablemente Arencibia–. Y como merece usted un castigo muy grande por su cerrazón de espíritu, voy a aplicárselo. El castigo consistirá en autorizarle a usted para que se lleve a Sylvia.

–¿Para que me la lleve para siempre?

–Para siempre.

–¿En propiedad?

–En propiedad.

Zambombo creyó caerse al suelo de alegría, pero no se decidió a hacerlo porque el suelo estaba lleno de polvo.

–¡Gracias! –susurró emocionado apretando la diestra de Arencibia.

Éste le dio algunas instrucciones:

–Vaya a buscarla y dígale que me ha matado en el duelo. Para hacer la cosa verosímil, yo no iré esta noche a comer a casa. Su éxito es seguro.

–Y sabiendo que usted ha muerto, ¿no querrá ella ver su cadáver, despedirse de él?

Arencibia desparramó sobre Zambombo una mirada de lástima y de burla.

–Las mujeres no quieren ver otros cadáveres que los langostinos y las perlas –dijo–. Por el contrario, la idea de que yo he muerto y de que usted es mi asesino encenderá más la sensualidad de Sylvia y le dará unos besos fantásticos.

Hizo una pausa para añadir nuevas instrucciones.

–Debe proponerle una fuga al extranjero. A las diez de la noche sale el sud-expreso de Hendaya. Váyase con Sylvia y hará usted un viaje delicioso aderezado por la novedad y por el histerismo. Ella le divertirá con palabras extraordinarias; no hablará de mí y de mi muerte más que estremeciéndose de pavor de ultratumba y, acaso al llegar el tren a la estación de Medina del Campo, se abrazará a usted aterrada y gritando: «¡Dios mío! ¡El espectro de Paco acaba de asomarse a aquella ventanilla!...» Pero si usted le desliza las manos por los senos, ella dejará de ver el espectro en seguida. Llévese el automóvil para que mi mujer no tenga ninguna duda de que he quedado tumbado con un balazo en la cabeza y sea usted feliz el mayor tiempo posible, que yo calculo en unos cuatro meses.

Zambombo tenía el ánimo tan bien dispuesto, que se hallaba acorazado contra el escepticismo de Arencibia.

Volvió a estrecharle la mano y a darle las gracias rendidamente, trepó al «Cadillac» y desapareció carretera abajo, bramando con el claxon del automóvil y con el claxon de su corazón.

Y Arencibia emprendió el regreso a pie, aspirando con delicia el aire del campo y volteando su monóculo oval.

SE MARCHAN

Dio un salto y salió del «Cadillac».

Dio otro salto y cruzó la acera.

Dio veinte saltos más y subió cuarenta escalones.

Dio otro salto, y otro salto, y se encontró en el saloncito particular de Sylvia (color cadmio y negro), entre una piel de leopardo asmático y un mueble de laca, que parecía un escritorio, pero que era una silla.

Y Zambombo se sentó.

Sylvia, vistiendo una túnica de tafetán con abalorios, apareció en la puerta; al ver a Zambombo pasóse una mano por la frente, dio un paso atrás y suspiró:

–¿Qué significa?... ¿Ha muerto él?

Zambombo comprendió que debía dar la noticia con precauciones y, para disimular lo ocurrido, dijo:

–La bala que ha atravesado el cráneo de su marido era del calibre «seis treinta y cinco», Sylvia.

Y Sylvia se desmayó, según es costumbre en estos casos.

. . . .

Cuando han tenido un disgusto con su marido, los desmayos de las mujeres duran veinte horas, y vuelven en sí asegurando que necesitan un sombrero. Pero cuando el desmayo les ha acometido estando presente el amante, entonces no les dura más que dos minutos y vuelven en sí, diciendo: «¿dónde estoy?».

Sylvia volvió del desmayo pidiendo a Zambombo noticias de lo sucedido.

Zambombo inventó un desafío que Emilio Salgari no habría tenido inconveniente en escribir, titulándolo, por ejemplo:

PÉREZ SELTZ, EL ESPANTO DE LOS BOSQUES

Y Sylvia le escuchó anhelante, interrumpiéndole con esas exclamaciones que, desde las porteras hasta las emperatrices, emiten al escuchar un relato interesante:

–¿Y qué ocurrió después?

–¿Y él que hizo?

–¡Oh!

–¡Ah!

–¿Es posible?

–¿Y entonces qué pasó?

–¡Qué horror!

–¿De frente o de espaldas?

Cuando Zambombo concluyó su folletín con la muerte de Arencibia, Sylvia se aplicó a la nariz un frasquito de sales inglesas, no se sabe si para despejarse el cerebro o para lucir un zafiro que llevaba en el dedo índice.

Luego murmuró:

–La sangre de *él* se interpone entre nosotros, Zamb. Separémonos.

Un cuarto de hora más tarde, con la misma sinceridad con que había dicho antes lo otro, decía esto:

–Sí, sí... tienes razón. Huyamos juntos... Huyamos para olvidar dentro de nuestro cariño todos esos horrores.

Y se fueron a la estación, camino de Francia, en automóvil, rodeados de maletas, cofres y maletines, atravesando la «sala de espera» a galope tendido, tropezando con los demás viajeros y llegando a la ventanilla de BILLETES segundos antes de que la cerraran.

Parecían uno de esos matrimonios de Alba de Tormes que ha venido a Madrid solamente por dos días a ver la Armería Real y el edificio del Círculo de Bellas Artes.

EL LECTOR HA TERMINADO EL LIBRO PRIMERO

PUEDE, SI QUIERE, PASAR AL SEGUNDO
QUE ES MUY INTERESANTE

LIBRO SEGUNDO

DÚO

LA MUJER Y EL AMANTE

LIBRO SEGUNDO

PRIMER CAPÍTULO

DEL «VAGÓN-RESTAURANT» AL TOPE DE UN FURGÓN DE COLA

EL PARÍS DE ZAMBOMBO

En París.

Estaban en París desde hacía trece horas. Y el cielo, de un azul suave, desmentía la melancolía clásica del París del cielo grisáceo y llorón.

¡París! ¡Oh, París!

Dejo este espacio en blanco para que se escriban en él algunas de las majaderías y lugares comunes que una literatura de 0,65 ha acumulado sobre París.

Acodado a un ventanal del «Hotel Crillon», Zambombo contemplaba la perspectiva de aquel París que le era familiar y que, no obstante, le parecía ahora nuevo y distinto.

La primera vez que Zambombo llegó a París tenía en el alma un superávit de lecturas embriagadoras, y la idea de que acababa de pisar el suelo de la capital de Francia, le enloqueció en el andén de la estación del *Quai**.

* Estación del Quai d'Orsay. Yo escribo solamente «el Quai» para presumir de hombre de mundo, pues una novela de amor que no tenga algo de mundanismo es tan inconcebible como una mosca que no contagie ninguna enfermedad.

Al salir de la estación eligió un taxi y comprobó por sus propios ojos que los automóviles del servicio público de París eran mugrientos. Esto le proporcionó una gran desilusión que procuró disculpar y olvidar. Y disculpó luego muchos otros defectos de París; pero a la semana justa de vivir en la «ville lumière d'acétylène», se había convencido de que el prestigio de la ciudad no provenía más que del patriotismo de los franceses y del paletoidismo de algunos españoles. Y a esto último –especialmente– se debía el que se hubiesen construido tantas páginas de parisofilia rezumante –siempre idénticas– en las que se tropezaba uno con frases así:

«Aquella maga ciudad, que... Corazón de Europa y... La espiritualidad y la gracia... Frente a Nôtre Dame y junto al Sena... Cada piedra es una estrofa... Cuna de la bohemia, que Murger... Montmartre y... Por los bulevares... Era la plaza de la Estrella la que... Midinettes gentiles... Lujo y elegancia en las... Sedas, pieles, perfumes... El champagne rubio burbujeaba... La feria del amor... Pero la voluptuosidad...»

Etcétera, etcétera.

Ocho días más tarde, Zambombo, en el límite de su rabioso desencanto, decía de París tales cosas que le detuvieron seis veces en lugares públicos.

Sin embargo, no eran cosas muy ofensivas; eran, sencillamente, cosas opuestas a la tradición y al tópico y ya se sabe lo peligroso que es ir contra el tópico y contra la tradición.

Si le preguntaban lo que le parecía París, contestaba:

–Una ciudad para advenedizos de la literatura.

Al oír el nombre del Sena, exclamaba:

–Un río sólo tolerable en fotografía.

Del idioma decía:

–Es pobre y lleno de la monotonía insoportable de la vocal e. Además, ningún habitante de París sabe hablar francés; los únicos que sabemos hablar francés, somos los que no hemos nacido en Francia.

Su opinión sobre los *cabarets* la resumía declarando:

–Puestos de castañas saturados de provincianismo.

Opinaba del *champagne:*

–Es agua de Cestona reembotellada.

De Carpentier:

–Tiene menos fuerza que el ácido bórico.

De Josefina Baker:

–Es media docena de plátanos mojados de yodo.

Visitando el «barrio latino», murmuró:

–¡Pchss!... Una especie de Puente de Vallecas...

Y de Versalles, comentó:

–Un cromo que da náuseas.

Al regresar de un paseo por los bosques de Fontainebleau, dijo:

–No he visto más que veinte árboles.

Frente al edificio de la Ópera, sentenciaba:

–Una tarta de *chantilly* en estado comatoso.

Finalmente, cuando un compatriota le preguntó si no había encontrado algo bueno en París, repuso:

–Sí. En París hay cosas de inmejorable calidad: las enfermedades.

–¿Qué enfermedades?

–No puedo indicarle sus nombres, porque se trata de enfermedades tan secretas como la policía. Felizmente para los franceses, sus irreconciliables enemigos, los alemanes, han puesto a su disposición ese preparado orgánico a base de arsénico que llaman *Dioxydia-midobenzol.*

Y tal odio llegó a sentir contra París, que en el viaje de regreso, al acercarse paulatinamente a España, fue engordando kilos conforme el tren avanzaba por las llanuras francesas, y al llegar a Behovia y a la frontera tuvo que ponerse en cura, porque le venían estrechos los trajes y empezaron a parecerle interesantes los reportajes de actualidad.

. . . .

Pero en su viaje segundo...

En su viaje segundo, acompañado de Sylvia, París le pareció a Zambombo una maravilla asfaltada.

Y es que el amor tiene dos propiedades especialísimas: transforma y congestiona.

HONORIO Y MIGNONNE

El viaje había sido exquisito e indigesto como una crema de chocolate.

Al instalarse en el vagón y arrancar el tren, Sylvia y Zambombo vacilaron y le pisaron los dos pies a un sacerdote. El sacerdote protestó en latín, y a esto se debió el que no hubiese un disgusto gravísimo entre ellos.

Después vivieron ese momento lírico que las parejas de enamorados españoles viven siempre al introducirse en un tren. (¿Será que en los trenes se agazapan todos los microbios de lirismo que esparció por España aquella cornucopia con perilla que se llamó Gustavo Adolfo Bécquer?)

En un extremo del tránsito, se besaron.

Ella dijo:

–*Mon gosse!*

Y él replicó dándole un nuevo beso, que duró quince postes de telégrafo, y sacando su brazo derecho por la ventanilla para señalar la circunferencia lunar:

–Mira la luna, ¡qué hermosa está!...

–Sí. Parece un espejo de cuarto de baño –comentó Sylvia displicentemente.

–Siempre he soñado con besar a la mujer amada a la luz de la luna –prosiguió él con esa imbecilidad astronómica propia de tantos enamorados.

–Se ve que todos tus amores han sido vulgarísimos.

–¿Es que a ti no te gustaría sentirte iniciada por el hombre que amases, mientras la luz de la luna se diluía por tu cuerpo desnudo?

–No. A mí me gustaría sentirme iniciada por el hombre que amase, mientras un aviador del Canadá iluminaba mi cuerpo desnudo con una linterna eléctrica.

Zambombo la miró rápidamente pensando que hablaba en broma, pero Sylvia mostraba un rostro absolutamente serio bajo el *radjhí* de cuero con que cubría su cabellera ondulada.

Herido en su vanidad, pues de pronto se sintió inferior a Sylvia, Zambombo le dio la espalda mientras exclamaba:

–¡Qué estupidez!

Y se dedicó a contemplar el zootrópico desfile del paisaje nocturno, que parecía cubierto de cristales de aconitina. El paso fugaz de una corraliza de ganado le sugirió la idea de que la Humanidad no era más que un inmenso rebaño, idea que se les ha ocurrido a todos los humanos, como si cada uno de ellos no fuese un trozo de esa Humanidad despreciada. Y la aparición de una casita rústica, hermética y perdida en mitad del campo, le hizo pensar en que sus habitantes debían de ser felices entregados al amor y en que el amor era un específico sublime y en que, después de todo, él adoraba a Sylvia; y ya iba a volverse hacia ella de nuevo, cuando emitió una interjección comunista y se echó hacia atrás bruscamente. Acababa de introducírsele una carbonilla en el ojo derecho.

Se restregó el párpado, juró y perjuró como un carretero de Móstoles, y exclamó por fin:

–Sylvia, déjame un pañuelo.

Pero Sylvia no le contestó.

Sylvia no estaba ya a su lado.

Dando tumbos, Zambombo recorrió su vagón y el contiguo, pasando excelentes fatigas al franquear el fuelle. En el último departamento del segundo vagón encontró a Sylvia charlando con un viajero y sorbiendo un «cock-tail» de frambuesa que el mismo viajero debía de haber fabricado con los ingredientes de un bar-maleta que yacía abierto en el diván.

Al verle aparecer, lady Brums hizo las presentaciones:

–El señor Pérez Seltz, mi amante. El señor Honorio Felipe Lips, célebre ladrón internacional.

La carbonilla introducida en su ojo y la singular profesión del viajero fueron motivos suficientes para que la actitud de Zambombo al saludar resultase en extremo desairada y escasamente cordial.

–Discúlpelo –dijo Sylvia dirigiéndose a Honorio Lips– ya le he dicho que es un buen muchacho, pero sin pizca de experiencia.

Zambombo, humilladísimo, fue a decir algo, pero Honorio Lips le cortó el propósito.

–Según parece, se le ha metido una carbonilla en el ojo... Veamos. ¿Quiere utilizar alguno de mis remedios para que salga la carbonilla?

Zambombo asintió amablemente. Se desprendía de Honorio Lips una extraña sugestión –mezcla de autoridad y de energía– idéntica a la que se desprende de los acomodadores de los cinematógrafos.

Era un hombre de estatura mediana, estrepitosamente elegante, uno de esos hombres que pueden recorrer las calles de Nápoles subidos en un palanquín sin que los chiquillos les tiren macarrones al pasar. Aquella noche vestía un traje verde-mastaba que daba frío, y en su cabello lucía algunas canas lo mismo aquella noche que la noche anterior que la noche siguiente. Se le podían calcular cuarenta años, aunque representaba cincuenta y no tenía más que treinta y siete, pero en sus documentos personales se decía que treinta y cinco, él declaraba treinta y tres y de allí a un mes iba a cumplir treinta y ocho.

Amabilísimamente Honorio inspeccionó el ojo derecho de Zambombo y le preguntó de pronto, retrocediendo un paso:

–¡Caballero! ¿Hay en su familia algún canceroso?

Zambombo abrió los ojos hasta desorbitarlos.

–¿Canceroso? ¡No, señor!

–Basta –dijo Honorio–. No pretendía otra cosa sino que abriese usted mucho el ojo dañado. La carbonilla ha salido ya.

Zambombo notó que, efectivamente, la molestia había desaparecido y dio un fuerte apretón de manos a Honorio Lips. Su amistad quedaba reconocida.

Los dos hombres se sentaron juntos y Honorio fabricó para Zambombo uno de sus «cock-tails» más explosivos, el llamado «chispas de Infierno».

–No le ofrezco a usted el que yo denomino «Sueño Oriental» –dijo Honorio mientras agitaba la coctelera ayudado por el traqueteo del tren– porque ése sólo lo destino para las personas a quienes voy a robar. Lo fabrico a base de láudano.

–¿Les mata usted previamente?

–No. Les duermo. El láudano es tintura de opio.

Lady Sylvia, que consumía un «aristón» a bocanadas perezosas, con las piernas apoyadas en el marco de la ventanilla, intervino en la conversación, dirigiéndose a Zambombo.

–Honorio es un buen amigo mío –declaró–. Nos conocimos hace años, en Constantinopla.

–Sí –apoyó Honorio–. Yo estaba aligerando carteras de turistas en un hotel de la calle Voivoda y tuve el gusto de interrumpir mi trabajo para amar las dos últimas noches a lady Brums.

A Zambombo se le cayó el «cock-tail» en el pantalón.

–¡Vaya! –gruñó conteniendo un aullido–. ¿Quedará mancha?

–Sólo mientras le quede a usted pantalón –repuso Honorio–. Pero ¿cómo pudo caérsele?

–Le emocionó la noticia que usted le dio de haberme amado dos noches –explicó Sylvia.

–¡Por Dios! ¡Pero ningún hombre se asusta ya de eso! –protestó riendo Honorio.

–Nuestro amigo Zambombo –siguió lady Brums– es un poco provinciano. Ése es su mayor encanto, y la razón por la cual yo le he elegido de amante. Me fascina su ingenuidad y quiero enseñarle a vivir, asomarle a un mundo verdaderamente distinguido, mostrarle cómo es el amor de las personas refinadas, *civilizarle*...

–Magnífico, magnífico... –decía Honorio moviendo estudiadamente la cabeza–. Un muchacho ingenuo a quien civilizar... ¡Maravilloso!

Y agregó, haciendo una transición:

–¿Y es éste el primer muchacho ingenuo a quien usted se propone civilizar, Sylvia?

–El primero. Todos mis amantes han sido hombres tan civilizados como usted, querido Honorio.

–Nuestro amigo Zambombo no ha podido encontrar una maestra con mayor tesoro de conocimientos.

Zambombo, en la situación de un niño a quien acompañan por primera vez a la escuela, se sentía violento.

Honorio continuó:

–Hasta llegar a París yo secundaré su labor, Sylvia. Precisamente viene conmigo Mignonne Lecoeur, una encantadora muchacha para quien la vida cosmopolita no tiene secretos.

–¿Viene con usted una muchacha? –preguntó llena de curiosidad Sylvia–. ¿Y dónde está?

–En este momento debe de ocuparse de su *toilette*. No tardará seguramente... ¿Eh? ¿No decía? He sorprendido un movimiento de revuelo entre los viajeros que pasean por el tránsito. Es, sin duda, que Mignonne viene hacia acá.

Y efectivamente, entre los viajeros que brujuleaban por el pasillo se notaba un escalofrío de expectación como el que se produce en los arrabales de los pueblos cuando se acerca una compañía de saltimbanquis*.

Transcurrieron diez minutos y Mignonne no acababa de aparecer.

–No entra. ¡Es extraño!... –murmuró Zambombo.

---

* Llamados también saltinsillis y saltinmesis y saltincamis. Depende de lo que salten mejor.

–¿Extraño? No –replicó Honorio–. En Mignonne nada es extraño. Puede que haya encontrado algún viajero de su gusto y se estará entregando a él.

–¿En el pasillo?

–¿Por qué no? Los trenes españoles están tan mal alumbrados...

–Todo se alumbra mal en España –observó Zambombo queriendo dar a su diálogo un tono frívolo.

–Sí. Lo único que se alumbra bien son los niños –concluyó Honorio, con lo cual le quitó a Zambombo la última oportunidad de lucirse.

De pronto, bruscamente, de un golpe, como entran los clavos en un tabique de yeso, entró Mignonne Lecoeur en el departamento. Su primera mirada –larga, tortuosa, glacial– fue para lady Brums. Después miró a Honorio y a Zambombo. Por fin, hizo una ligerísima inclinación de cabeza.

La presentación, a cargo de Honorio Lips, fue breve:

–Mignonne... Lady Sylvia Brums... Su amor...

Mignonne se sonrió con la mitad de la boca, dobló en ángulo recto una pierna hasta apoyar el pie por completo en la puerta, y cruzó las manos por delante de la pierna doblada, que era la izquierda, aprovechando la ocasión para mostrar todo el muslo derecho.

Hubiera servido de un modo ideal para una portada del *Fliegende Blätter.*

Mignonne disfrutaba de un cuerpo enroscable, escurridizo y delgado; el talle era tan breve que hubiera podido ceñirse, a guisa de cinturón, la corona de Carlomagno; esta levedad del talle daba margen a sus nalgas para resaltar brillantemente, como esas grupas, pequeñas y redondas, de los potros recién nacidos. Las pantorrillas –finas, firmes– eran tan sutiles y al mismo tiempo tan enérgicas, que sólo les faltaba esta inscripción: *«Manufactura de Londres: Irrompibles.»* En el corpiño estallaban dos senos, menudos y agresivos, como granadas de mano. Y bajo el sombrero de paja «bakou» asomaban tres bandós de cabellos lacios y amarillos, dos ojos de pupilas grises y frías, doscientas veinticinco pestañas salvajemente ennegrecidas, y cuatro párpados adormecidos, rebozados de azul prusia. La boca no era sino un rasguño ensangrentado, hecho con una lanceta hábil en la lividez de la carne, de un blanco de papel Canson.

Se notaba que Mignonne se preocupaba más de su *maquillage* que de las medidas adoptadas por monsieur Poincaré para sanear la moneda francesa.

Sin modificar su postura, Mignonne paseó las limaduras de hierro de sus pupilas de Zambombo a Sylvia y de Sylvia a Zambombo. De pronto indagó:

–¿Y... se aman ustedes mucho?

Zambombo no supo qué contestar. Pero lady Brums estaba allí, y Lady Brums dijo:

–Nos amamos lo suficiente para coincidir en la elección de «menús».

–¿Les gusta la cocina española o la francesa? –preguntó Mignonne con un tono ambiguo.

–La cocina española. Es más sólida, aunque algo monótona. Usted tiene aspecto de paladear a veces la cocina griega, ¿no?

Mignonne, entornó los ojos, como los gatos.

–¡Qué perspicacia! –alabó–. Me encantaría que usted aceptase un almuerzo encargado por mí.

Sylvia sonrió de un modo indefinible, y repuso al cabo:

–No, gracias... He estropeado mi estómago por comer fuera de casa y ya sólo me siento a la mesa con la familia.

–Lo lamento de veras –susurró Mignonne*.

Y, como si en el transcurso de aquella charla culinaria, que Zambombo no entendió en absoluto, hubiera nacido entre ellas mutua confianza, Sylvia y Mignonne entablaron al punto uno de esos diálogos que ninguna mujer del planeta deja de entablar por lo menos una vez al día:

–*¿Tiene usted noticias de París?*

–*Pocas.*

–*¿Qué hace Patou?*

–*Modelos* en chiffons; y *los trajes de colores enteros,* romain, georgette y crepé Picador.

–*¿Para la tarde?...*

–... *Chanel sigue defendiendo los escotes cuadrados y los vestido de paños colgantes.*

–*¿Y de sombreros?*

–*«Lou» recomienda la paja* moirée *de diversos colores***.

Y hubieran seguido así varias horas de no intervenir Honorio Lips, diciendo:

–Ha llegado el momento de comer. Tengo una mesa reservada para el último turno.

Sylvia y Mignonne delante (ellos detrás), enfilaron el tránsito hacia el vagón *restaurant,* entre las miradas lúbricas de varios viajeros.

–España es un pueblo de apasionados –opinó Zambombo por opinar algo.

–No. España –dijo Honorio– es, sencillamente una gran caja de cerillas; la mujer es el raspador; el hombre, es el fósforo. El fósforo

* *En todo este diálogo, probablemente incomprensible para algunos lectores, el novelista disfraza una serie de alusiones que, acerca de sus preferencias en amor se dirigen Mignonne y Sylvia. Esta última, después de asegurar que sus gustos en amor son normales, acusa a Mignonne de homosexualismo. Hemos creído oportuno, y hasta necesario, hacer esta aclaración para poner de manifiesto una vez más el sutil ingenio del autor. (Nota del autor, hecha por indicación de un linotipista que llevaba un mes sin ir por la imprenta.)*

** Modas en vigor cuando se escribió este fragmento de la novela: primavera de 1928.

se acerca al raspador, y como el raspador es áspero, la llama brota; luego, el raspador se niega a arder, y el fósforo, sin haber utilizado su llama, se apaga solo.

–Y el hombre se queda negro.

Habían llegado al vagón *restaurant*.

–¿Dónde nos sentamos? –preguntó Zambombo

–Ahí, enfrente. ¿No ve usted un fideo en el asiento?

Los camareros de coche *restaurant* indican cuáles son los asientos reservados dejando caer en ellos un chorrito de *consomé* de pasta. He tenido ocasión de observarlo muchas veces.

. . . .

Comieron rápidamente las eternas:

JUDÍAS VERDES,

y los eternos:

HUEVOS PRINCE (huevo revuelto con tomate),

y los eternos:

ESCALOPES DE TERNERA,

y los eternos:

LENGUADOS (gallos),

y el eterno:

POLLO FRÍO CON ENSALADA

En los trenes españoles se come siempre el mismo «menú» compuesto de las substancias estrictamente necesarias para que los viajeros puedan sostenerse de pie. (Porque si el desfallecimiento les tambalea, hay peligro de que se agarren al timbre de alarma y esto ocasiona molestias a la Compañía.)

–¿Has reservado mesa del último turno para que comamos las sobras de los demás viajeros? –preguntó Mignonne a Honorio con voz dulce. (Estaba agotando una ración de mermelada de cerezas.)

–No. Lo he hecho para que podamos quedarnos aquí un rato charlando, pues nuestro departamento empezaba ya a llenarse de individuos atraídos por el color de tus medias.

Y repartió unos cigarrillos, encendiendo con sus labios el de Sylvia, y destinando dos para Mignonne.

–¿Por qué me das dos a mí?

–Porque estoy habituado a que desdeñes el primero diciendo que no tira.

–Esta vez el que no tira es el segundo.

–Porque lo has encendido el primero.

Mignonne frunció la boca y exclamó:

–Me asquean los hombres que presumen de ingeniosos.

Y para humillar a Honorio, se ahuecó el escote y le sonrió abiertamente a un camarero alto, rubio, que pasaba haciendo equilibrios con una vajilla. El camarero proyectó su mirada en el escote de Mignonne, y, como consecuencia, proyectó la vajilla en la cabeza de un viajero gordo, que se había detenido a encender un habano.

Esto produjo una colisión enternecedora, que Honorio epilogó dando explicaciones al viajero gordo y robándole de paso la cartera.

–No pensaba trabajar en este viaje –explicó cuando se quedaron solos en el *restaurant*–, pero estos señores gordos que se quejan de todo, me incitan al trabajo.

–Hace usted bien –dijo Sylvia–. El trabajo ennoblece. Ya escribió Rousseau que, rico o pobre, el ciudadano ocioso es un bribón.

–¿Y de qué quería usted que charlásemos? –investigó Zambombo, que no se resignaba a quedar relegado a un segundo término.

–Precisamente de usted –contestó Honorio–. He echado sobre mis hombros la tarea de ayudar a Sylvia a civilizarle durante este viaje, y he pensado que le sería de gran utilidad, para aprender ciertos refinamientos, pasar la noche en la litera de Mignonne.

Los ojos de ésta centelleaban detrás de un vasito de mazzagrán helado, con el cual pretendía combatir la sed provocada por un exceso de sal en los escalopes.

Zambombo aventuró con timidez mal disfrazada:

–¿Y Sylvia, qué hará?

Lady Brums dejó escapar de su garganta un surtidor de risas.

–Pero, querido –exclamó cuando el surtidor perdió fuerza ascensional– ¿es que pretendías que siendo amantes oficiales empezáramos esta noche la luna de miel? Sería demasiado aburrido. Las abejas que fabrican la miel de nuestra luna son alocadas, inconsecuentes y versátiles. A mí no me vendría bien la ropa blanca de tus amantes anteriores. Tus amantes fueron esclavas. Hoy el esclavo eres tú y ya te dije bien claro que buscaba un hombre al que sujetar a mis caprichos. Aprende de ahora para siempre que yo soy tu maestra en el arte de hacer interesante y pintoresca la vida y que nuestros idilios vendrán siempre por caminos insospechados y absurdos, no por caminos trillados y lógicos. Lady Sylvia Brums no es una modistilla o una mecanógrafa. Si tú tienes epidermis de tendero de ultramarinos o de dependiente de mercería, apresúrate a apearte en marcha y vuélvete a Madrid. Pero si aspiras a ser un personaje novelesco, quédate aquí.

Durante aquel discurso, que nunca hubiera brotado de labios de un geólogo, Zambombo pensó levantarse y abofetear a Sylvia, empezar a puntapiés con los cristales de las ventanillas y prender fuego al tren; pero la idea de que Mignonne tenía un cuerpo vertiginoso y el convencimiento de que una solución extrema le llevaría al ridículo, contuvo sus impulsos y, al concluir lady Brums su párrafo, Zambombo repuso heroicamente:

–Por mi parte, estoy deseando comprobar por mis propias manos si Mignonne lleva faja o no.

Honorio se volvió a Mignonne:

–¿Y tú qué dices?

Mignonne agitó con la cucharilla su mazzagrán, extrayendo de él una pepita de limón, luego ladeó su cabeza y subió la ceja izquierda un centímetro sobre el nivel corriente.

–¡Pchss...! –murmuró al fin–. Sufro insomnios... La noche es larga... De suerte que no me importaría charlar durante unas horas con este señor.

Honorio se levantó ofreciendo el brazo a lady Brums.

–En ese caso –dijo– y puesto que ambos estáis de acuerdo, Sylvia y yo nos vamos a mi litera, a resucitar recuerdos de Constantinopla. El tren acaba de pasar frente a Zarzalejo, lo que quiere decir que son las diez y cuarto. Sylvia y yo odiamos trasnochar durante los viajes. Hasta mañana.

Y Honorio abandonó el *restaurant* en busca del coche-cama, conduciendo por el talle a lady Brums –cuya gentil silueta se quebraba sobre los mástiles verdosos de sus piernas– dejando solos a Mignonne y a Zambombo y llevándose el alfiler de corbata de este último.

Instantáneamente, con la velocidad fulminante del pensamiento, Zambombo se dijo:

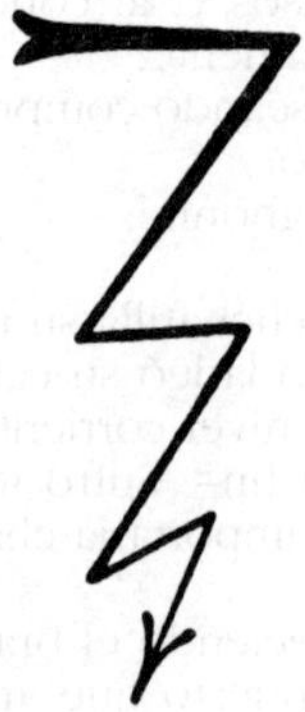

+ *No puedo hacer el ridículo.*
+ *Esta muchacha (por Mignonne) no me perdonaría una actitud de hombre ingenuo.*
+ *Tengo que cautivarla.*
+ *Tengo que epatarla.*
+ *Tengo que asombrarla.*
+ *Proceder como un hombre de mundo, como un hombre* blasé, *como un hombre que ha vivido mucho, no basta.*
+ *Hay que hacer más.*

Y decidió hacer más.

. . . .

–¿Se aburre usted viajando?

–Sí –contestó Mignonne.

–No me extraña. Las maletas también se aburren viajando.

Zambombo se había puesto de pie y, con soltura y naturalidad de ademanes ciertamente exquisitos, abrió la guillotina de la ventanilla y tiró a la vía todos los cacharros que descansaban en la mesa.

–¿Qué hace usted? –dijo Mignonne.

–¿No lo ve? –repuso cargado de razón Zambombo–. Tiro todo eso por la ventanilla.

–Pero ¿para qué?

–Para distraerme. Siempre hago esto para distraerme.

Y se volvió al camarero, que había acudido tropezando con todas las mesas para ordenarle:

–Haga el inventario de lo que he tirado a la vía y páseme la cuenta.

El camarero desapareció buscando al jefe de *restaurant* para explicarle el fenómeno.

Entretanto, Zambombo, a quien el instinto y el rabillo de su ojo izquierdo le decían que todo aquello surtía efecto en Mignonne, intentó hacer juegos malabares con tres pesados ceniceros de cristal y plomo, en cuyo fondo se leía esta delicada inscripción:

Y acabó lanzando el disco con los tres ceniceros, los cuales –saliendo por la ventanilla– fueron a cautivar, al día siguiente, el asombro de unos aldeanos de la provincia de Ávila que los utilizaron, de allí en adelante, para cascar nueces.

–¡Ap!

–¡¡Ap!!

–¡¡¡Ap!!! –gritó Zambombo al tirarlos, y luego, tranquilamente, sin mirar siquiera a Mignonne, encendió por el revés un cigarrillo emboquillado y volvió a ocupar su asiento.

Mignonne le observaba fijamente, con un estatismo de embeleso.

–¡La vida es un asco de aburrida! –murmuró Zambombo hablando solo.

Y atravesó su cigarro con un palillo de dientes, lo hizo girar sobre aquel eje y dispersó la lumbre por el mantel, el suelo, el vestido y el escote de Mignonne.

–¡¡Ay!!

Zambombo la miró despectivamente.

–De poco se asusta usted –dijo.

Y tirando su reloj contra una de las lámparas, la hizo polvo.

El jefe de *restaurant* se acercó entonces con una notita recién arrancada de un *block* de papel. Zambombo la cogió construyó una bola con ella y se la comió sin masticarla. Después imitó el cacareo de una gallina, abrió la boca para declamar a grito seis versos de «La Divina Comedia» y dio tres vueltas sobre sí mismo apoyado en uno de sus tacones.

El jefe de *restaurant,* imperturbable, le alargó una segunda notita que acababa de escribir rápidamente; en ella se calculaban los desperfectos en diecinueve pesetas.

–¡Ah! ¿Nada más? –dijo Zambombo–. ¿Pues cuánto me pone usted por la lámpara rota?

–Tres pesetas, señor.

—¡Qué barata!

Y Zambombo se apresuró a entregarle al jefe de *restaurant* un billete de veinte duros, hizo que le devolviesen nueve pesetas y se puso así en condiciones económicas de romper las restantes lámparas del vagón a una velocidad increíble.

Al quedarse a oscuras, mordió fieramente los labios de Mignonne y la trasladó en volandas al coche contiguo.

Mignonne le tuteó por primera vez, para preguntarle:

–Oye, ¿tú estás loco, verdad?

–No. Es que me aburro, me aburro inmensamente –repuso él, calculando que allí había un camino para figurar a los ojos de Mignonne como un hombre excepcional, muy baqueteado ya por la vida.

–¿Te aburres? –musitó ella no del todo convencida aún.

–Estoy agotando mi existencia en el tedio; y la furia por divertirme toma aspecto de locura. No encuentro nada que me interese. Acaso el amor... Pero el amor es igual que el catarro.

–¿Igual que el catarro? –dijo Mignonne aceptando el anzuelo–. ¿Por qué?

–Porque, como el catarro, empieza por una congestión y acaba obligándonos a limpiarnos los ojos con el pañuelo.

–Eso es bonito... –suspiró la niña de senos pequeños y agresivos, igual que granadas de mano.

Y se apoyó en la primera ventanilla del tránsito a contemplar la luna.

(¡Qué gran recurso para los novelistas es que los personajes se pongan a contemplar la luna! Si la luna no existiese, muchas novelas no se habrían podido escribir: ni siquiera ésta...)

Zambombo aprovechó aquella pausa para felicitarse. Llevaba diez minutos a solas con Mignonne, y, hasta ahora, su actitud era airosa.

–¡Cargaré un poquito la mano en las extravagancias! –se dijo.

Y abrazando estrechamente a Mignonne clavó sus pupilas en las de ella, cuidando de no pestañear, como si los ojos femeninos fuesen una lección de álgebra que tuviese que aprender de memoria.

–¿Qué haces? –no pudo por menos de interrogar Mignonne.

–Miro las estrellas.

–¡Pero si estás mirando mis ojos!

–Es verdad. Perdona. Me había confundido*.

---

* Invito a algunos de los poetas que andan sueltos por ahí a que escriban un madrigal más delicado y mejor dicho que el que acaba de construir Zambombo. Y conste que sólo lo señalo para hacer justicia a mi protagonista, cosa que es, a ratos, conveniente.

Por toda respuesta, Mignonne se apretujó contra Zambombo y preguntó señalando las estrellas:

–¿Dónde está el «carro»?

–En la cochera.

–¿Es verdad que hay una estrella que se llama Calipso?

–No hagas caso de calumnias.

–¿Crees en la pluralidad de los mundos habitados?

–Mientras las pulgas den saltos tan grandes, ¿por qué no? Las pulgas emigran de planeta a planeta.

–¿Has oído hablar de la Aurora Boreal?

–No leo a ninguna poetisa venezolana.

–¿Qué es la astronomía?

–Una de esas barbaridades que engordan, como la antropofagia y el pan de gluten.

A cada nueva respuesta, el gesto de Mignonne con respecto a Zambombo era más sumiso, más admirativo, más entusiasta, más inductivo, más apasionado.

Zambombo lo notó. *«Un toque más y me echa los brazos al cuello subyugada»*, se dijo.

Y calculó que el toque estaba en dar un doble salto mortal, aquel doble salto mortal que nunca había intentado hasta el día que lo ejecutó para rendir la complicada fortaleza de Sylvia Brums.

Se recogió en sí mismo, hizo un poderoso esfuerzo muscular y se lanzó al espacio.

Y su cuerpo, largo y flexible, desapareció por la abierta ventanilla donde, momentos antes, había estado apoyada Mignonne.

La cual gritó en la oscuridad de la noche:

Pero nadie oía a Mignonne, cuya voz se perdía entre el estrépito del tren en marcha.

Y cuando acaso ya iba a oírle alguien, entonces se desmayó.

. . . .

Zambombo rodó unos metros por el suelo. Se levantó, se tocó la cabeza por fuera para convencerse de que nada se había roto por dentro y miró con asombro lo negro que estaba el campo a su alrededor, a pesar de la luna. Luego pensó:

–Para ser la primera vez que me caigo de un expreso en marcha, no lo he hecho mal del todo.

Una sombra trepidante y mugiente pasaba ante sus ojos, con estallidos de chispas y luces.

Era el tren que huía.

Zambombo lo vio desfilar crepitando. Y de pronto, gritó:

–¡Ay, que se me va!

Y no tuvo tiempo más que de galopar unos instantes detrás de aquella enorme culebra que se le escapaba (detrás de aquella enorme culebra que se llevaba en sus entrañas a Sylvia y a Mignonne) y de gatear hasta un extraño objeto manchado de caldo de carbón, en el cual se sentó a horcajadas.

Aquel extraño objeto era un tope del furgón de cola.

EL ALIENTO DE ESPRONCEDA

Me parece oportuno copiar un trozo de la poesía «El viaje en el tope», que tanta fama le dio a Espronceda, y que empieza así:

«Cuando los progresos, que vienen de fuera,
y avanzan lo mismo que avanza una ola,
nos traigan los trenes, que es moda extranjera,
será una delicia pasar la frontera
sentado en un tope del furgón de cola.»

Siguen 222 versos más que no copio.

PALABRAS EN ALEMÁN

Al llegar a Hendaya, ocurrieron en el surexpreso de lujo dos cosas importantes: cambiaron el coche-cama por un coche-salón y se llevaron preso a Honorio Felipe Lips, el «célebre ladrón internacional».

(La celebridad conduce a la ruina.–Chateaubriand.)

. . . .

Zambombo, que al parar el tren en Ávila había cambiado el tope del furgón por la litera de Mignonne, se alegró mucho de la detención de Honorio.

Provenía la denuncia del caballero gordo a quien Lips aligeró del peso de la cartera en el comedor, y si no quedaron detenidos también Mignonne y Zambombo, fue porque lady Brums respondió de la honorabilidad de ellos (ya que de su propia honorabilidad no podía responder ni ella misma) y porque repartió con un admirable y desdeñoso gesto de emperatriz unos puñados de papeles. *(Esos papeles, pésimamente estampados en azul pálido y morado sucio, a cuyo frente aparece la inscripción «Banque de France» y que los franceses se obstinan en decir que valen mil francos cada uno.)*

–¿Por qué no intercedes por Honorio? –había preguntado Zambombo a Sylvia.

–Nada conseguiría aunque intercediese y, además, la noche pasada no me ha hecho feliz –replicó Sylvia frotando el cristal de una de las ventanillas con la yema del dedo hasta lograr arrancar de él un chirrido insoportable.

–Sin embargo... Anoche parecías muy ilusionada con Honorio...

–Porque pensaba que iba a proceder igual que procedió las dos noches de Constantinopla.

–¿Y cómo procedió entonces?

¡¡CHIRRIII!! ¡¡CHIRRRRIIIII!! –griznó el dedo de Sylvia frotando el cristal.

–Di –insistió Zambombo–. ¿Qué hizo Honorio aquellas noches?

–Me pegó, fabricando un zurriago con los cordones del «stor» y se me llevó once mil francos de joyas.

–¿Y anoche?

–Anoche Honorio me hizo el amor como podría habérmelo hecho un notario de pueblo, y en lugar de robarme joyas me regaló una sortija cursilísima.

Zambombo, que ya empezaba a acomodarse al nuevo ambiente, observó:

–Los ladrones internacionales de nuestra época son unos imbéciles. Merecen no salir de la cárcel jamás.

Y Sylvia susurró con un gesto de repugnancia:

–¡Gentes sin espíritu!

. . . .

Mignonne, recostada en la pared de poniente, les oía en silencio. Estaba fatigadísima, y sus párpados brillaban bajo una cantidad de azul prusia superior a todas las que hasta entonces les habían hecho brillar. Con una exasperación de *maquillage* pretendía ocultar el aire cansado de sus facciones. Y la fatiga no debía agradecérsela sino a Zambombo, que, luego de haber recorrido cuarenta kilómetros en el tope del furgón, se mostró un amante arrollador al ocupar la litera del coche-cama. Se mostró un amante tan arrollador como el caballo a cuya cola fue atada Brunequilda*.

Después de la larga fiebre de aquella noche, el aspecto de Mignonne parecía más infantil que nunca, y sus ojos eran mucho más grises que antes, grises como dos habitantes de casa de huéspedes. En cuanto a las granadas de mano de sus senos, habían estallado la noche anterior al contacto de los besos de Zambombo y ya no se notaba su huella.

–¿Y tú qué vas a hacer ahora sin Honorio? –preguntó Zambombo volviéndose hacia la francesita.

Se encogió de hombros.

–No sé. Pero te equivocas mucho si piensas que eso va a ser un problema para mí.

Luego, como sorprendiese cierta frialdad en el tono de voz de Zambombo y un cohete de fastidio en las pupilas de lady Brums, Mignonne dio media vuelta y desapareció entre los viajeros que invadían los andenes. Cuando el surexpreso iba a reanudar la carrera apareció otra vez. «Su problema» estaba resuelto. Traía cogido por una mano al señor gordo, que había delatado a Honorio Lips. Lo presentó y añadió en alemán:

–Voy a exprimir la cartera de este imbécil. Le sacaré varios miles de francos, me divertiré, y, de paso, vengaré a Honorio.

El señor gordo, que no entendía el alemán, hizo una sonriente inclinación cuando Mignonne acabó de hablar.

Y agregó, creyendo corroborar las palabras de la muchacha:

–Sí, sí. La amo desde el primer momento en que la vi anoche. Ahora nos quedamos en Hendaya, pero quiero que emprendamos un viaje a Oriente.

Sylvia y Zambombo le felicitaron riendo. Felicitaron también a Mignonne.

El tren empezó a moverse, ávido por seguir.

Entonces Mignonne, que se colgaba del brazo del señor gordo resignada, mas con cierta nostalgia –esa nostalgia que siente el perro cuando le impedimos correr hacia otro perro sujetándole de la cadena– hizo portavoz con sus manos y les gritó a Zambombo y a Sylvia, todavía asomados:

---

* Alusión hípico-histórica, del mejor gusto, que da al relato una brillante universalidad.

–Und neus Leben Blueht aus den Ruinen!'

–¿Qué ha dicho? –exclamó Zambombo, que se parecía al señor gordo en que tampoco entendía el alemán.

–Alude a lo que ha sucedido en este viaje. Ha dicho: «¡Y sobre los escombros florece nueva vida!»

Zambombo quedó pensativo. Y lady Brums se dio «una mano» de rojo-guinda a los labios.

CAPÍTULO SEGUNDO

EN PARÍS SE AMA IGUAL QUE EN MADRID

LA «MAISON TAO» Y LA VIOLACIÓN POR SORPRESA

–¿Cuándo volveremos a amarnos? –preguntó Zambombo a Sylvia una tarde, bordeando el Arco de Triunfo.

–Hazme esa pregunta un día que no llueva –contestó lady Brums.

* *

–¿Es que no quieres que sea feliz otra vez? –indagó Zambombo una mañana, al enfilar el auto la breve perspectiva de la calle de Rívoli.

–Hoy debuta de nuevo Josefina Baker –replicó Sylvia, que hojeaba un periódico.

* *

–Sylvia... ¡Te suplico que consientas en recibirme de nuevo en tus brazos! –pidió Zambombo cierta noche en una mesa de «L'Enfer».

–Estos «cabarets» conservan siempre el mismo aire estúpido –observó Sylvia.

* *

Merendaban en la «Maison Tao», entre una concurrencia selecta como una galleta *praliné* e insoportable como unos turistas recién casados.

La princesa Oblensky les sirvió sendas tazas de té, recordando acaso con melancolía los tiempos en que también se lo servía a sus amigas de la aristocracia rusa. Por lo demás, la diferencia de ahora a entonces no era muy grande. Entonces la princesa Oblensky vivía para servir el té; y ahora servía el té para vivir.

Zambombo intentaba una vez más averiguar cuándo se decidiría Sylvia a recibirle de nuevo en pijama. Y Sylvia –encerrada en su abrigo de muselina multicolor, sobre el que fingía una mancha de tinta un gran clavel negro– parecía muy interesada en escuchar el diálogo que sostenían dos damas instaladas en las proximidades.

–¿Por qué no me contestas?

–Estoy oyendo lo que dicen esas viejas grullas –respondió Sylvia precipitadamente.

Y Zambombo tuvo, por fuerza y para no hacer un papel desairado, que atender también a lo que decían «aquellas viejas grullas»*.

Las cuales vestían con un lujo ruidoso de aeroplano que se precipita en barrena hacia la cursilería.

Una de ellas era blanca, empolvada y llena de curvas, como las carreteras de Rumania.

La otra alta, delgada, frenéticamente delgada, se había despojado del sombrero y su melena larguísima caía sobre los hombros, lacia y flotante. De lejos y al ponerse de pie, la dama parecía una peluca colgada de un pararrayos. Zambombo sólo oyó las últimas réplicas del diálogo:

–¿Un amante oficial de aviación? ¡Qué vulgaridad! Si al menos hubiese sido soldado...

–¿Qué quieres? A falta de soldados, buenos son los oficiales...

–¿Y te quería mucho el oficial? ¿Era cariñoso? ¿Era amante?

–¡Ay, no! –suspiró la otra–. La costumbre es la peor enemiga del amor. El oficial no era amante precisamente porque era el amante oficial.

Cuando las «viejas grullas» se marcharon, Zambombo se dedicó a remover su té con la cucharilla.

La cucharilla tintineó contra la taza.

El té se agitó.

Y los posos, que estaban en el fondo, se trasladaron a la superficie. Zambombo, entretanto, meditaba.

Meditaba que en el corazón tenía mucha tristeza y que en el té tenía muy poco azúcar.

Y se apresuró a echar en la taza tres terrones más, a ver si así resolvía de un golpe las dos cuestiones.

Entretanto la mano de lady Brums, que era larga, lívida, transparente, y en la que refulgían los diez ópalos de las diez uñas y un

---

* Si a unas señoras se les llama en español «viejas grullas», no se les ofende mucho. Pero si se lo llama uno en francés, no se les puede hacer una ofensa más grande. (Lady Brums lo dijo en francés.)

ónice de Siracusa montado sobre una llovizna de esmeraldas, avanzó por la mesita y se apoyó en el antebrazo derecho de Zambombo.

Zambombo alzó el rostro y vio a Sylvia sonreír. Y la oyó susurrar:

–¡Oh! Mon tout petit!... Que je t'aime!*

–Ya dudo de la sinceridad de tu amor, Sylvia –dijo Zambombo con una expresión grave.

–¿Por qué? Porque no hemos vuelto a tener ninguna escena espasmódica ¿verdad? –inquirió ella, utilizando un símil farmacéutico.

–Sí. Por eso.

–Sigo adorándote. Sigue espoleándome tu ingenuidad provinciana. Estoy deseando que rodemos por la alfombra de mi alcoba en pleno vértigo, pero es preciso que tú inventes alguna estratagema original para violarme por sorpresa. Sabes que odio lo vulgar, que estoy enferma de extravagancia. Discurre algo extraordinario y me verás arder. Y una vez que yo arda, nos será fácil asar el faisán del amor.

Sylvia calló. Zambombo también. Las palabras de lady Brums crepitaban en sus oídos. Por encima de la multitud elegante que llenaba la «Maison Tao», por encima de las nubes perfumadas de tanto cigarrillo que se consumía en los labios de las mujeres, Zambombo veía volar de un lado a otro aquel «faisán del amor».

La princesa Oblensky, que a la sazón pasaba por allí, advirtió:

–Caballero, se le ha caído una pluma.

–¿Al faisán?...

Pero no era al faisán. Era a él.

Su estilográfica brillaba en la alfombra.

EL SUCESO DEL
BARRIO DE PASSY

¿NUEVO FANTOMAS?

UN HOMBRE VESTIDO DE NEGRO, ENTRA EN UN HOTELITO DE PASSY, VIOLA A UNA SEÑORA Y SE DA A LA FUGA

La Policía, como de costumbre, no sabe nada.

* —¡Oh! ¡Mi todo pequeño!... ¡Que yo te amo! *(Traducción hecha con el sistema que emplean los traductores profesionales y algunos otros, que no siendo profesionales, tampoco saben traducir.)*

Todos los periódicos de la mañana daban cuenta del suceso en términos parecidos al que Zambombo leía ávidamente, mientras el «torino» se moría de aburrimiento en una de las mesas del *hall* «Hotel Crillon».

Cuando hubo acabado la lectura de la reseña que insertaba aquel periódico, Zambombo mandó comprar otro, y luego otro, y después otro. Tragóse once relatos exactamente iguales del suceso y, al cabo, se lo sabía de memoria tan bien que hubiera podido recitarlo como los muchachos recitan la Preceptiva Literaria o el número de desastres domésticos que aguantó Job, aquel santo que tenía nombre de papel de fumar.

El suceso no era complicado:

En un hotelito del barrio de Passy –barrio tranquilo y clorofílico– vivía la familia Forel:

monsieur Víctor Forel y madame Therèse Forel, rentistas;

mademoiselle Alice Forel, virgen hasta el día anterior;

Medor, jardinero; Catherine y Louise, criadas;

y «Tonnèrre», perro de Terranova.

La noche pasada, la familia Forel se había acostado a las once, según costumbre, después de echar una partidita de faraón en la que talló el padre.

A la una y cuarto, Medor se despertó porque oyó ladrar insistentemente a «Tonnèrre». El jardinero se levantó, abrió una de las ventanas del piso bajo y gritó:

–Tais-toi, «Tonnèrre»!...

Y el perro, que entendía el francés a la perfección, ante aquella frase, tan abundante en tés (Medor pronunció *tetuátonér)* se calló.

A las once de la mañana, en vista de que mademoiselle Alice Forel no salía de su cuarto, madame Therèse Forel entró en él sin pedir permiso. Y encontró a su hija en el lecho durmiendo plácidamente, pero con un aspecto del mayor desorden.

–¡¡Han asesinado a mi hija!! –aulló madame Forel, con ese prurito de exagerar las cosas que tienen las madres.

A los gritos, despertó mademoiselle Alice y subió al cuarto monsieur Víctor.

Y este emocionante diálogo se desarrolló entre los padres y la hija:

MADEMOISELLE ALICE: *(Echándose a llorar y tapándose el rostro con las manos).* –Papá! Mamá!*.

MADAME FOREL: *(Abrazando y besando a su hija).*–Ma poupée chérie!

MONSIEUR FOREL: –¡Sapristi! Sapristi!

ALICE:–¡Mamá! Papá!...

MADAME FOREL: –Mais... qu'a t'il pasée?

MONSIEUR FOREL: *(Mostrando los desperfectos causados por el violador).* –Voilà...

ALICE: –Papá!... Mamá!...

Después, se explicó todo. A las once de la noche, un hombre vestido con un *maillot* negro, había trepado por la fachada hasta el cuarto de Alice, y una vez allí, había caído como un huno sobre la joven, violándola cuanto le fue posible.

–¿Por qué no gritaste? –dijo el padre indignado.

–Por no interrumpir vuestro sueño, papá –repuso con sencillez Alice.

–¡Pobrecita! –murmuró la madre–. ¡Se ha sacrificado por nosotros! Yo hubiera hecho lo mismo.

En cuanto al violador, no se sabe nada. La Policía registró los alrededores del hotel, sacó fotografías de la fachada y de algunas huellas dactilares que parecían existir en el marco de la ventana, lugar en donde se tenía la sospecha que había puesto las manos el delincuente.

Pero a nadie se le ocurrió buscar las huellas dactilares en los lindos senos de mademoiselle Alice.

Y, sin embargo, era seguro que el delincuente había puesto las manos en ellos más que en el marco de la ventana para llevar a cabo su punible hazaña.

Sólo el juez de instrucción –monsieur Ventenac– tuvo un rasgo de poeta.

–Si nace alguien –declaró– yo seré el padrino.

. . . .

No se había tragado Zambombo once relatos del suceso por afán de instruirse, ni llevado de una curiosidad morbosa, ni siquiera atraído por la extrañeza de que en París hubiese una muchacha que, horas antes, se conservase virgen.

---

* ¡Papá! ¡Mamá!...
¡Mi querida muñeca!
¡Caramba! ¡Caramba!
¡Mamá!... ¡Papá!...
Pero, ¿qué ha sucedido?
Ya ves...
¡Papá! ¡Mamá! ¡Papá!...

(HEMOS CONSERVADO EL DIÁLOGO EN FRANCÉS PARA DARLE MÁS SABOR LOCAL.)

Zambombo se tragó los once relatos pensando repetir con lady Sylvia todo lo que el «¿nuevo Fantomas?» había hecho con mademoiselle Alice, exceptuando –¡claro!– ciertos desperfectos que hubiera sido absurdo intentar en el organismo de lady Brums.

¿No exigía Sylvia, para entregarse otra vez, una estratagema original? Pues allí estaba la estratagema.

Y Zambombo apuró su «torino» pensando en que aquella noche treparía, vestido con *maillot* negro, por la fachada del «Hotel Crillon» hasta las ventanas de lady Brums.

Dieciocho metros de altura.

ABURRIMIENTO TRASHUMANTE

Compró el *maillot* bastante barato. Le dijeron:

–¿Lo quiere usted corto, para playa, o largo, estilo Fantomas?

–Lo quiero largo, estilo Fantomas.

–Pues vea el señor... Tenemos un surtido magnífico y de calidad inmejorable. Todos los ladrones de hoteles compran aquí su *maillot*. El violador del barrio de Passy compró también aquí su *maillot* y ya habrá visto el señor por los periódicos el resultado excelente que le ha dado

–Sí, sí...

Y se quedó con el primer *maillot* que le ofrecieron, pues los hombres rara vez discuten lo que se les ofrece, ni siquiera cuando lo ofrecido es una mujer.

A media tarde, Zambombo se puso al habla con dos individuos pertenecientes al personal de cocinas. Su proyecto era trepar por una de las fachadas laterales, que caía sobre un parterre, trazado exclusivamente para ser contemplado desde el cielo, a vista de Lindbergh.

Uno de los dos individuos del personal de cocinas que, entre fregoteo y fregoteo, escribía poesías clásicas, le dijo a Zambombo con aire sentimental y señalando hacia el parterre:

–De noche se pone divino y el perfume de las violetas sube a lo largo de la fachada.

–Pues bien –repuso Zambombo–. Hoy subiremos el perfume y yo.

Cerraron el trato rápidamente y cinco escalas de mano fueron empalmadas con cuerda y alambre. Quedaron citados para las doce de la noche en aquel mismo sitio.

. . . .

Durante toda la tarde Zambombo y Sylvia se aburrieron juntos, encerrados en un «Hupp» enorme que lady Brums había comprado tres días antes.

(110.000 francos, con seis neumáticos distribuidos entre las ruedas y los soportes; dos manojos de rosas de Cannes en el búcaro y un chauffeur políglota ante el volante.)

Nunca el tedio había gravitado como aquella tarde sobre las sienes de Sylvia.

–¿Todavía no has imaginado una estratagema original para obtenerme? –le preguntó a Zambombo al enfocar la calle de la Paz.

–Todavía no –replicó él, gozando de antemano con la rabia concentrada y oculta que mordisqueaba a Sylvia.

....

Veinte minutos de parada, mientras Sylvia se distraía comprando unos perfumes.

....

–¿Y cuándo piensas decidirte a pensar esa estratagema?

–Ya veremos. Cuando se me ocurra...

....

Media hora de espera, para aguardar a que lady Brums adquiriese unos libros.

....

–En tu lugar un hombre enamorado habría inventado ya esa estratagema.

–Yo estoy enamoradísimo, pero me siento incapaz de inventar nada.

–Pues procura no jugar con mi ilusión, porque tengo poca paciencia.

....

Hora y cuarto de detención, hasta que Sylvia concluyó de elegir chucherías antiguas, recién fabricadas.

....

–¡En fin! Te doy un plazo de seis días para que pienses esa estratagema. Pasados los seis días, si todo sigue igual nos separamos para siempre.

–Está bien.

....

Y a las nueve y media cada cual abría la puerta de sus habitaciones en el «Crillon» y murmuraba:

–Descansa bien.

–Que descanses.

FANTOMAS A MEDIA NOCHE

En un reloj de torre daban las doce.

¿Pero hay alguna torre en París provista de un reloj que dé la hora?

Yo no recuerdo haber oído nunca dar las horas en ningún reloj de ninguna torre de París.

MINUIT

Las agujas de muchísimos relojes se habían colocado de esta forma:

Y los relojes que no habían colocado sus agujas en esta forma era porque estaban atrasados.

Zambombo bajó al parque con toda clase de precauciones. Temía un tropiezo, porque si siempre le es difícil a un hombre explicar su presencia nocturna en los pasillos de un *palace* internacional, le es mucho más difícil explicarla cuando va vestido con un *maillot* negro de Fantomas y lleva en la mano una ganzúa-maestra, una linterna eléctrica y un *tomahawk** de cuero relleno de perdigones.

Felizmente Zambombo llegó al parque sin sufrir contratiempos y sin tener necesidad de alumbrarse con la linterna eléctrica (como suele ocurrir en las novelas), porque en los grandes hoteles las luces de los pasillos no se apagan en toda la noche. Donde sí apagan

* Rompecabezas muy utilizado por las tribus «Comanches» de Pieles-Rojas. (Véanse las «Aventuras de Búffalo Bill»).

las luces por las noches es en las casas de huéspedes y en las posadas de la provincia de Soria.

Al llegar al parterre, Zambombo tropezó con un bulto: uno de sus cómplices –el poeta clásico–, el cual le dijo, guiándole:

–Por aquí...

Zambombo no tardó en hallarse en el lugar donde las escalas empalmadas tocaban en el suelo. Allí estaba el otro cómplice, que –detalle biográfico– había nacido en Lyon. Este hombre sujetó con fuerza la escalera y volviéndose hacia Zambombo le invitó lacónicamente:

–Suba*.

Y Zambombo se dijo con decisión:

–Subamos** .

La esbelta silueta de Zambombo, más esbelta dentro del *maillot* negro que dentro de un traje de calle gris, trepó ágilmente los cincuenta primeros peldaños. Hizo un descanso y trepó treinta y cinco más. Parecía un Fantomas auténtico. Entonces se le cayó la linterna eléctrica.

–¡Eh! ¡La linterna! –gritó lo más bajo que pudo.

–¡Allá va! –le dijeron.

Y los cómplices le devolvieron la linterna a Zambombo, dándole con ella en el ojo derecho.

Volvieron a tirársela y aquella vez le acertaron plenamente en el ojo izquierdo. Zambombo les rogó que no se la tiraran más, puesto que ya no tenía más ojos, y continuó subiendo. Estaba casi en el extremo de la última escala y aún le faltaba un piso para llegar al de Sylvia.

Los cómplices sujetaban con todas sus energías la larguísima sinfonía de peldaños, pero no fueron lo bastante fuertes para impedir que el armatoste comenzara a balancearse con una oscilación progresivamente creciente.

Zambombo, que tan pronto chocaba con la fachada del Hotel, como se sentía separado de ella y rozando el ramaje de los árboles, advirtió con brevedad espartana:

–¡¡Cuidado!!

Los cómplices luchaban bravamente para evitar una catástrofe que en su fuero interno sentía cada vez más próxima, mas no era empresa demasiado fácil. La triple escala continuaba cimbreándose, a pesar de sus esfuerzos, porque...

> *¿cómo las aguas del lago, de donde emerge, le*
> *pueden impedir al lirio que se balancee?...*

¡Acertado lirismo!

---

* Imperativo del verbo subir. (Forma singular.)

** Imperativo del verbo subir. (Forma plural.)

Zambombo, encaramado en el extremo de aquella doble pértiga que ya iba cobrando vigor y empuje de catapulta, volvió a gritar con menor brevedad espartana que antes:

–¡¡Cuidado, que me estrello!!

Y al acabar su frase la catapulta había adquirido tan irresistible potencia, que Zambombo se sintió desprendido de ella y proyectado como una piedra contra la fachada lateral del «Hotel Crillon».

Por fortuna, en el mismo punto matemático donde el cuerpo de Zambombo debía chocar con la pared, los arquitectos habían colocado uno de los infinitos ventanales del edificio; y el amante de lady Brums entró por aquel ventanal en las habitaciones número 183, ocupadas por el actor cinematográfico Conrad West, americano del estado de Ohio.

(Este caballero –ya cincuentón– se había visto obligado a abandonar Hollywood, la ciudad del cine. Los años, al relegarle los papeles de «característico», le hicieron fracasar ruidosamente, porque Conrad ignoraba los secretos de la caracterización.)

(De Conrad West podía decirse que era un actor que se caracterizaba por lo mal que se caracterizaba.)

Aquella noche Conrad leía una novela, y vio su lectura interrumpida por la apoteósica entrada de Zambombo.

Conrad debió extrañarse. Pero un americano del estado de Ohio no se extraña así como así. Observó cómo Zambombo-Fantomas rodaba por el suelo, cómo se levantaba, cómo recogía el *tomahawk* y la ganzúa maestra que se le habían escapado de las manos, y señalando la puertas con un gesto sencillo, murmuró:

–La salida al pasillo es por ahí.

Y volvió a hundirse en la lectura de su novela.

Zambombo susurró algunas excusas y salió al pasillo por donde le había indicado Conrad West.

Trepó al piso superior, recorrió dos pasillos y empujó una puerta, igual a las demás, en cuya placa de cobre se leía el número.

229

Ante sí se extendía la perspectiva de las cuatro habitaciones ocupadas por lady Brums.

Las cuatro habitaciones estaban saturadas de perfume de «lirios tumefactos». Y del cuarto de baño –situado al fondo, en último término– venían unas densas nubes de vapor de agua perfumado de «adelfas encarnadas» (especial para fricciones).

Zambombo se detuvo un momento a aspirar aquellas emanaciones tan familiares. Luego avanzó en silencio hacia Sylvia que se hallaba sentada en una banqueta, frente al espejo del tocador.

Y apenas Zambombo había avanzado cinco pasos, cuando lady Brums vio reflejada en el espejo la imagen de aquel Fantomas que venía a atacarle por la espalda, y lady Brums ahogó un grito, se apoderó rápidamente de un revólver pulimentado que yacía al alcance de su mano, se volvió y le descerrajó dos tiros a Zambombo.

Y Zambombo se derrumbó un metro setenta y cinco. Es decir: se derrumbó todo lo largo que era.

. . . .

Pero las balas no habían tocado a Zambombo. La primera había huido por una ventana abierta: la segunda había roto un jarrón, que se erguía en una ménsula de palosanto, y aquel jarrón, cayendo sobre su cráneo, fue el que conmocionó ligeramente a Fantomas.

(Véase todo esto atentamente en el plano adjunto.)

Y cuando Zambombo volvió en sí, encontró desmayada a Sylvia. *(Los hombres y las mujeres no suelen ponerse de acuerdo para desmayarse.)*

–¡Menudo éxito! –se dijo para su *maillot* el asaltante–. El terror la ha desmayado, porque me ha creído un Fantomas de veras.

Y añadió, haciendo una transición:

–Pero si me descuido me mete dos balas en la tercera circunvolución frontal.

Efectivamente, el terror había desmayado a lady Brums; cuando abrió de nuevo los ojos intentó seguir disparando contra aquel hombre misterioso, y para éste fue una verdadera suerte el haberse guardado en el bolsillo unos momentos antes el revólver.

En cambio, así que Zambombo se dio a conocer, lady Brums vaciló sobre sus pies y se pasó las manos por los ojos maravillada.

–¡Tú! –dijo–. ¡Tú has sido capaz de inventar una cosa así!...

–Yo, Sylvia –replicó él con el laconismo propio de los héroes numantinos.

Y–como en aquel tiempo en que diese el primer salto mortal subiéndose en la mesa de su despacho (acero con incrustaciones de lapislázuli)– Zambombo vio venir hacia él a una Sylvia transfigurada por la pasión.

–¡Amor mío!

. . . .

Con arreglo al programa que la misma Sylvia anunciase para el caso de que a Zambombo se le ocurriera una estratagema original, los enamorados *rodaron por la alfombra.*

y ambos vieron *asarse el faisán del amor.*

DÍAS DE AMOR Y DE FATIGA

Nueve días tenían que transcurrir antes de que Sylvia volviera a acariciar con sus zapatitos el «parquet» de los pasillos del «Hotel Crillon».

Nueve días, en que ese niño depravado que se llama Cupido, disparó más flechas que los persas en las Termópilas y que Guillermo Tell durante sus ensayos a espaldas de Gessler.

Nueve días, por fin, que Sylvia y Zambombo aprovecharon sin salir de las habitaciones número

229

de esta manera:

Día 12.–Amor delirante.

Día 13.–Amor delirante y desayuno.

Día 14.–Amor delirante, desayuno y aperitivo.

Día 15.–Amor delirante, desayuno, aperitivo y almuerzo.

Día I6.–Amor delirante, desayuno, aperitivo, almuerzo y té de las cinco.

Día 17.–Amor delirante, desayuno, aperitivo, almuerzo, té de las cinco y merienda.

Día 18.–Amor delirante, desayuno, aperitivo, almuerzo, té de las cinco, merienda y comida.

Día 19.–Amor delirante, desayuno, aperitivo, almuerzo, té de las cinco, merienda, comida y tentempié de madrugada.

Día 20.–Todo menos amor delirante.

Al cabo de los nueve días el viento del amor había cedido mucho en el anemómetro del corazón de Sylvia.

Sin embargo, todavía deambularon por París, paseando su idilio; y como los idilios son paisajes que tienen por fondo las paredes del estómago, Sylvia y Zambombo recorrían los *restaurants* elegantes ansiando mayor horizonte para sus ojos enamorados y haciendo oposiciones a la hiperclorhidria.

El «Café de París»... El «Pré Gatelan»... Los pabellones del «Bois»...

Y frente a las fuentes de *langosta Termidor* o de filetes de *soles de Normandie*, Zambombo y Sylvia murmuraban del público que les rodeaba o se dirigían palabras de amor; eternas palabras de amor.

(¡Oh, Dios mío! ¡Hace falta que la Humanidad sea muy bestia para que siga pronunciando hoy exactamente las mismas palabras que ya pronunciaba hace cuarenta siglos!)

. . . .

Por fin, a los diecisiete días justos de la aventura de Fantomas, Sylvia emitió una noche la palabra fatal:

–Me aburro –dijo.

Y Zambombo la miró espantado, porque sabía qué terrible explosivo es el aburrimiento cuando se halla en manos de una mujer como lady Brums.

Estaban en uno de los pabellones *sous bois* del «Château Madrid», y en el momento de decir *me aburro,* Sylvia desbrozaba con sus dientes nítidos un bocadito de «suprême de volaille».

Zambombo puso en prensa su imaginación. Dijo chistes –ajenos naturalmente–, contó anécdotas de grandes hombres, explicó la fabricación de las cerillas, habló de ir al «Moulín», donde un mudo cantaba canciones de las trincheras, entonó una de estas canciones, imitó el *kikirikí* de la oveja, el *cuá-cuá* del gallo, y el *bée-bée* del pato.

Y al cabo, logró distraer a Sylvia.

. . . .

Pero tres días después lady Brums pronunció otra vez de modo inapelable, la frase angustiosa:

–ME ABURRO.

Era media tarde y tomaban un «cock-tail», que sabía a perborato, *chez* Jean Michael Frank, mientras la orquesta tocaba un vals*, mientras las modelos bajaban –luciendo las últimas novedades– por las escaleritas alfombradas de azul, que partían del escenario colocado al fondo.

---

* En París todavía se tocan valses, aunque esto parezca imposible. *(En aquella época nacía el «Ramona».)*

Para ahuyentar el aburrimiento de Sylvia, Zambombo elogió calurosamente su vestido, en *crêpe georgette,* creado en un momento de idiotez por Hermann.

–ME ABURRO.

Zambombo se apresuró entonces a encauzar la atención de la dama hacia las modelos que andaban pavoneándose, como los pingüinos de la isla de la Amistad.

–Mira... Modelos de Beer... *Taffetas,* crespones, muselinas... Abrigos de seda y lana... Tules, *moirées, chiffons perlées...* Modelos de Callot... Faldas en picos, escotes diagonales... *Tussines,* crêpes de China, *tussakashas...* Modelos de Caret... Encajes de seda, *marquisettes,* lamés... *Reps* de seda de Bianchini...*.

Fue la primera vez que Zambombo pensó seriamente en el suicido con ácido sulfúrico. (SO_4 H_2).

Se marcharon.

Y en el auto, desmayándose sobre el adamasquinado del respaldo, Sylvia dijo:

–Nuestro amor va a morir.

–En la Naturaleza nada muere ni nada nace –declaró Zambombo con aire científico.

–Nuestro amor va a morir –insistió ella– si no le ponemos inyecciones de amenidad. Este París que vivimos no es París. Traslademonos al otro París, al de las gentes fuera de la ley, al de los bajos fondos...

–Estoy dispuesto a que nos hagamos bajofondistas –replicó Zambombo–. Pero yo no tengo idea de dónde se puede encontrar eso en París.

–Yo, sí –murmuró lady Brums, entornando los párpados, quizá bajo el peso de recuerdos inconfesables–. Yo te guiaré. Será para mí un placer abrirte los ojos a ese encanallamiento. En otra ocasión te dije que era una mujer excepcional, una heroína de novela... Si yo pudiera amar como una mujer burguesa, me avergonzaría de mí misma.

–¿Entonces?

–Entonces esta noche iremos a mezclarnos con las gentes de los bajos fondos...

Y aquella noche a las once al meterse en el auto, Sylvia le ordenó al *chauffeur:*

–Boulevard Rochechouart, lo más cerca posible de la *rue* Belhomme.

---

* Repetimos a las lectoras que estas modas eran las que estaban en vigor en la primavera de 1928.

Y AHORA EL AUTOR HABLA DE APACHES Y DE PIELES-ROJAS

Y ahora el autor, al trasladar a sus lectores a los bajos fondos de París –cosa que no puede dejar de suceder en ninguna novela de amor medianamente honorable– querría pintar de mano maestra las costumbres de los apaches.

Mas por desgracia, el autor gusta de ceñirse a la Realidad, como si la Realidad y él estuviesen bailando un schotissch, *y la Realidad es que en París ya no quedan apaches.*

Los apaches parisienses y los pieles-rojas norteamericanos son dos razas por todo extremo interesantes, que el alcohol y el miedo al ridículo han hecho desaparecer del planeta.

A unos y a otros se les ha sacado tanto jugo literariamente, se les ha exprimido en las cuartillas con tanta frecuencia, que han acabado por despachurrarse del todo. Y los pocos que quedan, están a sueldo de las compañías cinematográficas.

Da asco.

Además, los pobres apaches y los pobres indios (tan fuertemente unidos, que ha habido apaches indios y ha habido indios «apaches») comprendieron a principios de siglo que el humorismo iba a invadir la literatura, limpiándola de simpleza –porque el humorismo es el zotal de la literatura– y comenzaron a suicidarse en masa al sospechar que un denso ridículo había de envolverles.

Únase a esto su afición desmedida por el alcohol, que tanto debilita y que tan divinamente disuelve la nicotina, y se tendrá explicado con claridad por qué ya no hay pieles-rojas en norteamérica y por qué ya no hay apaches en París.

UN LECTOR:–¿Pero es que en París no hay entonces bajos fondos, gentes del hampa?

–Sí. Gentes del hampa sigue habiendo... mujeres públicas de baja estofa, chulos...

UN LECTOR:–Eso, eso, chulos... Lo que en París se llama *souteneurs*...

–Al chulo en París se le llama *marlou*.

UN LECTOR:–*¿Marlou?* Eso no es francés.

–No, señor; eso es argot.

UN LECTOR:–Entonces... las gentes del hampa que usted va a presentarnos ¿hablarán en argot?

–Sí; claro... En argot. No van a hablar en esperanto...

UN LECTOR:–¡Uy, qué bien, qué bien, qué bien! ¡Interesantísi-mo!... ¡Con las ganas que yo tengo de oír hablar en argot!

–A lo mejor no va usted a enterarse de nada...

UN LECTOR: *(indignado)*:–¿Cómo que no voy a enterarme de nada? ¿Por quién me ha tomado usted? ¿Es que se cree que vengo del pueblo?

–Basta, basta; no se indigne... Voy a llevarle a los bajos fondos de París. Traslademonos a los bulevares exteriores.

EL AUTO EN QUE VAN EL LECTOR Y EL AUTOR: –¡PAF! ¡PAF! ¡PAF!...

EN LOS BAJOS FONDOS DE PARÍS

El «Hupp» de lady Brums se detuvo con la misma dulzura que el sol, cuando Josué tuvo la humorada de detenerlo*.

Zambombo saltó a tierra, introdujo en el coche su brazo derecho doblado para que Sylvia lo utilizara a guisa de barandilla y la sacó del coche con un pequeño esfuerzo muscular.

Lady Brums sumergía su cuerpo emocionante en una *toilette* blanca, cortada en *dentelle-cirée* y envolvía sus cabellos, ondulados como el Mar Caribe, en un cintillo de diamantes machacados con esmeraldas; en la liga de su pierna izquierda centelleaba un rubí cairota.

La parafina daba a la piel de su rostro una quietud estatuaria y en él se advertían el incendio de los labios y las tinieblas aterradoras de los ojos. Su brazo diestro, que accionaba en la noche, era mórbido y tierno, como un brazo de mujer hermosa.

–¿Hemos llegado?

–Ven por aquí –susurró Sylvia.

Y volviéndose al *chauffeur*, que miraba discretamente una nube:

–Vete a acostar.

–¿Se va a ir a dormir el *chauffeur?* –interrogó Zambombo que había estado pensando en los *bíceps* del mecánico para el caso de que surgiese un conflicto entre la gentuza de los bajos fondos.

Sylvia no contestó, pero el *chauffeur* desaparecía ya *boulevard* abajo, tocando el claxon sin necesidad, puesto que el *boulevard* aparecía desierto.

Con lo cual Zambombo notó que su valor disminuía notablemente, como si se lo estuviera sorbiendo alguien con una pajita de tomar helado.

Lady Brums se apoyó en su antebrazo y le obligó, merced a una suave presión, a avanzar por la acera y a torcer luego hacia la derecha. En seguida ordenó:

–Entremos.

Y Zambombo se estremeció de pies a cabeza.

Porque la palabra «entremos» es insignificante cuando se pronuncia, por ejemplo, delante de una frutería; pero cuando se pronuncia –como ocurría entonces– delante de una taberna indecente, situada en París, en el *boulevard* Rochechouart y junto a la *rue* Belhomme, entonces esa palabra es profundamente estremecedora.

---

* Origen del freno automático.

Y más estremecedora todavía para un hombre que viste un *frac* admirable (confeccionado por Wilkins, Parr and Company, Londres) y que acompaña a una mujer ataviada con una deslumbrante *toilette* blanca en *dentelle-cirée* (creación única de Martial Armand, París).

Sin embargo, Zambombo tuvo el valor –el suficiente valor– de dar un paso hacia delante; y al abrir la puerta se quedó con el picaporte en la mano.

Aquel primer síntoma no podía ser más tenebroso.

Y Zambombo pensó:

–Ahí dentro nuestras vidas van a estar tan inseguras como el picaporte.

Un olor a tabaco frío, a perfumes pobres y a hemoglobina agitada saturó a los visitantes. Zambombo fingió un picor para taparse la nariz con los guantes. Pero Sylvia, que tenía el veneno de la aventura infiltrado en su hígado, aspiró deliciosamente aquellas emanaciones, exclamando:

–¡Oh! Esto es mil veces preferible al Elíseo...

El *bistro* era un salón provisto de cuatro paredes, techo y suelo. Un escenario del tamaño de una caja de vaselina se alzaba en el foro. En el escenario, una cupletista, que de lejos parecía una mujer, imitaba con mucha fortuna ese berrido que emite cuando canta el leopardo; a dos metros de ella, un hombre con cara de ladrillo, pegaba puñetazos en cierta cosa de color café que resultó ser un piano.

Cerca del escenario había un mostrador y seis telas de araña, y el resto del salón lo llenaba una veintena de mesas ocupadas por un público que –no se sabía por qué extrañas circunstancias– cuando se levantaba andaba en dos pies. Los hombres vestían de un modo harapiento y las mujeres tenía tan arrugadas sus batas de tonalidades agrias, que se comprendía la infinidad de veces que se las ponían y se las quitaban al cabo de la noche.

En las paredes había pegados catorce anuncios de bebidas y cuatro trozos de plátano.

Sesenta lámparas se distribuían de esta manera: una en el techo y cincuenta y nueve en el delantal del encargado del mostrador

Al aparecer Sylvia y Zambombo en la puerta, un individuo de pelo rojo y ojos de gorila vociferaba una canción a propósito para mujeres:

Enfin te v'la, petite salope!
Tu m'fais poirotter depuis minuit.
Rouspette pas, sinon t'écope,
Tu viens de vadrouiller, sale outil.
Défringue –toi, passe– moi la galette,
T'as du faire des michés sérieux,
Tu voudrais pas t'offrir ma tête,
Rien que pour l'amour de tes beaux yeus.

–¿Qué canta ése? –preguntó Zambombo.
–Es una admirable canción que cantan los chulos de París –repuso Sylvia paseando sus miradas sobre la multitud del *bistro*– y en ella el *marlou* pide el dinero ganado durante la noche a su coima.
–Edificantísimo –aprobó Zamb.
El de los ojos de gorila continuaba:

Eh bien! que t'as à faire la gueule;
Tu m'connais, faut pas m'... en... nuyer.
Si tu prends tes airs de bégueule,
Gare à ta peau, je te vas tomber.

Y al llegar allí el chulo se calló; sonó un silbido estrepitoso, como el que lanzan las locomotoras 250 metros antes de los túneles y como los que lanzan las personas educadas cuando no les gusta una comedia: Sylvia y Zambombo acababan de ser descubiertos.
–¡Nos han visto! –pensó Zamb con el frío del Polo en el alma.
Todas las conversaciones habían cesado. Sólo la cupletista, que de lejos parecía una mujer, seguía abriendo la boca en el escenario. Los concurrentes miraban con fijeza de poste a Sylvia y a su amigo. El encargado del mostrador cogió un sifón, subió al escenario y le dio un golpe en la nuca a la cupletista para que se callara.
Luego gritó amablemente, dirigiéndose a los nuevos parroquianos.
–Pasen. Pasen los señores.
Sylvia, con ese valor enorme que tienen las mujeres y algunos sellos de Correos, avanzó por entre las mesas.
A Zambombo le recordó el paso de los israelitas por el Mar Rojo y el paso de la princesa Lamballe por las calles de París camino de la *guillotina*.
Además el miedo, más intenso que nunca, se le arrolló a la garganta igual que una *écharpe*. Tenía ahora la seguridad de que ni él ni Sylvia iban a salir vivos de allí. Barajó, vertiginosamente, algunas soluciones y, por fin, una de ellas le pareció no sólo aceptable, sino excelentísima.
–Me haré el valiente –se dijo–. Pero me lo haré de una forma tan extraordinaria, tan sorprendente, tan imprevista, tan extremada que nadie se atreva a darme la réplica en el mismo terreno.
Y, apretando las mandíbulas como si le dolieran todos los huesos de la boca, cerró la puerta de un trompazo y siguió a lady Brums.
Así, adelantaron ambos cuatro o seis metros.
Uno de los concurrentes, cuyo semblante promovía la duda de si habría asesinado a su padre o a su madre o a los dos juntos, después de dejar resbalar sus miradas todo lo largo y lo ancho de Sylvia, miró a Zambombo y le dirigió este razonamiento frívolo:

–Si las mujeres se ganasen a puñaladas, usted no tendría la suya mucho tiempo.

Zambombo notó un brusco peso en el estómago, algo así como si se hubiera tragado inadvertidamente una máquina trilladora; pero haciendo un violento esfuerzo sobre su sistema nervioso consiguió reaccionar. Sonrió dulcemente, se inclinó hacia el individuo y replicó, mientras le acariciaba la barbilla con un guante:

–Y si yo no fuese de la Sociedad Protectora de Animales, ahora mismo le sacaría a usted los ojos con un imán.

El apache (?) le miró aterrado. Todos los apaches (??) le miraron aterrados. Desde aquel momento, Zambombo vio, más claro que nunca, que la salvación dependía del grado de frialdad de su sangre. Y decidió que de allí en adelante su sangre sería crema de mantecado teñida de rojo.

–Sylvia, aquí hay sitio –anunció parándose ante una mesa ocupada por cuatro tipos siniestros de grandes bigotes alpinistas*.

La misma Sylvia le habló, con sorpresa:

–Pero, si la mesa está ocupada...

–¡Bah! Eso me importa un garbanzo. Verás tú cómo estos señores se levantan en seguida...

Y sacando su encendedor automático, guarnecido de piel de murciélago, prendió fuego a los bigotes de los cuatro hombres, que se levantaron de un brinco entre juramentos feroces. Zambombo les apagó los bigotes, tirándoles a la cara el contenido de unos vasos de *whisky* que acababan de servirles a otros parroquianos.

Y exclamó, dirigiéndose al del mostrador:

–Traiga dos verdes**.

Mientras les servían lo pedido, Zambombo pensó que la inactividad le haría perder terreno, así es que subió al escenario, le propinó catorce bofetadas a la cupletista y le gritó:

–¡Canta hasta el amanecer o mueres, piltrafa del cuplé!

Y la cupletista reanudó los berridos que emite cuando canta el leopardo.

De regreso a su mesa, Zamb cogió por el brazo a una muchacha que tomaba absintio en compañía de su amante, le abrió la boca, le inspeccionó la dentadura y le advirtió:

–Tienes veinticinco años.

Luego volcó los absintios por su escote, friccionándole enérgicamente los senos, puso a la joven cabeza abajo, le arrancó los tacones de los zapatos y la metió dentro del piano. A continuación se dirigió al hombre que acompañaba a la golfita y explicó:

---

* «Bigotes alpinistas». Es lo mismo que «bigotes con guías».

** Nombre dado al vaso de menta. (Diccionario Larousse. 50 edición. Letra V. Página 2.332. (Capicúa.)

–No hago lo mismo con usted porque nunca me ha gustado amaestrar pulgas.

En seguida volvió al lado de Sylvia, se tomó un verde de un golpe y proyectó el vaso contra un espejo, el cual se rompió en cien pedazos. Recogió los pedacitos, grabó en cada uno de ellos un número con la ayuda de uno de los diamantes de su pechera y recorrió las mesas dejando en todas un pedazo de cristal y aconsejando a los parroquianos que las ocupaban:

–Guárdenlo hasta luego, que a las doce voy a rifar el bisoñé del dueño.

La concurrencia, atemorizada y queriendo hacerse agradable a Zambombo, aplaudió con entusiasmo aquel rasgo de ingenio, que también hubiera aplaudido Pagés.

El proceder de Zamb tenía maravillada y muda de sorpresa a Sylvia. En lo hondo de su cerebro, rebullía la idea de que su amante hacía todo aquello por distraerla a ella y, tácitamente, le prometía una esplendorosa noche de amor.

Eran las once y media, y había que sostener la solidez del frente de batalla treinta minutos más. Aunque notaba que se le iba agotando la provisión de fantasía, Zambombo determinó llegar hasta el fin.

La hazaña siguiente consistió en despegar todos los anuncios de las paredes, hacer con ellos un montón y prenderlos fuego sobre el teclado del piano, al tiempo le decía al pianista:

–Si dejas de tocar, te pongo un lacito en cada pulmón.

Luego subió al escenario, arrancó un trozo de su decoración de «selva impenetrable» y fabricó con él un turbante. Buscó entre la concurrencia al apache del pelo rojo y de los ojos de gorila, le puso el turbante, se lo caló hasta los hombros y le manifestó:

–Tú eres Abd-el-Krim y yo era el ejército de España...

Y le dio un silletazo en la cabeza a Abd-el-Krim que le pulverizó el turbante y un parietal.

El apache tuvo un instante de rebelión, pero sólo fue un instante. Zambombo le dominó con un gesto, le llevó, cogido de una oreja, a la mesa de Sylvia y le ordenó:

–A ver... Concluye la canción que entonabas cuando nosotros entrábamos. Milady quiere oírte.

Y el apache cantó sin pizca de convicción.

A la bonne heure, tu t'déshabilles.
T'es bath, va, je, te gobe mon trognon,
C'est cor toi qu'es la plus gentille,
Aboule un peu ce beau pognon!
Quarante ronds! mais tu te fous d'ma fiole!
Tu t'as fait poser un lapin?
Réponds donc, bôite a... rougeole?

Tu t'auras offert un béguin?
Tu sais, Niní, faut pas me la faire,
Moi je suis pas comme mon p'tit frangin,
Tu te payeras pas ma cafetière,
J'veus pas d'une feignante qui fout rien.

El apache se detuvo.

–¿Has acabado? –interrogó Zambombo.

–Es que me canso.

–¿Que te cansas? ¡Sigue hasta el fin o te machaco ahora mismo la caja torácica!...

Lady Brums intervino:

–¡Por Dios, Zamb! No maltrates a este pobre apache.

–¡Que siga o le rajo de norte a sur! –chilló Zambombo, que había llegado un momento en que creía ser valiente de verdad.

Y el apache siguió con una expresión perruna en los ojos:

Mais réponds-moi donc, sale punaise!
Ah! chiale pas ou je te créve la peau,
A quí que t'as repassé cette belle braise?
Tiens... mais réponds-moi donc, chameau!
Réponds-moi? t'entends o j't'essomme,
–Alphonse! je t'en prie écoute-moi.
Tu m'as couché; tu sais p'tit homme
J'vas te dire, le fin mot du pourquoi.

Se veía que el apache tenía ya la laringe hecha cisco, pero Zambombo se sentía irreductible y el pobre diablo concluyó, haciendo esfuerzos heroicos:

J'ai carré dans mon faux derriére.
Deux cigs que je voulais envoyer
A ma pauvre vielle grenouille de mère,
Qu'est plus capable de turbiner.
Attends un peu que je retire ma robe,
N'impatiente pas, je vas te les refiler;
Tu vois, mon chéri, si je te gobe!
–Et ta mère? –Oh, a peut crever!

–Ya ha terminado –advirtió Sylvia–. La canción concluye ahí.

–Entonces, este imbécil no me sirve ya para nada.

Y dándole un cachete en la nariz tiró al apache de espaldas con silla y todo.

Las doce. Zambombo se dirigió el dueño del *bistro* como una fiera, le arrancó el bisoñé y lo rifó entre el público. Resultó agraciado uno de los apaches más feos, y, cuando el agraciado avanzó con el pedazo de cristal que indicaba el número premiado en la mano, Zambombo pidió una navaja y un frasco de goma, le afeitó la cabeza al apache y le pegó con goma el bisoñé.

Luego lanzó un viva a Francia y otro a Checoeslovaquia.

Después se acercó a Sylvia.

–¿Te diviertes? –la dijo.

–¡Sí! Vámonos, amor mío –repuso lady Brums con entusiástica vehemencia–. Vámonos al hotel. Eres divino. Quiero amarte hoy como nunca...

–Aguarda, Sylvi*. Antes hemos de oír, por ellos mismos, algún trozo de la vida de los apaches.

Y dando dos palmadas reunió a tres o cuatro de los que se hallaban más próximos.

–Llamad al camarero y pedid lo que queráis.

Uno de aquellos individuos que iba acompañado de su hembra –rubia, bizaca, de boca sangrienta y ojos de puente levadizo –exclamó, dirigiéndose al mostrador.

–Eh! Loupiá! donne nous des beefteks, et des beefteks larges comme des fesses, tu entends? Avec una chiée de haricots autour et du Poivi a dix: c'est Monsieur qui arrose!...

Y señaló a Zambombo al concluir.

En aquel punto, la hembra del apache se levantó para volver en seguida con otra más joven y de aire tímido, que había permanecido sentada hasta entonces en un rincón. Era una busconcita de experiencia escasa, encontrada la noche anterior en el *boulevard* de la Chapelle por la lumia de la boca sangrienta.

El apache se alegró mucho de que se la presentasen.

–Voilà –dijo– *qui va joliment faire la balle a ce pauvre môme Julot, qui est puisard comme pas un et desire faire un pépin.*

La hembra rubia pareció asombrarse y replicó:

–Julot... Et sa Ninie?

–Sa Ninie! elle a finí le jour même qu'on l'a bouclée a Saint-Lago.

–Finie! Elle a done raidit?...

–Bien oui! Une sale affaire.

Sylvia escuchaba con atención malsana. Zambombo fingía un gran interés, aunque la verdad era que no comprendía media sílaba.

La coima oxigenada propuso a su amante:

–Raconte un peu pour voir

–Elle avait chigné –habló el apache– avec un gonse assez rupin, qui la mena dans un garno pour y passer la sorgue. Mince de galtouze, se dit Julot, qui les avait filée comme de juste: le meg a de l'oseille

---

* Ya hemos dicho en otra ocasión que Svlvi es el diminutivo de Sylvia.

et la petiote a de la redresse. Demain il fera jour! Puis il partit se pieuter tout seul a sa piole.

El apache se bebió un vaso del *Poivi* pedido y continuó, secándose los labios con la boina:

–Pendant que le zig était entrain de sorguer, après avoir mis au chaud, Ninie, qui était encore cuitè, s'était levée et visitait doucétement ses baguenaudes pour lui lever son artiche; mais le type se garait: ses cliquettes etaient fines. Il reluqua la poniffe, se depieutá et lui envoya un gnon d 'attaque derriere de ciboulot; ensuite il lui prit le quiqui dans ses poignes et serra tellement que la lavette lui en sortit de la jargouint. Elle était presque coni la pauvre gonzesse! Elle sentait le sapin... On la porta a Laribo, mais elle claqua en route et voilà...

–Et le meg?

–Le meg eut la trouille et fit pastrato. Ses gambettes l 'ont porté loin, s'l cavale encore...

Al acabar la historia de Ninie, todos los concurrentes a la taberna lloraban a lágrima viva.

Zambombo que no se había enterado de la historia, estaba asombradísimo.

–¿Qué les ocurre? –preguntó a Sylvia.

–Lloran –repuso lady Brums con poca elocuencia.

–Alors –dijo la rubia– *Julot cherche pouliche?*

–Juste; la petiote que t'as menée fera le point.

–Elle n'a pas encore marnè pour la broche...

–Quoiqu'elle a fait alors? –preguntó muy extrañado el apache.

–Elle a turbiné pour elle et fait la gadoue.

–Faudra lui faire la leçon pour qu'elle fasse bien son bisenesse –concluyó el hombre.

El encargado del mostrador se acercó entonces a Zambombo.

–¿No es usted francés, verdad, caballero? –le dijo.

–No; soy español, que es muy preferible –replicó Zamb, vuelto otra vez a su papel de valiente temerario.

–Pues cuando el señor regrese a España –murmuró amabilísimamente aquel hombre– hará bien diciéndole a todo el mundo que los apaches parisienses son los más sentimentales de Francia.

–Mandaré un comunicado manifestándolo así a los principales periódicos.

Y después de decir aquello, tiró un puñado de billetes al aire, ninguno de los cuales tuvo ocasión propicia para llegar al suelo, y le dirigió a Sylvia la única palabra francesa que podía manejar con soltura en aquellos lugares.

–Filons!

Lady Brums se levantó con un temblor de senos, y ambos (los senos y lady Brums) avanzaron seguidos por Zambombo.

Los apaches, formados en dos filas, les dejaron paso, cantando la

Marsellesa, y el encargado del mostrador les abrió la puerta inclinándose en ángulo recto.

Zambombo, para epilogar su actuación en la taberna, le echó en el cogote la ceniza de su cigarrillo.

Salieron.

En la calle, Zamb notó que sus nervios no hubieran aguantado la tensión aquella cinco minutos más. Pero lo disimuló de la mejor manera.

Y Sylvia, presa de una terrible fiebre, le suplicaba apremiante:

–¡Pronto! ¡Pronto, un taxi! ¡Cómo te voy a amar esta noche!... ¡Ah, ídolo mío, cómo te voy a amar!....

(La mujer desea siempre amarnos en los precisos momentos en que nosotros tenemos menos gana de amarla...

... porque los ferrocarriles del amor funcionan con horarios distintos y no se cruzan a tiempo jamás.)

Aforismo casi científico.

Y AHORA, EL LECTOR Y EL AUTOR TIENEN UNAS PALABRAS POR CULPA DE OTRAS PALABRAS

EL LECTOR DE ANTES.—¿Sabe usted, y perdone, que en la historia esa que ha contado el apache, hay algunas palabras que no le he comprendido bien?...

—¡Vaya! Ya le advertí al principio que...

EL LECTOR DE ANTES.—¡No, no! Si entenderlo lo he entendido, porque domino por completo el francés; pero hay algunas palabrejas, que... yo...

—Veamos esas palabrejas. *Loupiá!* es lo mismo que *¡Camarero!; puisard* significa *desgraciado; sorgue* quiere decir *noche; galtouze* debe traducirse por *dinero; pieutur* es *acostarse*... ¡En fin, verdaderamente, esto no es una escuela de idiomas, caballero! ¡Tiene gracia que los lectores pasen la vida quejándose de que los literatos no escriben ciñéndose a la realidad, y luego, cuando se hace hablar en «argot» a unos apaches que es algo perfectamente real, se encuentre uno con estas cosas!

EL LECTOR DE ANTES.—Bueno, hombre, bueno; no se incomode usted, que no vale la pena. Me resigno; esperaré a charlar con los apaches para conocer su «argot». Vamos... No sea usted fuguillas. ¿Quiere seguir la novela?

—Claro está que quiero. ¡Qué remedio que seguir! Si no sigo no la acabaré nunca.

EL LECTOR DE ANTES. *(Aparte.)*—¡Uf! Menos mal... ¡Vaya un genio que tiene!

Desde el boulevard Rochechouart al «Hotel Crillon», Zambombo y Sylvia debían atravesar cuatro distritos* de París. Lo cual quiere decir que tuvieron que tomar un taxi.

Y en la oscuridad del taxi, la frase de lady Brums resonaba, apremiante:

Zambombo, todavía hiperestesiado por su emocionante actuación en el *bistro,* no atendía demasiado a Sylvia y creía flotar entre nubes, como los aviones y los angelitos. Se preguntaba si era él mismo, en cuerpo y alma, el que había metido el corazón en un puño a los compañeros y compañeras de Julot. Poco a poco, a cada volteo de las ruedas, los nervios de Zamb se tranquilizaban y el sueño le barnizaba los párpados de negro de humo. Las palabras de Sylvia iban desvaneciéndose en el horizonte de su espíritu y a la undécima vez que oyó el sustantivo ÍDOLO, vio, entre vapores acuosos, un ídolo polinesio, de cabeza pequeña, brazos esqueléticos y vientre abultado, y ya no vio más porque se quedó dormido.

El taxi se detenía ante el «Hotel Crillon» cuando Zambombo pasó del sueño a la vigilia

–¿Te dormías? –interrogó Sylvia con expresión homicida.

El amante protestó indignado:

–¡Dormirme! ¡Qué cosas tan absurdas se te ocurren! ¡Dormirme a tu lado!...

–¿Entonces?

–Es que cerraba los ojos para hundirme mejor en la delicia de sentirme amado por ti.

. . . .

Y Sylvia se lo creyó. Las mujeres se creen todo lo que halaga su vanidad. Por eso no pierden nunca la fe, y en cambio pierden los años, y cada uno que pasa, tienen tres menos.

. . . .

Penetraron directamente en las habitaciones número 229, en aquellas habitaciones que ocupaba Sylvia y que tan saturadas estaban de «lirios tumefactos».

* En Francia se les llama *arrondissements,* en su afán de poner motes a las cosas.

Zambombo se dejó caer en un diván *dupleix** que se alzaba en un ángulo, incapaz de tenerse de pie sobre sus fémures.

Sylvia pasó al *budoir*, donde se la oyó ir de un lado para otro, llena de una actividad incomprensible.

Media hora más tarde volvía a salir, enfundada en un pijama de calzón ceñido a los tobillos y blusa de satén negro, con franjas bordadas y forro de seda tornasolada «a la velutte». Se había retocado los ojos y la boca, perfumando sus cabellos con esencia de corilopsis, con la que bañó también el tenue difuminado de sus axilas y las ventanitas de la nariz y de las orejas; sus labios olían a plátano; en la mano traía un pebetero en forma de pagoda que humeaba caprichosamente varios trozos de áloe.

Se inclinó sobre Zamb y le dijo, como siempre que preludiaba una escena de amor:

–*Mon gosse!...*

Zambombo contestó con un ronquido que resonó en todo el edificio del Hotel como aullido de chacal en oquedad pirenaica. *(¡Qué bonito!)*

Sylvia insistió, ya balbuciente, porque la miel del deseo inundaba sus fauces:

–*Mon gosse*... Escúchame, atiéndeme...

Zambombo emitió tres ronquidos más, chasqueó en sueños la lengua y dejó escapar un resoplido.

Y lady Brums identificada con los modismos de los «bajos fondos», susurró, como una *marmite* del boulevard Montmartre hubiera susurrado a su *marlou:*

–*Ecoute-moi... p'tit homme... Voilà ma boîte a ouvrage... Embrasse-moi bien fort! J'suis trop chaude a la pince!...*

Y acaso Zambombo habría cometido la grosería de responder con un nuevo ronquido, si no hubiera sido porque Sylvia, inclinándose hacia él, puso junto a las mejillas del joven –abriéndose ligeramente el blusón del pijama– uno de sus senos, redondo, blanco, elástico y sugestionante como una bola de billar.

(Despertador que recomendamos a las amas de casa por su eficacia sorprendente cuando se le aplica a un hombre normal.)

Zambombo despertó, agitado por dos curiosos fenómenos: uno, la falta absoluta de sueño; otro, el deseo imperioso de Sylvia. La tendió los brazos, como se tiende la ropa para que se seque; pero Sylvia dio un salto atrás.

–Espera, espera –susurró.

Y cogió de una mesita pigmea un «turdisch» aromático, lo encendió, lo empalmó en una larga boquilla de palo de clavel y aspiró tres o cuatro profundas bocanadas. En seguida se desciñó hábilmente el calzón del pijama y se deslizó como un gato friolero en el diván *dupleix*.

---

* El lector debe disculpar semejante abundancia de palabras francesas, no olvidando, ni por un momento, que nos hallamos en París.

–¡Mi amor!

Zambombo la cobijó en sus brazos y Sylvia gimió, se retorció como un expreso que toma una curva a toda marcha, y paladeó glotonamente los labios de Zamb y la boquilla que sostenía el «turdisch» aromático

Después abandonó el diván unos instantes –¡OH, SÓLO UNOS INSTANTES!– para volver con un vasito desbordante de un líquido ecuóreo.

–¿Qué es?

–*Une menthe à l'eau.* Tómatela, amor mío. Esto te dará fuerzas...

A las cuatro de la mañana Zambombo se había tomado seis vasos de menta con agua.

A las cuatro y media, Sylvia le preparó a Zambombo unas frutas escarchadas rociadas de éter.

A las cinco le obligó a tomarse un ponche.

A las cinco y cuarto le traspasó la piel con una inyección de cafeína.

(Sylvia, por su parte, se había fumado dos cajas de *turdischs* aromáticos.)

Amanecía. La «Caja» del amor seguía abierta.

BALANCE DETALLADO DE AQUELLA NOCHE DE AMOR

Veinte cigarrillos «turdischs» aromáticos.—
Seis vasos de menta con agua.—
Cuatro píldoras «Peck» (recomendadas por eminentes especialistas para combatir la debilidad.)
Cuarto de kilo de frutas escarchadas.—
Once gotas de éter.—
Un ponche de seis yemas.—
Dos ampollas de cafeína.—

Total logrado: *Siete horas de amor entusiasta.*

Amanecía. La «Caja» del amor seguía abierta.
Pero Zambombo se declaró definitivamente en suspensión de pagos.

. . . .

–¡Quiero descansar, Sylvi! No puedo más –dijo tirándole un mordisco de rabia a un cojín.

–¿Quieres descansar? ¡Pobrecito mío, que quiere descansar!... –murmuró ella, con esa voz maternal que tienen las mujeres después de un largo combate de amor.

–Sí... Quiero descansar en paz...

–Ven, ven...

Pasó uno de los brazos de Zambombo sobre sus hombros, todavía desnudos, y abarcando la cintura del joven con las manos, le ayudó a ganar sus habitaciones particulares.

Una vez allí, le acostó tiernamente y le cinceló un último y hambriento beso de despedida.

–Adiós... Yo vendré a despertarte.

Al salir Sylvia, un botones del Hotel, vestido de verde jade, pretendió entregar un telegrama para el señor Pérez Seltz (don Elías).

–No es posible. El señor quiere descansar en paz –dijo lady Brums, llevándose a sus habitaciones el telegrama, y dejándose al botones en el pasillo.

El botones, sonriente y ático, quedó inmóvil unos segundos.

–¡Ah! ¿De modo que el señor quiere descansar en paz? –exclamó–. Pues bien: yo haré que descanse en paz.

Y con una tiza que sacó del bolsillo, escribió en la puerta estas iniciales:

R. I. P.
(Descansa en paz)

EL MARIDO

En su *budoir*, lady Brums, leyó el telegrama. Decía así:

«¿TODAVÍA NO SE HA HARTADO USTED DE SYLVIA? ¡ME EXTRAÑA! –ARENCIBIA.»

Era la primera noticia que Sylvia tenía de que su marido viviese. Pero no la sorprendió lo más mínimo; siempre supuso que del duelo «a muerte» entre Arencibia y Zambombo no había resultado nada irreparable.

Rompió el telegrama y exclamó:

–¡Qué imbécil!

¿Se refería a Zambombo, a su marido o al oficial de Telégrafos que cursara el despacho?

Nunca pudo saberse.

Los entendidos en lapidaria no ignoran que es muy fácil confundir el diamante puro con el topacio blanco del Brasil y aceptar un berilo tomándolo por una esmeralda (entre estos últimos no hay más diferencia que la diferencia que existe entre el óxido de hierro y el óxido de cromo).

El autor escribe las anteriores líneas, primero para dar la sensación de una vasta cultura, obligación de todo novelista civilizado, y segundo, para llegar a la consecuencia –por comparación– de que es muy fácil también confundir el aburrimiento con el amor.

Equivocación en la que caía Lady Brums frecuentemente.

Y así, tras unas pocas horas de sueño reposado, volvió a entrar en las habitaciones de Zambombo gruñendo:

–Zamb... ME ABURRO.

Entonces Zambombo, desnudo como estaba, se tiró al suelo e imitó bastante aceptablemente algunos bailes de Tórtola Valencia.

Al acabar, oyó de labios de Sylvia:

–ME ABURRO, Zamb...

Y Zamb sacó una docena de plumas del interior de un almohadón, se las colocó de punta en la cabeza y bailó la danza *phálica* (O ritual de Cogul).

Diez minutos después, la danza concluía y Sylvia suspiraba:

–ME ABURRO...

A lo cual, Zambombo contestó vistiéndose vertiginosamente, marchándose a la calle, dando un portazo al salir y vociferando:

–¡Ahí te quedas! ¡Que te diviertas!

Y agregando una frase que todos debemos reprocharle por su plebeyez indiscutible:

–¡Nos ha fastidiado esta estúpida!...

Almorzó en un *restaurant* pequeño y económico, de la calle Monsieur le Prince; luego paseó por el bosque de Bolonia y se entretuvo en calcular mentalmente a qué número fantástico llegaría la multitud de analfabetos que traduce *Bois de Boulogne* por *Bosque de Bolonia*.

Después bostezó.

Se sentó a meditar.

Los hombres que meditan están enamorados, o no tienen dinero.

Zambombo estaba enamorado.

–Me he dado el gustazo –se dijo– de mandar al diablo a Sylvia... Bien ¿y qué? ¿Me siento feliz por eso? De ninguna manera. Me siento desgraciadísimo. Además, voy a ir a buscarla inmediatamente, porque no puedo vivir sin ella. ¿Por qué las mujeres pesarán tanto en uno? ¿Por qué?

Y se quedó mirando a un pajarito que atravesaba el cielo en vuelo planeado. Pero el pajarito no contestó a su pregunta. Nunca contestan a ninguna pregunta los pajaritos. Ni las adivinadoras del porvenir. Ni los alumnos de Derecho Procesal.

Zambombo siguió pensando.

Pensó que adoraba a Sylvia, que se estaba haciendo trizas el cerebro al buscar medios de divertirla, pero que, no obstante, la adoraba, y que aquel amor tenía, forzosamente, que acabar de muy mala manera. Y –latino al fin– pensó que si lady Brums le engañaba con otro, la mataría.

Lady Brums estaba engañándole con otro en tales momentos.

Zambombo pudo comprobarlo al llegar al Hotel, puesto que vio al botones del uniforme verde jade salir, ufanándose de su suerte, de las habitaciones número 229.

Fue una escena espantosa de insultos franco-españoles:

–¡Infame! ¡Mala mujer! *Maîtresse!*

Sylvia se puso su traje de tricot, «beige», adornado en amarillo *citron*.

–¡¡Sinvergüenza!! *Pouliche!!*

Sylvia se echó sobre las espaldas una capa azul marino con forro del color de los adornos del traje.

–*Pierreuse!!*

Sylvia se encasquetó un sombrerito de fieltro atopado, y le dijo:

–¿Me acompañas?

–¡¡¡No!!!

Sylvia se fue sin más comentarios. Ni siquiera habló de la influencia de León Tolstoi en la literatura rusa de principios del siglo XX.

. . . .

Zambombo aguardó muchas horas el regreso de lady Brums, consumiendo una inverosímil cantidad de cigarrillos. Distribuyó cuidadosamente cuarenta y siete puntapiés entre los diversos muebles que la Dirección del Hotel había destinado para su uso, y logró romper dos banquetas, una librería, un arcón y el pie de una lámpara vertical. Continuó su trabajo de insultar a Sylvia. Pataleó. Rugió. Se comió un pedazo de cortina.

De madrugada, oyó un confuso rumor de voces en el pasillo. Asomóse discretamente y tuvo ocasión de ver cómo dos criados y el *maître* metían a lady Brums en sus habitaciones; la llevaban en brazos y luchando contra el pedagógico afán de enseñar sus encantos de que venía poseída la dama.

Sylvia traía el vestido rasgado, la capa colocada a guisa de refajo, los zapatos en las manos, las medias haciendo el oficio de guantes y la cabeza cubierta con un bidón vacío de petróleo. De vez en cuando recitaba trozos de Molière y de Ibsen.

Estaba total y majestuosamente borracha.

Los criados, el *maître* y un *barman* que acudió con una taza de té lipton, se marcharon por fin, dejando acostada a Sylvia, y Zambombo se trasladó entonces a las habitaciones número 229, destilando ferocidad interviuvadora.

Pero su interviú fracasó. Sylvia dormía pétreamente, y una estalactita no habría hecho más caso de Zambombo que el que hizo ella de sus protestas y de sus denuestos.

–Mañana, cuando despiertes... –mugió el joven, blandiendo hacia Sylvia su puño crispado–, ¡Ah, mañana!...

Y después de esto, se quedó más tranquilo.

Abrió un ventanal y se repechó sobre aquel jardín, desde el cual, cierta noche, había verificado la ascensión de la fachada vestido de Fantomas.

Efectivamente –según le dijeron entonces– el perfume de las violetas subía hasta allí.

Y Zambombo bebió a plenos pulmones el perfume de las violetas, que era limpio y optimista como un cuello recién planchado.

Suspiró. Volvió a suspirar.

El prefulgir de las estrellas le inclinó a creer que unas y otras se hacían guiños picarescos.

–¡Dios sabe si las estrellas no aman también –pensó– y si no sufren celos y traiciones!

Y luego de una pausa larga y profunda, Zamb se echó a llorar.

Por último, se quedó dormido, con el cráneo apoyado en el alféizar del ventanal y la nariz aplastada contra la mano izquierda.

El dolor tiene a veces estos curiosos epílogos.

FRASES SIN SENTIDO

La luz de *film,* blanca y brillante de un nuevo día, despejó las obscuridades en que revoloteaban aquellos espíritus. Y la explicación fue tranquila en apariencia.

–¿Dónde estuviste anoche? –preguntó el hombre con la mirada fija en uno de los florones –azules– de la pared.

–En el *bistro* del *boulevard* Rochechouart –contó Sylvia, que sólo veía de Zambombo las espaldas.

–¿Qué hiciste?

–Canté y bailé delante de los apaches.

–¿Vestida?

–No.

Los hombros de Zambombo se estremecieron.

Hubo un silencio espesísimo; un silencio de salsa mayonesa.

–¿Por qué hiciste eso? –dijo con voz que jadeaba por ser firme.

–Me aburría.

. . . .

Estuvieron cuatro horas mirándose con la hostilidad de dos

enfermos de estómago que juegan una partida de ajedrez igualada.

Al cabo de las cuatro horas un movimiento imprevisto les hizo tropezar, y Sylvia le echó los brazos al cuello a Zambombo y Zambombo cerró sus manos sobre el talle de Sylvia. Lloraron juntos, como todos los amantes que se reconcilian y todas las cocineras que pelan cebollas. Más tarde, lady Brums se sentó hecha un cucuruchito en las rodillas de Zamb. Y pronunció frases que, como no tenían sentido, tenían un sentido atroz:

Sé bueno...
Tú me comprendes...
Yo te adoro...
Es la vida...
Tú empiezas a amar...
Da asco lo miserables que somos por dentro...
Te quiero...
Hay que cambiar de escenario.
El amor se agota como la plata en las minas...
Perdóname...
Aún tenemos esperanzas...
Tiemblo de que esto acabe...
Si yo te dijera...
¡Oh, Zamb!...
Dame un beso...

. . . .

Lector: los hombres somos tan brutos que a veces se llega a pensar si quienes tendrán talento no serán las mujeres.

Zambombo quedó absolutamente convencido de que un nuevo viaje les devolvería la paz.

–¿Quieres que vayamos a América? –propuso–. Un supertrasatlántico de cincuenta mil toneladas nos lleva en cuatro días y medio.

–No, América, no. Hay allí demasiados americanos.

–Vamos a Noruega, donde lo que más hay es noruegos.

–Noruega, tampoco.

Zambombo musitó lamiéndose una uña:

–¿Y a dónde iremos?

–Vámonos a Rotterdam.

–¿A Rotterdam?

–Sí. Quiero ir a Rotterdam. Hace mucho tiempo que deseo ir a Rotterdam.

Y se fueron a Rotterdam.

Pero la verdad era que a lady Brums le daba lo mismo Rotterdam que Alcalá de Henares.

CAPÍTULO TERCERO

EN ROTTERDAM SE AMA IGUAL QUE EN MADRID Y QUE EN PARÍS

LAS CONSECUENCIAS
DE REÍR UN CHISTE

La «oficina» era un recinto pequeño, casi asfixiado por un cinturón de ventanillas; sus paredes desaparecían bajo innumerables carteles de colores inflamados, cuya sola vista inyectaba el aceite alcanforado del turismo.

Estos carteles tenían letreros que hacían soñar y hasta roncar:

ALEMANIA
BADEM
Y LA SELVA NEGRA

EL RHIN

TURINGIA

MUNICH Y
LOS ALPES
BÁVAROS

Desde El Havre las agencias de vapores transmitían trompetazos sugestivos, con sus anuncios en tres idiomas:

SALIDAS DE VAPORES
DEPARTS DE PAQUEBOTS
SAILING LIST

encabezando unas largas relaciones de nombres de trasatlánticos y de fechas.

Marruecos llamaba al viajero con paisajes del Desierto, donde siempre aparecían unos camellos, bebiendo agua, y entre cuyas patas se leía una reseña innecesaria:

Chameaux a l'abreuvoir.

China también solicitaba la visita de los occidentales, que debían consumir sus lacas apócrifas, pues las legítimas lacas se fabricaban ahora en la Küchestrasse de Berlín, y solicitaba la visita con derroche de imaginación: pintando los mismos camellos, el mismo abrevadero y colocando de fondo una puerta. El letrero no variaba tampoco mucho:

Chameaux a l'abreuvoir devant une porte de Pékin.

Italia lanzaba puñados de fotografías reseñadas, destilando añil y rojo. ¿Ha pensado usted en un viaje a Capri?...

La Ginestra.–I Faraglioni.–Il piazzale del giardino della Vittoria.–La Grotta Azzurra.

Montecarlo, ese caballero de industria con chistera cuyas largas piernas forman un puente por debajo del cual desfila Europa, no se ocupaba demasiado de fomentar el turismo: lo tenía seguro. Su mejor reclamo estaba en tres palabras universales, repetidas miles de veces diarias:

HAGAN JUEGO, SEÑORES

Suiza brindaba sus ventisqueros y sus bacilos de Koch...

Francia, sus lugares históricos, los desfiladeros del Turn...

Bélgica, sus canales y sus carillones...

Los países del Báltico, sus *fiords*...

Los Estados Unidos, sus rascacielos, sus cataratas y sus playas del Pacífico...

España, que hubiera podido humillar a todos, no ofrecía nada. Se contentaba con enviar a París a *mademoiselle* Raquel Meller.

–Inglaterra se anuncia poco –observó Zambombo al entrar–. ¡Qué raro! Un país tan comerciante...

Entonces un caballero se le acercó y señalando un perro de hocico aplastado, que le miraba entornando los ojos, aclaro:

–Ahí tiene usted el anuncio de Inglaterra.

–No comprendo, señor.

–Está claro. ¿No le dice nada la raza del perro? Se trata de un *bull-dog*... Inglaterra es el país de John Bull-dog.

Sylvia rió el chiste con una carcajada emitida en un tono tan alto que resultó de mal tono, y Zamb dirigió un gesto amable a aquel caballero.

Aquel caballero era el doctor Flagg.

. . . .

Hicieron amistad con él porque lady Brums se notó invadida de una simpatía súbita, pero a Zamb no le hacía gracia el doctor porque le pareció demasiado entrometido.

FLAGG.–¿A dónde van ustedes?

–A Alemania –mintió Zambombo para despistarle, temiendo que se quisiese adherir a ellos.

FLAGG.–¡Oh! ¡Qué feliz casualidad! Yo también voy a Alemania.

Zamb arrugó la nariz.

–¿He dicho Alemania? ¡Qué tonto soy! He querido decir que vamos a Italia, a Cassino, en la línea de Roma a Nápoles, ¿sabe?

FLAGG.–Cassino... Muy poético, con su monasterio, su quietud... ¡Ea! Les acompaño a ustedes a Cassino.

Zamb arrugó la nariz y el entrecejo.

–La verdad que he dicho en broma lo de Cassino... Realmente nos dirigimos a Rotterdam.

FLAGG.–¡Ah! A Rotterdam... Precisamente, me encanta Rotterdam. Yo les guiaré a ustedes. Pero antes de ir a Rotterdam se deben pasar unos días en Amsterdam, porque así Rotterdam hace mejor efecto. Amsterdam es la fruta; Rotterdam es la repostería. Para que la repostería sepa verdaderamente dulce, conviene tomar antes un poco de fruta, a ser posible algo ácida. Vamos a Amsterdam...

–A este hombre –pensó Zambombo– no nos lo podremos ya despegar más que con agua caliente.

Pero minutos después en una *brasserie* céntrica, el camarero echaba encima de Flagg toda el agua hirviendo que encerraba una tetera, y aquel agua tampoco les despegó del doctor.

VIDA Y MILAGROS DEL DOCTOR FLAGG Y DEL FARAÓN AMENOPHIS

El doctor Flagg era pintoresco, como Palma de Mallorca.

Tenía un rostro planetario: esférico, achatado por los Polos y ensanchado por el Ecuador. Un vientre enorme, que debía contener 320 metros de intestino. Unas piernas inverosímilmente cortas, unos ojos que hacían pensar en el madrigal de Gutierre de Cetina y en el aguardiente de Monóvar, y un pelo amarillo rabioso. Vestía siempre de color caqui deslucido.

Parecía un limón veraneando.

Los primeros minutos de viaje Zambombo y Sylvia oyeron hablar al doctor con sorpresa creciente.

–Yo he nacido en Praga –decía Flagg– durante una huelga general de picapedreros. Pero cuando sólo contaba diez o doce segundos de vida me trasladaron a París para que pudiera tomar parte en un concurso de belleza infantil, organizado por *L'Intransigèant*. Me criaron con biberón de elefante.

–¿Cómo dice? –barbotó Zambombo estupefacto.

El doctor Flagg enjugó el sudor de su frente y remachó:

–Sí, sí; me he criado con biberón de leche de elefante. Mi padre estaba empleado en el Jardín de Aclimatación, y como al nacer yo murió mi madre, y mi nacimiento coincidió con el de un elefantito, aprovecharon esa circunstancia en mi favor. Yo creo que es la leche de elefante la que me ha puesto tan gordo.

–Nunca he oído nada igual –confesó lady Brums, a pesar de que para ella había en el Mundo pocas cosas inéditas.

–A los dieciséis años –seguía Flagg– asesiné a mi padre porque se negó a fabricarme una cometa.

–¿Qué?

–Está bien claro. Que asesiné a mi padre porque se negó a fabricarme una cometa –repitió el doctor–. Entonces huí de París disfrazado de monja. Me fui a Londres y allí un individuo me regaló dos mil libras por hacerle un retrato a lápiz. ¿Saben ustedes quién era ese individuo?

–¿Quién?

–Jack, el destripador.

Zamb y Sylvia estaban maravillados.

–Con las dos mil libras me trasladé a Muninchen.

–¿A dónde? –indagó Zamb.

–A Munich, pero los alemanes dicen Muninchen. En Muninchen estudié Ciencias, me doctoré y me dediqué a trabajos de laboratorio. Hice una fortuna falsificando huevos.

–¡Falsificando huevos! ¿Y con qué hacía usted los huevos?

–La yema, con patata y azafrán; la clara con goma arábiga, y la cáscara, con celuloide. En dos años murieron seis millones de consumidores de huevos. Iban a descubrirme, cuando se enamoró de mí una princesa beduina, que me raptó en un tílburi, llevándome al Cairo.

Zambombo empezó a mirar con escama al doctor.

–En Egipto –siguió Flagg– cierta tarde en que hacía un hoyo en el suelo para plantar una higuera, tropecé con el arranque de una escalerilla subterránea. Bajé por ella, atravesé varios pasillos, rompí dos puertas de madera de *teck*, entré en una cámara, donde descubrí la tumba de un Faraón.

–¿De qué Faraón? –interrogó bruscamente Zambombo, con intención de desconcertar al doctor si no era verdad lo que contaba.

–De Amenophis XVIII, hijo de Sesostris XVI y nieto de Ramsés XXXII –replicó Flagg sin inmutarse.

Y continuó:

–Pero no es eso lo más sorprendente. Lo más sorprendente es que encontré al Faraón absolutamente vivo, tan vivo como ustedes y yo, y en muy buen estado de salud.

–¡Qué emocionante! –exclamó Sylvia.

–Hace falta cinismo... –gruñó Zamb en voz baja, convencido ya de que Flagg mentía siempre que hablaba.

–Yo lo achaco –explicó el doctor, encarándose con lady Brums– a que Amenophis XVIII era hombre de constitución fortísima. Cuando entré en su tumba, donde yacía desde tres mil doscientos años atrás, el Faraón estaba muy entretenido, pintando a la acuarela. Volvió la cabeza y, al verme, se levantó abriendo los brazos y gritando: «¡Querido Flagg!...»

–¡¡Basta!! –rugió Zambombo, levantándose también, como el Faraón–. ¡Basta! ¡Es excesivo! ¡No dice usted más que mentiras hediondas, caballero!... ¡¡Estoy harto!!

Flagg abrió, con miedo y asombro, sus redondos ojos inexpresivos, y alzó el brazo izquierdo doblado a la altura de la oreja como hacen los chicos cuando notan la proximidad de una bofetada.

Pero lady Brums acudió en su auxilio, conteniendo a Zambombo.

–Zamb –habló con acento severo–. Si no quieres que tengamos un disgusto definitivo, prescinde de decirle cosas desagradables al doctor.

Las pupilas de Sylvia chisporroteaban dureza y energía.

Volvió a dirigirse a Zambombo.

–¿Crees que desde el primer momento no comprendí que el señor Flagg era un embustero? Pues lo comprendí desde el primer momento. El señor Flagg es un embustero terrible. Seguramente es capaz de decir una verdad sólo para manifestar a continuación que acaba de decir una mentira. De la boca del señor Flagg no salen más que mentiras y ácido carbónico. Bueno... ¿y qué? Sus mentiras son divertidísimas.

Se echó hacia atrás en la butaca, montó una pierna sobre otra, encendió un cigarrillo de tabaco espurio y dulcificó su acento y su expresión para rogarle a Flagg:

–Siga usted, doctor. Quedó usted en el momento en que el Faraón le saludaba, diciéndole: «Querido Flagg»...

Flagg sonrió humildemente y reanudó su historia:

–El Faraón era tan simpático –dijo– que decidí sacarle de la tumba. Cuando se lo propuse, hizo un gesto de desagrado y murmuró: «Si vieras, Flagg, que el sol me molesta muchísimo»... Pero logré vencer aquella resistencia, muy natural en un hombre que llevaba tres mil doscientos años bajo tierra, regalándole mi sombrilla.

–¿Y salió de la tumba el Faraón?

–Sí. Venía conmigo a todas partes: al teatro, a las peluquerías, a los cafés, a las casas de mujeres alegres... La gente nos seguía por las calles y nos rodeaba cuando nos deteníamos, preguntándole al Faraón qué producto era el que anunciábamos. Amenophis estaba muy irritado porque nadie creía que era un Faraón de verdad y porque cada día le robaban una joya de las que llevaba puestas. A las dos semanas ya no le quedaba más que un ibis de malaquita. «Antes de que me lo roben, lo vendo –dijo–. A mí me costó cien piastras. Espero que nos den por lo menos dos mil francos.» Visitamos a un egiptólogo famoso proponiéndole la compra del ibis para su Museo particular, y el egiptólogo, después de contemplarlo al través de una lupa, nos lo devolvió diciendo: «No me sirve. No es legítimo.» Amenophis, al oír esto, dejó escapar un aullido, saltó por encima de la mesa y estranguló al egiptólogo.

–¿Qué más, qué más? –pedía Sylvia, encantada.

–¡Decir que no es legítimo un ibis comprado por mí durante la XVIª Dinastía! –gruñía Amenophis cuando huíamos a Tánger. Desde entonces, se lo juro milady, el Faraón comenzó a decaer visiblemente. Una tarde, en Casablanca, volví al Hotel y encontré su habitación vacía. Sobre el lecho, había una carta escrita por Amenophis. Véala.

Y Flagg alargó a Sylvia un trozo de papel comercial en el que aparecía lo siguiente:

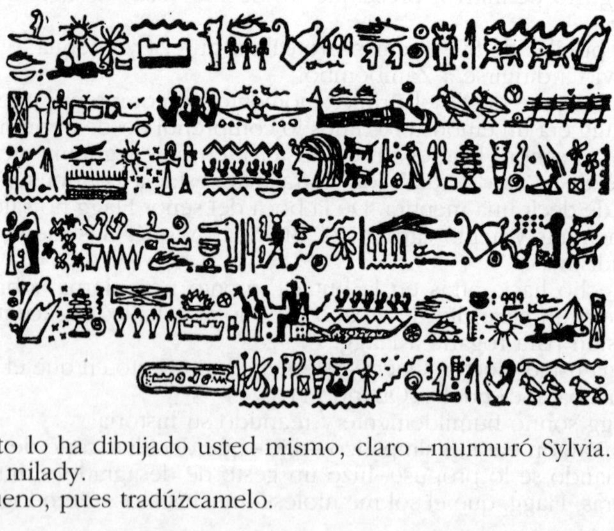

–Esto lo ha dibujado usted mismo, claro –murmuró Sylvia.

–Sí, milady.

–Bueno, pues tradúzcamelo.

–Lo que el Faraón me decía en su carta era, sencillamente:

Querido Flagg: Me vuelvo a mi tumba, porque es verdad que aquello está lleno de polvo, pero, ¡qué diablo!, por lo menos, viviendo allí, conserva uno las albajas. Supongo que mi invitación será inútil, pues tú siempre tienes mucho que hacer. No obstante, si quieres algo de mí vete al subterráneo donde me encontraste, y baja con cuidado porque las escaleras se desmoronan. He comprado colores y lienzo, y ahora, en lugar de pintar a la acuarela, voy a dedicarme a pintar al óleo. Saludos.

Amenophis XVIII, Rey del Alto y Bajo Egipto.

Al acabar Flagg la traducción de la carta, Zambombo, que estaba ya en el límite de la indignación contra el doctor, contra Sylvia e incluso contra Amenophis XVIII, se salió del departamento, echando chispas y comenzó a dar rabiosos paseos por el pasillo.

El tren corría y corría zumbando como una abeja con bronquitis.

SYLVIA ADOPTA UNA ACTITUD RESUELTA

A la llegada a Amsterdam, Zamb odiaba a Flagg casi tanto como un centauro a un lapita.

Porque durante el viaje, abismada en las mentiras del doctor, Sylvia había hecho de Zambombo el mismo caso que un empleado en las cataratas del Niágara habría hecho de una gotera.

–Pero ¿no te harta? –le masculló por fin, rasgando las palabras con los dientes.

El auto se había detenido en mitad del Rokin, a la puerta del «Hotel-Rembrandt».

Sylvia dijo con la mano en la portezuela:

–¿Hartarme Flagg? Ni mucho menos... ¡Si Flagg es un tipo magnífico!...

–No concibo cómo puedes soportar a un hombre que no dice más que mentiras.

Sylvia miró a Zamb de arriba abajo, desvió una ceja hacia el noroeste y murmuró:

–Cambio todas las verdades tuyas por una sola mentira de él.

Y entró en el *hall* con la cabeza erguida, los brazos replegados y el paso lento. Antes de posarse en el suelo, las puntas de sus piececitos formaban una línea recta con el empeine y la pierna.

Parecía un *talón-rouge* dirigiendo el principio de un minué en las Tullerías.

Su entrada produjo un gran efecto.

. . . .

El primero en visitar los saloncitos inferiores fue Zambombo.

Llevaba la corbata torcida, como todo hombre que ha pasado un largo espacio de tiempo meditando.

–Esta mujer empieza a cansarse de mí –se confesaba, mientras los muelles de un sillón donde se sentó le colocaban diez centímetros más bajo que el nivel normal de las personas sedentes–. Empieza a cansarse de mí y es natural que se canse. Yo soy un hombre vulgar y ella ama lo extraordinario...

Se levantó, hojeó unas revistas sin enterarse de nada. Luego, aprovechando la cristalera de una puerta, se puso derecha la corbata, diciéndose:

–Está loca, sí... *(tirando de la corbata hacia arriba)* y acabará por volverme loco a mí también... Porque la quiero... *(suspirando)*. La quiero más que a mi vida *(tirando de la corbata hacia abajo.)* ¡Ay! Si yo pudiera arrancarme este amor del corazón... *(tirando con rabia de la corbata hacia la izquierda)*. ¡Si yo pudiera *(tirando con furia de la corbata hacia la derecha)*... arrancármelo!!!

Lo que sí pudo arrancarse fue la corbata, que acababa de partirse en dos trozos.

Sylvia entró en el saloncito. Llevaba una falda dividida en *panneaux;* su tronco iba encerrado en un *pull-over* de piel de antílope, sobre el que descansaba la fantasmagoría de una chaqueta bordada en tonos calientes. Avanzó despacio, calzándose unos guantes de gamuza con claveteados de oro*.

Zamb fue hacia ella.

–Sylvia –exclamó–. Dime de una vez qué es lo que debo de hacer.

–Sube a ponerte otra corbata –le contestó tranquilamente Sylvia.

–Me refiero a lo nuestro...

–¿Lo nuestro?

–Sí. ¿Crees que tu conducta puede hacerme feliz? Yo te adoro, Sylvia... *(y la besó el claveteado de uno de los guantes)*. Yo te necesito para poder seguir viviendo. ¿Por qué después de haberme hecho concebir tantas esperanzas de dulzura, me haces tragar ahora tanta hiel?

–La historia se repite... En 1415, el emperador Segismundo le ofreció la vida a Juan Huss, y luego le quemó vivo en Constanza.

Zambombo se quedó turulato. Y puso tal cara de primo que a Sylvia le dio lástima.

–Mira, Zamb –agregó con voz de «buena amiga»–, ésta es la última vez que te lo repito: yo no soy una mujer vulgar; soy una heroína de

---

* No nos cansaremos de advertir a las señoras que estas modas fueron las de la primavera de 1928.

novela. Una lady que se ha educado en la opulencia, que habla once idiomas y que viaja con dieciocho baúles de equipaje, no puede amar igual que una taquillera del Metro, que una cupletista o que una hija de un coronel retirado. Observa lo que hago con mis trajes: me los pongo una vez. Hasta ahora he hecho igual con mis amantes. Está bien que las muchachas que se hacen un traje por temporada y que, incluso, se lo mandan reformar para la siguiente, tengan un solo amante o un solo marido. Si quieres ser un amor eterno búscate una de esas muchachas: las hay a miles y languidecen, paseando con sus papás por todas las ciudades del mundo. Pero cuando se desean los labios de una heroína de novela, hay que conformarse con ser sólo una ramita en el árbol amoroso de esa heroína. Me gustaste porque te vi inexperto, provinciano y algo tonto. Después arrancaste varios chispazos en mi ilusión, haciendo cosas divertidas; te prometo, porque te estimo, que si haces más cosas divertidas, verás brillar también más chispazos. Pero hasta que eso ocurra, no pidas nada de mí. El doctor Flagg, que físicamente es grotesco y que para una mujer vulgar resultaría indeseable, para mí es un hombre interesantísimo, un tipo «nuevo», algo que yo no había conocido aún. Su figura es abominable, pero sus mentiras son maravillosas. Flagg me gusta. Luego, acaso me guste otro. No intentes oponerte a nada. Sobre que a mí las actitudes trágicas me hacen reír, adelantarías tanto oponiéndote como trasladándote de Bretaña a Siberia montado en un pelícano.

Zamb fue a agregar algo, pero Sylvia le inmovilizó con un ademán breve. Y dirigiéndose a Flagg, que acababa de aparecer en la puerta del saloncito, más alimonado que nunca, exclamó:

–Vamos, doctor. Quiero que me dé usted un paseo por Amsterdam. Zamb no nos acompaña, porque tendría que cambiarse de corbata y esto nos retrasaría demasiado.

Y desapareció apoyándose en el brazo de Flagg, que apenas alcanzaba con la cúspide su cráneo amarillo al mentón de la dama.

Hasta Zambombo llegó la voz, cada vez más distante, del doctor:

–Pues una vez, milady, estaba yo luchando con un tiburón en el mar de los Sargazos, cuando vi avanzar hacia mí un submarino iluminado con farolillos a la veneciana...

EL JURAMENTO DE PASTA

Seis días en Amsterdam:

Seis días que Zambombo no salió del «Hotel Rembrandt».

Sylvia y Flagg no entraban, en cambio, en el Hotel. Paseaban por el Amstel; hacían excursiones al bosque de Harlem o se alargaban hasta Delft. Flagg contaba mentiras y más mentiras que Sylvia escuchaba con embeleso.

Volvían tarde. Zamb les oía regresar. Y oía cómo lady Brums reía los relatos del doctor, y cómo, a veces, de pie, junto a la puerta de sus habitaciones, la dama permanecía una hora, y también dos, aguardando el final de una mentira demasiado larga de Flagg.

–Ese hombre se va a hacer polvo el cerebro –pensaba Zambombo–. No es posible que aguante mucho tiempo tan excesivo gasto de imaginación.

Luego, le envidiaba tristemente:

–¡Quién fuera él! Con su vientre enorme, con sus piernas cortas, con su pelo amarillo, con su tipo de tendero de ultramarinos... ¡quién fuera él!

Y sólo le consolaban dos cosas:

Que Sylvia no había abierto a Flagg el embozo de su lecho,

y que a él mismo acabaría por ocurrírsele algo grande para atraerse definitivamente a Sylvia.

. . . .

A los seis días entraban en Rotterdam, como tres viajeros sin importancia.

El cielo era igual que en Amsterdam: rojizo.

Zambombo siguió sin salir del Hotel, absolutamente exacto al otro, con la única diferencia de que no se llamaba «Hotel-Rembrandt», sino «Hotel-Coolsingel».

Sylvia y Flagg continuaron paseando. Ahora iban por las orillas del Mosa, o almorzaban en Hoogstraat o recorrían los muelles de Whikelminakade y de los Boompjes*.

Y Flagg enzarzaba mentiras y lady Brums se sentía dichosa oyéndolas.

Una noche el doctor le dijo a Zambombo.

–¿Tampoco hoy viene usted con nosotros?

–No. Gracias. Decididamente, Holanda no me gusta. Y de noche, en particular; recorrer este país, me revienta.

–¿Por qué?

–Porque está oscuro y huele a queso.

–Lo mismo ocurre en el «barrio chino» de Nueva York –afirmó Flagg–. Estando yo allí, el año 1915, me mandó Wilson que fuera a Chinatown a comprar una pulsera que quería regalar a una amiguita suya... Tomé un taxi de la «Yellow-Cab-Co», y ya rodábamos por la Quinta Avenida, cuando noté que debajo del asiento del auto había un cocodrilo.

–¡¡Esas estupideces se las coloca usted a Sylvia!! ¡¡Porque yo no se

* Cuando el lector vaya a Rotterdam, debe visitar también esos sitios, que a lo mejor se creerá que son otros tantos camelos...

las tolero!! –interrumpió frenéticamente Zambombo–. ¡Que usted lo pase como pueda!

Y se marchó a sus habitaciones dejando al doctor Flagg con el cocodrilo en la boca.

Pero aquella misma noche, en cuanto notó que Sylvia y Flagg regresaban, Zambombo se metió sin pedir permiso en la alcoba del doctor.

Flagg, en mangas de camisa y con los tirantes colgando de las gomitas posteriores, se hallaba dando cuerda al reloj.

Zamb que, a consecuencia de una de sus frecuentes reacciones, iba dispuesto a lograr que Flagg renunciase a Sylvia o a colgarlo de un árbol, no dejó hablar al doctor.

–Mi admirable amigo –le dijo por todo preámbulo–. Vengo a asesinarle de la manera más definitiva que me sea posible.

–¿Cómo? –exclamó Flagg.

–No me gusta repetir las cosas. Usted con sus mentiras estúpidas me está robando a Sylvia y antes de que se la lleve del todo he decidido asesinarle. Traigo una pistola, un frasco de arsénico y un cuchillo de postre. Elija.

Y sacó los tres objetos.

Al verlos, el doctor Flagg se tiró a nado en la alfombra y desapareció debajo de la cama como una carta por un buzón. Gritó angustiado:

–¡Por Dios! ¡Guarde esas cosas!... ¡Guarde el cuchillo y la pistola, que pueden dispararse! Yo estoy dispuesto a hacer lo que usted quiera.

–¿Lo jura usted?

–¡Lo juro!

–Haga una cruz en el suelo y júrelo poniendo la mano encima.

–No tengo con qué hacer la cruz...

Zambombo fue al contiguo cuarto de baño y volvió con un tubito de pasta dentífrica. Se lo arrojó a Flagg diciendo:

–¡Hágala con eso!

Y el doctor sacó una mano nada más que una mano, y apretujando el tubito dejó en la alfombra dos regueros de pasta dentífrica que se cortaban en forma de cruz. Luego colocó la diestra encima y murmuró:

–Juro solemnemente que haré lo que el señor Pérez Seltz me ordene.

Entonces Zambombo dijo:

–Pues le ordeno... ¿Me oye?

–Sí, señor, sí –contestaron de debajo de la cama.

–¡Le ordeno que de un modo inexorable se niegue usted en lo sucesivo a contarle más mentiras a lady Brums!

–Ella pedirá que se las cuente...

–Y usted le contestará que ya no se le ocurre ninguna ¿Entendido?

–Sí, Sí,..

–¡Jure obediencia otra vez!

Flagg volvió a jurar poniendo la diestra en la almohada.

Y Zambombo abandonó la habitación pisando recio.

. . . .

Lo primero que el doctor Flagg hizo al quedarse solo fue lavarse los dientes para aprovechar la pasta que tenía adherida a la palma de la mano.

A continuación se miró en un espejo; retrocedió unos pasos sin dejar de contemplarse; avanzó los pasos retrocedidos; se miró de perfil; alisóse los huevos hilados de sus cabellos y sonrió con orgullo, diciéndose a media voz:

–De manera que lady Brums está enamorándose de mí...

Añadió:

–De manera que le gusto....

Anadió todavía:

–De manera que mis mentiras provocan su entusiasmo... Y contándole nuevas mentiras yo podría conseguir de ella que...

Añadió finalmente:

–¡Voy a conseguirlo!

Terminó de desnudarse. Se vistió apresuradamente un pijama, que parecía hecho con tela de colchón, y calzándose unas zapatillas de orillo salió derrochando cautela, y empujó la puerta de las habitaciones de lady Brums.

Entró. Era la alcoba de Sylvia. Al fondo, en el lecho –ancho, largo, bajo– lady Brums, semidesnuda, repasaba un número del *Punch*.

Flagg se decidió de un golpe.

–Repitamos una vez más la divisa de Amundsen –exclamó.

Y repitió la divisa de Amundsen:

–*Fram!*

O, lo que es lo mismo:

–¡Adelante!

BREVE INTERMEDIO LÍRICO

¡Divina y callada noche de Rotterdam!...

¡Noche de Rotterdam!

¡Divina y callada!...

¡Noche que guardas en tu cofre plomizo suspiros nostálgicos de viejos marineros y ensueños ruborosos de pálidas adolescentes!...

¡Noche de Rotterdam, con tus canales dormidos!... ¡Con tus caminos bañados en luna!... ¡Con tus puertos inmóviles bajo las grúas vigilantes!...

¡Caminos, canales y puertos!...

¡Canales de Rotterdam, donde flotan las gabarras!...
¡Canales de Venecia, donde flotan las góndolas!...
¡Canal de Isabel II, donde flotan los microbios!...
¡Noche de Rotterdam, seguiríamos contemplándote!...
¡Pero hace tanto frío que no hay más remedio que cerrar la ventana!...

UNA ESCENA DE
AMOR ORIGINAL

–¿Qué es eso, Flagg? –preguntó Sylvia haciendo que se asombraba viendo aparecer al doctor.

–Vengo –explicó Flagg– porque esta tarde no la he contado que mi bisabuelo, por parte de padre, fue íntimo amigo de Robespierre.

–¿Es posible? –articuló Sylvia, abandonando el *Punch*.

–Sí –dijo el doctor, sentándose en el lecho–. Parece ser que Robespierre y él se conocieron en Tolón, durante unas regatas. Discutieron, mi bisabuelo le pegó con un remo a Robespierre, le partió la peluca y le tiró al agua. En seguida, asustado de su propia obra, se lanzó a salvarle. Buceó y salió con la peluca en la mano. A la segunda vez que buceó sacó a Robespierre...

–¿Y entonces?...

Flagg cogió por el talle a lady Brums y la abrazó consecuentemente mientras añadía:

–Robespierre, agradecidísimo y chorreando agua, le dio un apretón de manos a mi bisabuelo y le dijo: «Camarada: dentro de unos meses comeremos juntos en Versalles.» Y mi bisabuelo, que era todo un carácter, contestó: «Está bién; encargaré dos raciones de ostras.»

Sylvia se echó hacia atrás riendo, lo que aprovechó Flagg para besarle la garganta, mientras agregaba:

–Al poco tiempo Francia se bañaba en sangre, y la guillotina (ese martillo-pilón de la nobleza) machacaba vértebras cervicales en la plaza de la República. Mi bisabuelo, al ver que Tolón se rendía a los ingleses y que Robespierre era ya el árbitro en París, envolvió las dos raciones de ostras en un papel y se tradadó a Versalles. Nada más llegar envió un continental a Robespierre.

Al acabar este párrafo, Flagg estaba ya pegadito a Sylvia, bajo las sábanas*.

–Robespierre –siguió–, que estaba en Arras, acudió a Versalles reventando caballos. El último caballo en lugar de reventarse como sus compañeros, reventó a un jacobino reumático que tuvo la mala ocurrencia de ponerse delante de sus patas. Este jacobino era un patriota, y cayó gritando: «¡Muero contento porque muero por Francia!»

---

* Estas sábanas eran de Holanda, lo que no debe chocarnos, porque, como se recordará, nos hallamos en Rotterdam.

Entonces Robespierre se apeó de un salto y pronunció una frase que se ha hecho célebre en la historia: «Cuando se han reventado seis caballos, tiene uno derecho a reventar a un jacobino.» Y se abrazó a mi bisabuelo tirándole las ostras en un charco.

Durante la descripción del viaje hípico de Robespierre, el doctor Flagg había besado a Sylvia en todas partes, y ella ahora comenzaba a corresponderle.

–Sigue, sigue –susurró lady Brums, que sentía avanzar las gacelas de sus deseos–. Sigue tu historia...

Y Flagg, haciendo un esfuerzo sobre sus nervios siguió:

–Comieron juntos en el *Petit Trainón* y a los postres, Robespierre le dijo a mi bisabuelo... ¡Amor mío!

–¿Qué? –exclamó Sylvia.

–¡Amor mío! ¡Te adoro! –repitió Flagg.

–¿Eso me lo dices tú a mí, o se lo dijo Robespierre a tu bisabuelo?

–¡Te lo digo a ti, mi reina! –exclamaba Flagg ya en la pendiente máxima de la pasión y olvidado de Robespierre, de la Revolución Francesa y de *monsieur* Thiers.

–¡Sigue tu historia!... –exigió Sylvia, para quien las mentiras de Flagg eran un afrodisíaco irresistible.

–Cuando Robespierre y mi bisabuelo se fueron de Versalles... un... ¡No puedo! ¡Ah, Sylvia! ¡Sylvia mía!

. . . .

El doctor Flagg, derribado en la alfombra como una ballena que hubiese encallado en la playa, roncaba igual que un *schneider*.

Sylvia le agitó por un brazo:

–¡Eh, Flagg! ¡Despierta! Acaba de contar la historia de tu bisabuelo y de Robespierre...

Flagg logró abrir los ojos. Pero después de aquella felicidad que lady Brums acababa de proporcionarle, y en la que él nunca había pensado, se sentía exhausto e incapaz de inventar una nueva mentira.

–Déjame– suplicó con laxitud–. Ahora no puedo...

Sylvia se levantó, echando chispas.

–¿Que no puedes? ¡Entonces estás aquí de sobra! ¡Fuera! ¡¡Fuera!!

Y expulsó al pasillo al doctor Flagg que andaba como un sonámbulo.

MUTIS

Flagg tardó en reaccionar dos horas y media.

Al reaccionar sus primeros pensamientos fueron para Zambombo.

–Si ese hombre supiera –se dijo– lo que ha ocurrido esta noche entre Sylvia y yo...

Se acordó de su juramento.

Y la pistola, el frasquito de arsénico y el cuchillo de postre bailaron una sardana en su cerebro.

–Hay que huir –decidió–. Hay que huir antes de que se haga de día...

Se vistió, cogió sus maletines y salió del «Hotel Coolsingel» a paso de lobo.

Deambuló por Rotterdam, como un viajante de comercio.

A las siete, se metió a desayunar en un *bar* de la calle de Schiedamschedyk.

Media hora después, tomaba billete para La Haya.

. . . .

El lector debe reflexionar ahora sobre lo ocurrido y a poco que reflexione observará que Flagg, encerrado en la cámara frigorífica de su fealdad, no había caído en la cuenta de que poseía otras armas con que conquistar el blocao de Sylvia.

Fue el mismo Zambombo, tan vivamente interesado en separar a su amada del doctor, quien precipitó al doctor en el seno de su amada.

El lector debe aprovecharse de esta experiencia.

Porque semejante carambola es frecuente; y en el escenario del amor ocurre muy a menudo que para darle al público la sensación de la realidad, evitando las equivocaciones de los actores, el apuntador lee demasiado alto con lo cual lo que se consigue es que el público adquiera la idea de que aquello es una farsa, mientras grita: «¡Ese apuntador! ¡Mas bajo!»

(¡Y todavía hay quien dice que en las novelas no se aprende nada!...)

MOVIMIENTO DE TRASLACIÓN
Y ÚLTIMAS NOTICIAS DE FLAGG

Zambombo se dio cuenta de la huida de Flagg y respiró con orgullo:

–¡Le he asustado! Lo malo es que a Sylvia no le va a hacer mucha gracia la ausencia de ese tipo.

Pero Sylvia, al enterarse de ello, se limitó a decir:

–Mejor. Flagg comenzaba a aburrirme.

Zamb, espíritu ingenuo, se frotó las manos con delicia.

No pensó en que cuando una mujer, que ha demostrado simpatía por un hombre, expresa hacia él una súbita frialdad es siempre porque ya le ha dado a ese hombre todo lo que es capaz de dar una mujer.

Y una mujer sólo es capaz de dar lo que no le cuesta dinero; es decir, su organismo.

. . . .

Luces de esperanza se encendían para Zambombo.

Aquella tarde salió con Sylvia. Pasearon por el parque Laan.

–Mira qué lindas flores... ¿No te recuerdan las del parque Monceau, en París?

–Sí. También éstas tienen pétalos –contestó Sylvia.

Por la noche comieron en un *restaurant* del muelle. De sobremesa lady Brums bostezó dos veces.

–¿Te aburres? ¿Quieres que vayamos a algún sitio?

–Sí

–¿A dónde quieres que vayamos? ¿A un cine? ¿A un teatro? ¿A un *cabaret?*

–Vamos a Londres– determinó Sylvia.

(Se refería, naturalmente, a la capital de Inglaterra, ciudad situada sobre el río Támesis, provista de varios millones de faroles, y a cuyos habitantes se les suele llamar flemáticos y londinenses.)

Dispusieron rápidamente el traslado.

Sylvia telefoneó al mayordomo de su palacio de Parlk Lane avisándole la llegada.

Zambombo se compró una guía de Londres y un monóculo.

Y en la última hora de estancia en Rotterdam, el propio Zamb tuvo ocasión de evitarle otra tentación a lady Brums, interceptando un telegrama del doctor Flagg, fechado en La Haya.

El telegrama decía así:

LADY SYLVIA BRUMS.

COOLSINGEL-HOTEL.

ROTTERDAM.

PARTO, LÁGRIMAS OJOS, PROXIMIDADES POLO SUR DONDE ME ANUNCIAN NACIMIENTO HIJO, RESULTADO AMORES PRIMAVERA PASADA CON FAMOSA BELLEZA ESQUIMAL.–OSO BLANCO INTENTA COMERSE HIJO MÍO; CORRO SALVARLE.–VOY CON AMIGO HÚNGARO, QUE PIENSA AMAESTRAR OSO.–HARÉ VIAJE EN GASOLINERA ROMPE-HIELOS.–MIS MEJORES RESPETOS.

FLAGG

Zamb rompió el telegrama en pedazos pequeñísimos, hizo con ellos una bolita y se la tragó.

–Si lee este telegrama Sylvia es capaz de irse a buscarle –murmuró cuando la bolita caía en su estómago.

CAPÍTULO CUARTO

EN LONDRES SE AMA IGUAL QUE EN MADRID, QUE EN PARÍS Y QUE EN ROTTERDAM

UNA REUNIÓN EN EL
PALACIO DE PARK-LANE

En un rincón del hall:

SIR THOMAS SAVILLE.–*Por mi parte, le aseguro Federico, que las cuestiones de Heráldica me apasionan.*

SIR FEDERICO R. FLOVER.–*A mí también.*

SIR THOMAS SAVILLE.–*En mi escudo hay dos águilas en campo de azur.*

SIR FEDERICO R. FLOVER.–*En el mío hay dos jugadores en campo de* tennis.

En otro rincón:

REGINALDO PONNEY.–*Os digo que miss Eliana tiene unas manos microscópicas.*

PATRICIO KEYER.–*¡Pero si sus manos son las más grandes de Londres!*

REGINALDO PONNEY.–*No importa. Digo que tiene unas manos microscópicas no porque sean pequeñas, sino porque... lo aumentan todo...* (Risas picarescas.)

Al pie de una escalinata:

MISTRESS OILE.–*¿Y, efectivamente, era una mujer hermosa nuestra amiguita «Abe»?*

ABEL BRUNSWICK.–*Era tan hermosa que, al verla conmigo, todos mis amigos se apresuraban a decir que me engañaba con otro.*

Junto a un ventanal del *salón* gris:

LADY SYLVIA BRUMS.–*¿Dice usted, Harry, que la madre de Roche se llama Flora?*

HARRY PRINGLE.–*Sí. Se llama Flora, pero debía llamarse Fauna.*

Sentados en unos sillones del mismo *salón* gris:

ADRIANA SOMERSET.–*Decididamente, lord Maugham, es usted un maldiciente...*

MISS MARGARET LORDSVILLE.–*¡Decir que para un hombre representa el mismo problema llevar a su casa una mujer que llevar un perro!...*

LORD MAUGHAM.–*El mismo problema, señoras mías. A una y a otro el hombre tiene que empezar por comprarles un collar.*

EL «MAYOR» FLY.–(Terciando).–*Existe, al menos, una diferencia.*

LORD MAUGHAM.–*¿Cuál?*

EL «MAYOR» FLY.–*Que a la mujer se le compra un collar de perlas y al perro se le compra un collar de cuero.*

LORD MAUGHAM–*Bueno, sí; al perro se le compra de cuero, pero eso no impide el que a él le parezca de perlas...*

En una galería de espaldas a un cuadro (legítimo) de Gainsborough.

LA PRINCESA EVELIA DE TORRIGTON.–*Hay personas, Alfredo, que por amor a los animales llenan su casa de bichos.*

SU MARIDO.–*¿Te refieres a estas reuniones que celebra lady Brums?*

Lady Sylvia recorría los grupos –espléndida bajo un vestido de tul *mordoré,* adornado con encaje de oro–, vertiendo en todos ellos las gotas de esencia de sus preguntas, de sus respuestas y de sus comentarios.

En el «hall» bailaban algunas parejas.

Estas parejas, mientras bailaban, se hacían el amor en inglés.

Veinte criados entraban y salían con bandejas, poncheras, «servicios» de licor y *glacés* de uva.

El «mayordomo» anunciaba, con algunas faltas de ortografía, los nombres de los nuevos visitantes.

He aquí varios nombres y varias faltas de ortografía:

–*¡Madame de Amaranthes!*

–*¡Lady y lord Trainway!*

–*¡Miss Ágata Paddington!*

–*¡Lord Plumkake!*
–*¡El profesor Cathum!*
–*¡Lord Alfredo Pankrustk!*
–*¡Sir Oracio Pitt!*
–*¡Mistress Wolff!*
–*¡Sir Everardo T. S. H. Cunningham y su hijo Mhurín!*

AUTOADMIRACIÓN

Con cuatro brochazos, señores, he descrito una reunión aristocrática en el Palacio de lady Brums, en Park-Lane.

Estoy admirado de mí mismo...

Todos los asistentes a la fiesta han dicho ya su correspondiente frase ingeniosa: era preciso dar señales del «humor» inglés... ¡Oh, el «humour»!...

Pero ahora, que ya hemos dibujado las caricaturas de los ingleses que pintaron Congreve, Sheridan y Oscar Wilde, sigamos la novela con los ingleses de carne y hueso –más hueso que carne– que se pasean por Londres habitualmente.

LA VISIÓN DE LONDRES *(¿Pero acaso Londres es una visión?)*

La fiesta se celebraba quince días después de llegar Sylvia y Zambombo a Londres.

–¡Dos semanas ya! –pensaba Zamb aquella noche, con la frente apoyada en la cristalera de un ventanal, que por su cara exterior chorreaba una lluvia menuda y persistente–. ¡Dos semanas! ¡Dos semanas de oír hablar inglés sin entenderlo! ¡Dos semanas de oír caer la lluvia sin parar! ¡Dos semanas de conocer *lores* a miles, *sires* a cientos y *pares* a docenas! ¡Es demasiado!

Verdaderamente, era demasiado.

Además, desde que estaban en Londres Sylvia no había tenido un segundo libre para Zambombo, y no ya un segundo de amor, sino un segundo de compañerismo.

Ejércitos de modistas, modistos, sombrereros, peleteros, zapateros, joyeros, lenceros, etc., etc., entraban y salían confusamente del palacio de Park-Lane, dedicados a equipar a lady Brums para la *season* que comenzaba. Se aproximaban las mañanas de *tennis* en Chelsea y de *golf* en Earling, los atardeceres de Piccadilly, de Bond Street y de Hyde Park, dando la vuelta a la Serpentina; las noches de Regents Street, de la ópera y de las fiestas particulares, y era imprescindible hallarse preparada tirando al aire unos miles de libras esterlinas.

Rodeada de telas fastuosas, de estuches, de cajas de todos los tamaños, de pieles, de plumas, de gasas, de cristales, de metales caros y de piedras finas, lady Brums, miraba, estudiaba, decidía, aceptaba, rechazaba, daba órdenes y se negaba a escuchar consejos.

Zambombo cerraba los ojos y se la imaginaba convertida en una estatua altísima, en torno de cuyo pedestal una multitud de trabajadores de ambos sexos de todos los oficios se apretujaban para ofrecerle lo mejor; él, Zambombo, se metía en el grupo e intentaba avanzar hacia Sylvia. Los demás le cerraban el paso, diciéndole:

–¿Qué va usted a ofrecerle?

–El amor.

Y todos se echaban a reír, exclamando:

–Pero, hombre ¿usted cree que ella se va a molestar en comprar una cosa de precio tan bajo?

A los dos o tres días de asistir a aquel desfile, Zamb, rabioso, mareado y rebozado en aburrimiento, se había dedicado a dar paseos por la ciudad recorriéndola de N. a S. y de E. a W*.

En una semana conocía todo Londres.

–¿Pues no decían que para conocerlo hacían falta años enteros? –se preguntaba con estupor.

Su impresión de la urbe era breve y tajante.

–Londres es –decía– como una de esas casas, meticulosamente ordenadas, ordenadas hasta la crispadura de nervios, en donde viven tres hermanas solteronas, un gato, un perro, un canario y un loro; y en donde el perro no regaña con el gato, ni el perro le ladra al loro, ni el gato se come al canario; pero en donde las tres hermanas se mascan la nuez mutuamente. Casas en las que al principio se siente uno bien, pero de las que acaba uno escapando.

Topográficamente, había desmembrado Londres en seis barrios: *Whitehall* (o barrio histórico), *Chelsea* (o barrio latino, juvenil y estudiantil), *Pall Mall* (o barrio elegante), la *City* (o barrio financiero), *Bloomsbury* (o barrio hospitalario de fondas y hoteles) y *Whitechapel* (o barrio pobre y delincuente).

Los más interesantes resultaban el primero y el último. Sobre todo, Whitechapel, con sus dulces recuerdos de «Jack, el destripador», el *asesino enigma*, el *Schopenhauer-activo,* a quien Flagg decía haber hecho un retrato a lápiz... (¡Qué tupé!) En Whitechapel seguían abundando las gentes presidiables: ladrones, asesinos y comerciantes.

A Zambombo le irritaba tanto encasillamiento, tanta cosa bien organizada. Hasta las diferentes profesiones se hallaban agrupadas y definidas dentro de la ciudad, y para cada cual existía su calle correspondiente:

---

* Fíjese el lector en que los puntos cardinales están puestos en inglés.

Spitafields, las sederías; *New Road,* los trabajos en cinc; *Paternoster Row,* los libros; *Fleet Street,* los periódicos; *Lombart Street,* los banqueros; *Upper Thames Street,* los mármoles y el hierro; *Clerkemwell* los relojes y los plateros. En *Soutwark* se vendían las patatas; en *Botolph Lane,* las naranjas; en *Mincing Lane,* los coloniales; en *Lower Thames Street,* el carbón; en *Coleman Street,* las lanas; en *Houndsditch,* las ropas viejas, las cuales tenían una sucursal en *Rag Fair;* en *Mark Lane,* el trigo; en *Pudding Lane,* las frutas frescas...

Era irresistible.

–Es una ciudad ideal para estudiantes de álgebra –gruñía Zambombo de vuelta de sus paseos.

Hasta las nacionalidades se habían separado, fabricándose una serie de Londres pequeñitos, dentro de Londres, y los judíos se refugiaban en Houndsditch, los irlandeses en Saint Giles, los alemanes en Holborn, los italianos en Gray's Lane, los franceses en Soho, los españoles en Mark Lane, y los griegos en Finsbury Circus*.

Aquellos paseos los remataba Zambombo metiéndose en la Abadía de Westminster, que le atraía con su celebridad mundial. Estaba tan llena de muertos ilustres y era tan entristecedor su aspecto, que Zambombo pensaba siempre:

–¡Qué gusto no ser un inglés glorioso! Porque si fuera un inglés glorioso me enterrarían aquí...

Pasaba grandes ratos en «el rincón de los poetas». El día que, a la sombra que proyectaban cuatro o cinco monumentos enormes –mármol y bronce– dedicados al recuerdo de personajes desconocidos, descubrió sobre un raquítico pedestal una figurita y debajo de ella el nombre de Shakespeare, quedó inmóvil, con la vista imantada por aquellas once letras universales:

S H A K E S P E A R E

Por fin, murmuró, encarándose con el mausoleo:

–Bueno, don Guillermo. Y ahora, ¿qué piensa usted del *ser o no ser?*

Pero Shakespeare no le contestó. Si hubiera podido hablar, habría dicho que deseaba que todos sus dramas se los tradujera Fernando de la Milla, pero a condición de que no se los interpretase Santacana.

---

* Véase, a propósito de esto, una nueva diferencia entre Inglaterra y España... En España, los aragoneses viven en Madrid; los catalanes, en Madrid; los valencianos, en Madrid; los vascos, en Madrid; los extremeños, en Madrid. Se da el caso de que en Madrid viven hasta los madrileños.

Zambombo seguía con la frente apoyada en el ventanal, mirando la lluvia.

Pasó por allí lady Brums.

–Esto que haces es incorrecto, Zamb. Vuelve inmediatamente a los salones.

–Tus invitados me revientan, Sylvia.

–Bien se ve que no eres un hombre de mundo.

–Confieso que no lo soy. A pesar de que he untado el aro del monóculo con *sindeticón* no consigo que se me tenga en el ojo.

–Vamos, vamos –silabeó ella con impaciencia–. Chester me ha preguntado dos veces por ti.

Y Zambombo tuvo que charlar con lord Chester, que era tartamudo y que vivía preocupado por Leibniz.

–¿Qué opina usted de la *mónada?* –le dijo aquella noche lord Chester tartamudeando más que nunca.

–¿De la *mónada?* –preguntó Zambombo, que no tenía idea de lo que podía ser la *mónada*–. Pues yo creo... Sin que esto sea querer sentar plaza de benévolo ¿eh? Yo creo que la *mónada* está muv bien. ¡Estupendamente bien!

–En mi opinión –manifestó el viejo lord, entre tartamudeos y gestos aprobatorios–. En mi opinión, la *mónada,* que, como usted sabe, no es más que una substancia simple que entra a formar las compuestas, es, en el fondo, lo mismo que átomo, aunque el filósofo de Leipzig lo negase y hasta criticara el atomismo de Descartes.

–¡Claro, claro! –replicó Zambombo, pensando en el frío que haría a aquellas horas en Varsovia.

–No es una teoría muy original...

–¡Qué va a ser! Eso se le ocurre a cualquiera.

–En cambio sí es original su otra teoría.

–Sí; la otra, sí.

–¿Cuál? –dijo el lord.

–La otra –respondió Zambombo para no comprometerse.

–¿La de la armonía prestablecida?

–Sí, naturalmente. La de la armonía restablecida.

–Prestablecida.

–Eso es. Prestablecida. Es que no he pronunciado la *pe.*

–Y también se mostró original al suponer que la relación del alma con el cuerpo sea un caso particular de las relaciones universales de las substancias, ¿verdad?

–¿Pero él suponía eso?...

–Sí, señor.

–¡Vaya un tío!

Y corrigió la expresión inmediatamente:

–Perdone usted. He querido decir: ¡qué talento!

. . . .

No era sólo lord Chester el que torturaba a Zamb hablándole de Leibniz. Había otros muchos caballeros que conocían el español y le amargaban la existencia con diálogos idiotas. Poseían unas curiosas ideas acerca de España, y desconcertaban a Zambombo a fuerza de preguntas inverosímiles:

–¿Es verdad –le decían de repente y sin previo aviso– que en su país los toreros tienen permiso para comulgar todas las tardes en la Giralda?

O también:

–Diga usted: ¿y por qué en Sevilla se les obliga a los extranjeros a que guarden un toro vivo en la habitación del hotel?

Al principio Zambombo rectificaba, explicaba, intentaba dar a sus interlocutores la verdadera sensación de la vida española, pero nadie le creía e incluso se organizaban discusiones inenarrables.

–Yo sé perfectamente –había dicho una tarde lord Mohg– que en Madrid, a la hora en que los toreros pasean sobre sus mulas enjaezadas, las mujeres les cantan seguidillas pidiéndoles que las rapten, y que la que lo consigue primero, recibe, en premio, de manos del Gobierno, una cabeza de toro, recién cortada a navajazos por el ministro de la Guerra.

–¡Eso es una sarta de imbecilidades! –gritó indignado Zambombo.

El lord retrocedió dos pasos:

–Caballero, nadie me ha llamado nunca imbécil impunemente ni en Irlanda, ni en los Dardanelos, ni en el Afghanistan.

–Pues yo se lo llamo en Londres.

Y menos mal que el lord se murió allí mismo de congestión a consecuencia del disgusto, que, si no, puede que hubiera habido que lamentar una desgracia.

. . . .

Poco a poco Zamb se acostumbró a oír desatinos sobre España; a los cuatro días ya no luchaba por sacar a sus contertulios del error; y a los once días se divertía añadiendo desatinos inéditos.

Le decían, por ejemplo:

–¿Qué hace el público con los toreros cuando no consiguen matar el toro del primer cañonazo?

Y él contestaba:

–Según. Hay que distinguir dos clases de toreros: los que tienen hijos y los que no los tienen.

–¡Aah! ¿Y entonces?

–Cuando el torero que ha quedado mal es de los que no tienen hijos, el público se lanza al ruedo y le afeita la cabeza.

–¡Terrible escena! ¿Y si el torero tiene hijos?

–Si el torero tiene hijos, entonces el público lo ahorca.

–¡Aoh! ¡Muy interesante! –decía un oyente.

–¡España, raza de héroes y de sacerdotes! –comentaba otro.

–¿Y para qué lo ahorcan? –preguntaba un tercero.

–Para que los hijos del torero, al acordarse de la vergonzosa muerte del padre, no se dediquen a la tauromaquia.

–¡Qué sanidad de costumbres!

Estos camelos de Zambombo le dieron un gran realce a los ojos de los británicos ilustres que frecuentaban los salones de Sylvia.

(Lady Brums no le había dicho a nadie, naturalmente, la clase de relación que la unía con Zambombo; todo el mundo lo sabía y el que no lo sabía se lo imaginaba, pero se «guardaban las apariencias» y esta hipocresía, que alguien cree privativa de España, era la salsa verde de cuantos guisotes amatorios sociales se cocinaban en Inglaterra.)

Y muy poco tiempo después, los *místers,* los *lores,* los *sires* y los *pares* adoraban a Zambombo, le suplicaban continuamente detalles de Madrid, de Granada y de Sevilla y abandonaban el palacio de Park Lane, comentando entre sí:

–¡Es un gran señor!

–¡Un verdadero caballero español!

–A mí no me extrañaría nada que, aunque él lo oculta por modestia, fuese nieto, de José María, «el Tempranillo» o de Jaime «el Barbudo»...

Y empezaron a disputarse su amistad de un modo frenético y rabioso, cuando el *coroner* Petck dejó volar esta especie:

–Creo que *míster* Zambombo ha venido a Londres desterrado por asesinar a la duquesa de Tarragona.

Cuando Zamb condescendía a darles noticias de España, toda la concurrencia se agrupaba a su alrededor y los que entendían el castellano iban traduciendo sus frases a los que sólo entendían el inglés. Sin embargo, se dio el caso singular de que el profesor Eduardo Mc. Tylvild, que era de los que no conocían el español, lo aprendió en una sola noche, para poder oír a Zambombo en su idioma nativo.

Desgraciadamente sólo pudo oírle una vez, porque falleció de meningitis a consecuencia de aquel notable esfuerzo cerebral sin precedentes en la Escuela Berlitz.

LA DISCRECIÓN DEL HONORABLE STAPPLETON

Acaso quien más admiraba a Zambombo, en su aspecto de español novelesco, goyesco y bandoleresco, fuese el honorable Rudyard

Stappleton, miembro de la Alta Cámara descendiente directo de los «Vikings» de Escocia e hiperclorhídrico recalcitrante.

Stappleton, que tenía la estatura aproximada de la torre Eiffel* y un cerebro tan divinamente organizado como la descarga de buques en Singapoor, cuando hablaba de España, se olvidaba en absoluto el talento y hasta el sentido común. No contento con acaparar a Zambombo todo el tiempo posible durante sus visitas nocturnas a Park Lane, iba a verle a horas extraordinarias, le acompañaba en sus paseos por Londres y se lo llevaba –para lucirlo entre sus amigos– al «Thermos Club», de donde era socio.

–¿Por qué se llama esto «Thermos Club»? –había preguntado Zamb el primer día.

–Porque el edificio está construido en un cemento que conserva admirablemente las temperaturas. Y así, dentro de él, en el verano se siente el fresco que hizo en invierno, y en invierno, el calorcito que hizo durante los meses de verano.

Eran la comodidad y el refinamiento ingleses apareciendo por todas partes...

El honorable Rudyard Stappleton pensaba visitar España en la primavera próxima y se instruía convenientemente.

–¿Cree usted que debo llevar un trabuco o dos?

–Será mejor que lleve usted una ametralladora –aconsejaba Zamb.

–¿Los bandidos en España atracan a los viajeros únicamente en el campo o también en las ciudades?

–También en las ciudades, también.

–¡Ah!

–Sólo que en las ciudades no les está permitido robar más que desde las seis de la tarde hasta el amanecer del día siguiente.

–Muy curioso. ¿Y qué hacen con el producto de sus robos?

Zambombo se entretenía en darle una explicación detallada.

–El veinte por ciento se lo guardan para ellos. Otro veinte por ciento lo entregan a la Liga Antituberculosa. Un diez por ciento lo destinan a la restauración de obras de arte y a las Escuelas Graduadas de Bandoleros y Toreros, que no faltan en ninguna población mayor de 55.000 habitantes. En cuanto al cincuenta por ciento que resta, lo invierten en comprar claveles reventones para sus amadas.

–¡Siempre el país romancesco y galante! ¡Ah, España! –gemía el honorable Stappleton con los ojos en blanco.

Y añadía extrañado:

–Dígame... Y ¿no hay algún bandolero que haga trampa y se guarde más de lo que tiene asignado?

---

* Esta torre, en la que pocos viajeros han reparado, se halla en París.

Zamb se ofendía:

–¡Qué ocurrencia! Todos los bandidos de España son personas decentísimas.

–Sí, sí; eso he oído yo decir siempre... –susurraba Stappleton, avergonzado de su mal pensamiento.

. . . .

Una tarde Stappleton y Zamb pasearon por un parque umbrío cercano a Bircage Walk, para acabar frente al Palacio Real, desembocar luego en Piccadilly y entrar en Hyde Park: un itinerario forestalísimo.

Sin que supieran de qué manera, como salen las erupciones de la piel, salió la conversación de Sylvia.

–Lady Brums –dijo Stappleton– es lo que yo llamo «una mujer confortable».

–¿Y a qué llama usted «una mujer confortable», Rudyard?

–A esas mujeres que cuando ven a un hombre se apresuran a tenderlo en su lecho.

Zambombo dio un respingo y tuvo que fingir un golpe de tos para no denunciar el efecto despachurrante que le habían producido aquellas palabras. Después miró a Stappleton. ¿Conocería este hombre sus relaciones con Sylvia y hablaba así para provocarle? Pero se convenció al punto de que la ingenua bondad del honorable Rudyard no había sospechado lo existente entre lady Brums y él, y que, precisamente por ello, manifestaba en voz alta su opinión.

Entonces, con esa predilección que tienen los enamorados por saber con detalles las cosas que más han de hacerles sufrir y que se asemeja a las ganas que tienen siempre de tocar el violín los violinistas malos, Zambombo decidió tirar de la lengua a Stappleton.

–¿Tal vez lady Brums ha tenido amantes en Londres?

–En el único sitio donde Sylvia no ha tenido amantes es en el interior del Vesubio –replicó Rudyard, dando a la conversación un aire plutónico.

–Entonces ¿todos los amigos que ahora van a sus reuniones han sido...?

–Todos, sin dejar uno.

–¿Y usted?

Pero el honorable Rudyard Stappleton, en lugar de responder ufanándose de una debilidad femenina, exclamó:

–Amigo mío: son las cinco. No prescindamos de tomar el té. Ahí cerca, a la entrada de Oxford Street, hay una pastelería. Vamos; tengo un hambre terrible.

El convencimiento de que aquellos *místers, sires, lores* y *pares* que llenaban los salones de Park Lane habían saboreado también los labios de Sylvia, consternaba y humillaba a Zambombo y le hacía odiarlos a todos, uno por uno. Y torturaba, cada vez más, su corazón. Comenzó a huir del contacto con ellos...

Y he aquí por qué en esta noche de fiesta Zamb, aislado y triste, apoyaba su frente en el ventanal, viendo caer la lluvia.

Es decir: el agua.

Es decir: H_2O.

EPISTOLOGRAFÍA Y
DOLOR DE ESTÓMAGO

Escapó unos momentos de las manos de lord Chester y de sus hipnóticas ideas acerca de la *mónada* de Leibniz, y se refugió en el despacho, en cuyas paredes Rommey y Reynolds demostraban una vez más al mundo que habían pintado como nadie y que en su tiempo habían existido inglesas bellísimas.

Zamb fue de un lado a otro, nervioso y sin objeto. Por fin se sentó ante una mesa enorme, perdido entre las prolijas tallas de la madera y escribió en una hojita de papel:

> *Sylvi: no puedo resistir más. Noto que cada vez tu alejamiento es mayor y cada día me entero de que existen nuevos hombres sobre la tierra que te han tenido en los brazos. Me voy. Que seas feliz. Adiós.–Zamb.*

Releyó la carta, dudó, la rompió y se tragó los pedazos como había hecho con el telegrama de Flagg en Rotterdam.

Y cogió otra hojita de papel y garrapateó:

> *Esta situación es insostenible. No valgo para ser sólo un capricho en la vida de una caprichosa eterna. Ahí te quedas.*
>
> *Z.*

Pero como tampoco le gustó, la rompió de igual suerte y se la comió también. Succionó la pluma un rato; luego, escribió de nuevo:

> *¡No me tortures más! ¡Sé buena conmigo! ¡Te quiero tanto!... Sylvia... ¿no has de volver a hacer dichoso a tu*
>
> *Zamb?*

Todavía no había acabado de firmar, cuando redujo el papel a una bolita, y se tragó la bolita con un gesto de mal humor.

. . . .

Al amanecer, Zambombo había logrado dos cosas: un fortísimo dolor de estómago, producido por la deglución de setenta y ocho cartas diferentes y una última carta que decía así:

Después de todas las humillaciones sufridas y después de las nuevas cosas terribles que he sabido de tu pasado en Londres, si no vuelves a mí, tierna, fiel y enamorada, como yo te deseo, me mataré.

Y salió del despacho.

La fiesta había concluido hacía horas y el palacio callaba en un total recogimiento.

Cruzó pasillos, salones y galerías y se detuvo ante el dormitorio de Sylvia. Echó la carta por debajo de la puerta y se fue a acostar, igual que otro hombre cualquiera que tuviese sueño.

A mediodía, le despertó un criado que se llamaba Oliverio (como Cromwell) y que tenía cara de asesino (como Cromwell, también).

–¡Señor!... Esta carta para el señor.

Era la respuesta de Sylvia; sólo contenía cuatro palabras:

Pues bien: mátate.

Sylvia.

–¡Mátate tú! –gruñó Zambombo después de leer.

–¿Cómo dice el señor? –indagó el criado, que estaba de pie al borde del lecho.

–Que me afeites. Voy a levantarme.

THE SPANISH BULL

Cuando estuvo afeitado, bañado, perfumado, vestido y planchado, calzado y charolado, pensó en ir a pedir consejo al honorable Stappleton.

Se dirigió a Ludgate Hill, cerca de la iglesia de San Pablo, donde se enclavaba el edificio del «Thermos-Club».

Stappleton no estaba en el «Thermos-Club».

Fue entonces hacia Bond Street, el domicilio particular de Stappleton.

Stappleton no estaba en su domicilio particular.

Una doncellita morena, de acento mitad irlandés mitad circunflejo, advirtió a Zambombo:

–El señor ha ido al Jardín Zoológico. Va todos los días. Como las cosas de España le apasionan...

Zamb, que no vio muy clara la relación entre las cosas de España y el Jardín Zoológico, se quedó pensativo:

–Stappleton, en el Jardín Zoológico –susurró–. ¿Y a qué va allí Stappleton todos los días?

–Va a ver al toro.

Zambombo atravesó el Regent Park y entró en el Zoológico. Efectivamente, al otro lado del riachuelo, el honorable Stappleton soñaba con la lejana España, delante de un jaulón en el que bostezaba un toro con aspecto de buey, soportando resignadamente la siguiente inscripción:

THE SAVAGE SPANISH BULL
(EL TORO SALVAJE DE ESPAÑA)

–¿Cree usted –le preguntó Rudyard señalando a la aburrida bestia con el bastón– que es un verdadero toro?

–Por lo menos, tiene dos cuernos terminados en punta –replicó Zamb.

Y tomando al honorable Stappleton por un brazo, le instigó a pasear por el jardín mientras le ponía en antecedentes de todo lo que había habido –y había– entre Sylvia y él.

Stappleton no se extrañó de nada lo más mínimo. Sólo al final hizo una observación.

–Para que usted –le dijo a Zambombo– me cuente tanta cosa importante, tiene que haber una razón poderosa. ¿Qué desea de mí?

–Necesito su experiencia y su consejo, Rudyard. El desvío de Sylvia es indudable; mi amor hacia ella cada vez mayor. ¿Qué hacer?

–Tiene usted dos caminos: lograr que Sylvia la ame de nuevo o dejar de amar a Sylvia.

–Sí, claro; en eso ya estoy hace tiempo...

–Para que Sylvia le ame a usted, debe usted hacer una cosa: enamorarla.

–¡Ah, naturalmente!

–Y para dejar de amarla, tiene usted un buen sistema: aborrecerla.

–Sí, sí... Ya había caído en ello.

–Parece que no se ha quedado usted muy satisfecho de mis soluciones. ¿Es que no las encuentra lógicas?

–¿Cómo? ¡Logiquísimas!

Y comprendiendo que Stappleton no le daría jamás una solución practicable, comenzó a hablar de otras cosas.

Así llegaron de nuevo ante la jaula del toro triste.

–¿No sigue usted?

–No. Perdone, querido amigo. Me quedo a continuar contemplando a este noble animal –dijo Stappleton.

–Adiós, Rudyard –concluyó Zambombo.

Y se fue.

Stappleton quedaba allí mirando de hito en hito al toro, como si quisiera sugestionarle para hacer ejercicios de transmisión del pensamiento.

PREPARATIVOS DE COMBATE

Con el paso de los días el problema de Zamb no hizo sino agravarse.

Ahora había descubierto un idilio naciente entre Sylvia y uno de los habituales a las reuniones: Reginaldo Ponney, un joven presuntuoso, que cuando andaba parecía una mujer, cuando se hallaba sentado parecía un *daddy-doll* y cuando estaba de pie parecía un alcornoque.

–¿Qué hago? ¡Mato a este imbécil atizándole en la cabeza con un hacha de abordaje? –se decía Zambombo en sus soliloquios.

Y luego añadía:

—¿Para qué? Yo iría a dar con mis huesos a la Prisión Central, y Sylvia, al día siguiente, comenzaría con otro... Para evitar que Sylvia tenga amantes utilizando el procedimiento de asesinar a sus elegidos, sería preciso organizar una segunda «noche de San Bartolomé», otra «batalla de los Campos Cataláunicos» o un nuevo «terremoto de la Martinica».

Y callaba, una vez más, apretando los labios y crispando los puños, mientras el corazón sufría y sufría, se desgarraba y se retorcía de dolor bajo la pechera impasible del *smoking*.

Tampoco se le ocurría una extravagancia inédita con que atraer a lady Brums.

Años atrás, Reginaldo Ponney había sido amante de Sylvia. Aquel amor no era, pues, un libro nuevo: era «una segunda edición».

Zambombo pensó un día:

–Bueno... ¿y si ahora le da a esta mujer por tirar «segundas ediciones» de todos sus «libros antiguos»?...

La idea le produjo frío en la espalda. Y se estrujó la imaginación para hallar la extravagancia que le devolvería a Sylvia. La halló al fin.

–Fingiré un suicidio. El terreno está abonado con la carta que la eché por debajo de la puerta y, a poco que cuide la «mîse en scéne», Sylvia lo creerá.

Y se dedicó a preparar la «mîse en scéne»: limpió y descargó convenientemente su pistola, mandó llenar una ampollita de sangre de conejo y dio instrucciones –y tres libras– al criado que se llamaba Oliverio y que tanto se parecía a Cromwell.

Su plan era sencillo: entrar a una hora determinada en las habitaciones de Sylvia, hacerle una escena terrible, aguardar el momento en que ella se encontrase de espaldas y, entonces, gritar: *«¡me mataré y mi sangre caerá sobre tu cabeza!»* Y fingir el disparo y hacer que la sangre de conejo cayese sobre su sien.

El papel del criado se reducía a esperar detrás de la puerta a que Zamb gritase *¡«me mataré»!* y disparar una escopeta, cargada con pólvora sola, para producir la detonación que la pistola descargada de Zambombo no podía producir.

Zamb fijó la hora del acontecimiento. Las tres de la tarde. A las tres menos un minuto tocó un timbre para prevenir al criado.

En seguida salió hacia las habitaciones de Sylvia, con el alma emocionada...

–Como Nelson la víspera de Trafalgar –se dijo él para sus adentros.

EMPIEZAN LOS TIROS

–Adelante... –exclamó Sylvia.

Zamb entró, el ceño torvo y la mano en el bolsillo de la pistola.

Transcurrieron tres minutos sin palabras.

SYLVIA.–¿Qué querías?

Dos minutos más de silencio.

–¿Qué pasa? ¿Qué quieres? ¿Por qué no hablas?

Zamb la miró fijamente. Recorrió con su mirada el pijama en crespón de china negro, brochado en oro y *lamè* que vestía Sylvia; luego cruzó la estancia y se apoyó en la chimenea.

–La vida –dijo– es un espectáculo estúpido. Un espectáculo que está, además, organizado para una sola representación. Los que hemos vivido mucho, acabamos por sentir el aburrimiento de quien asiste a una misma farsa repetida...

Calló, porque todo aquello lo había leído la noche anterior en un libro de pensamientos célebres y ya no se acordaba de más.

Siguió por su propia cuenta en un estilo visiblemente inferior:

–Por mi parte, ya estoy harto de farsas. He decidido encararme de una vez con la Verdad...

Sylvia le interrumpió ahora para decir:

–Desde que el Mundo existe, miles de pensadores se esfuerzan por averiguar qué es la Verdad y no tengo noticias de que lo hayan logrado todavía.

–Yo sé qué es la Verdad. La Verdad es la Muerte.

–¡Qué cosa tan cursi! –falló lady Brums.

–Y como sé que la Verdad es la muerte –siguió él, imperturbable–

voy a buscarla. Tu amor acaso me habría hecho dudar... Pero poseo datos suficientes para no creer en tu amor y voy a matarme.

Sylvia había comenzado a examinar una revista de modas.

–Voy a matarme –agregó Zamb ganando el centro de la habitación y alzando la voz para que Sylvia fijara en él su atención–. ¡Voy a matarme!

Pero Sylvia continuó su examen de la revista.

Zamb determinó entonces dar el golpe final y pronunció la frase que había de producir, detrás de la puerta, la detonación:

¡Me mataré y mi sangre caerá sobre tu cabeza!

Se aplicó la pistola descargada a la sien.

Sonó un tiro. Y Zambombo cayó con la cabeza perforada de un balazo.

Al caer, pensó con angustia:

–¡Arrea! ¡Pero si resulta que la pistola estaba cargada!...

Y ya no pudo pensar nada más.

Dos segundos después, en el pasillo retumbó otro tiro.

Era el criado, que disparaba la escopeta de caza, según lo convenido con Zamb.

–Me he ganado tres libras –dijo el fiel servidor satisfecho–. Extenderé un recibo...

Y se marchó con la escopeta al hombro.

TODA CONVALECENCIA ES DULCE

Un mes más tarde Zambombo convalecía rodeado por once vendajes, seis almohadones y dos brazos de mujer: los brazos de lady Brums.

Los vendajes le oprimían las sienes; los almohadones le permitían hundir en ellos la cabeza, y los brazos de mujer le acariciaban, mientras una voz dulce le gemía al oído:

–Pobrecito... Pobrecito... *Mon gosse!* Te quiero...

Y el *gosse* se bañaba en felicidad.

–¡Pobrecito mío, que ha estado a punto de morirse por mí!...

Y Zamb ponía una cara de mártir que habría asqueado a cualquiera que estuviese en el secreto de lo ocurrido, y se libraba mucho de decir –¡claro!– que aquello del suicidio había sido una farsa y que, en realidad, le había herido la Casualidad*.

En el jardín de invierno de Park Lane, Zamb convalecía...

El perfume violento de las rosas encarnadas sumergía al joven en frecuentes éxtasis.

Aquellas rosas encarnadas parecían los labios de lady Sylvia.

---

* «La Casualidad es la décima musa».—*Novejarque.*

Por eso, Zambombo, cuando quería hacerse la ilusión de que besaba los labios de Sylvia, besaba una rosa encarnada.

Y le parecía estar besando rosas encarnadas cuando besaba los labios de Sylvia.

(¡Qué lío me he armado con los labios y con las rosas!)

LA OPINIÓN DE RUDYARD

El honorable Stappleton pasaba largas horas haciendo compañía a Zamb.

También iban a verle, y a murmurar de todo Londres secundadas por Sylvia, mistress Oile, Adriana Somerset y la princesa Evelia de Torrigton. La primera y la última eran dos viejas aristocráticas y repugnantes. Eran tan repugnantes, tan viejas y tan aristocráticas como las damas que suelen merendar a diario en el «*Rumpelmeyer*» de París.

Sólo verlas le producían mareos a Zambombo, y los días en que aquellas damas acudían a Park Lane, al joven le subía la fiebre.

En cambio, Adriana Somerset era hermosísima. Tan extraordinariamente hermosa, tan imponentemente hermosa, que, a sus treinta años, permanecía soltera, porque ningún hombre se había atrevido a hacerla el amor.

Adriana estaba formada con una justeza y una armonía de líneas inconcebibles y vestía siempre unos trajes vaporosos, transparentes

–A esta mujer –pensaba Zambombo– se la ve siempre como a los clichés fotográficos: al trasluz.

Una tarde en que ambos se hallaban solos, el honorable Stappleton le dijo a Zamb.

–Veo que Sylvia le adora a usted nuevamente...

–Sí; gracias a mi suicido frustrado. Fue una buena idea la de suicidarme, ¿verdad? –preguntó Zambombo, que tenía interés en pasar a los ojos de todo el mundo por un verdadero suicida.

Rudyard torció el gesto.

–¿Es que no le parece bien? –insistió el convaleciente.

–Sí, sí; pero en fin, amigo Zamb... Le voy a decir a usted la verdad...

Zamb se incorporó alarmado:

–¿Cómo?...

–Pues la verdad es que me ha decepcionado usted. Dispararse un tiro en la cabeza no es un suicidio apropiado para un caballero de España.

–¿Qué debí hacer entonces?

Rudyard contestó con aire grave y gesto enérgico:

–Debió usted clavarse una banderilla en el corazón.

Y otro mes más tarde, Sylvia y Zamb embarcaban, en plena luna de miel, con rumbo al Perú.

Volvían a necesitar un escenario nuevo para un nuevo amor.

El buque que les llevaba era el *Gillette,* de matrícula de Glasgow (22.000 toneladas y dos hélices).

Y el puerto de salida fue Liverpool

No se olviden los lectores de este detalle. Tiene muchísima importancia aunque no lo parezca*.

---

* Conviene hacer constar que en la primera y segunda edición de esta novela el capítulo presente acababa exactamente igual a como acaba ahora en la tercera edición.

CAPÍTULO QUINTO

EN LAS ISLAS DESIERTAS SE AMA IGUAL QUE EN MADRID, QUE EN PARÍS, QUE EN ROTTERDAM Y QUE EN LONDRES

A BORDO DEL «GILLETTE»

A bordo del *Gillette,* a los siete días de navegación, todos los pasajeros que no habían entablado aún conversación con Zambombo le conocían por el remoquete de *lady's friend.*

Y a la propia lady Brums la conocían con el nombre de la *mujer-sirena.*

Porque los pasajeros de los trasatlánticos suelen ser bastante idiotas.

. . . .

Por deseo de Sylvia, los amantes ocupaban un camarote de dos plazas situado en la cubierta de salones.

–Quiero –había explicado ella– que no estemos separados uno de otro en ningún momento.

–¡Amor mío!

–¡Mi alma!

–¡Nena!

–Mon gosse!

Era un idilio de tal melosidad que sólo podía conducir a la jalea.

Nada más entrar en el camarote, Zamb se detuvo sorprendido a leer un cartel clavado detrás de la puerta. El cartel decía:

Se advierte a los señores pasajeros que ocupen este camarote, que, en caso de naufragio, la lancha en donde les corresponde tomar sitio para salvarse es la señalada con el número 7.

A Zambombo se le puso la carne de gallina, pero de gallina «prat leonada».

–¡Caramba! –gruñó–. ¡Es para darle ánimos a uno!

Y en seguida se dijo que los trasatlánticos naufragaban muy rara vez y que, en realidad, aquello sólo era una precaución de la Compañía.

Y sintió, de pronto, un imperioso deseo de ver de cerca la simpática lancha número 7 que, en caso de apuro, les ofrecía sus bancos para evitar que se pasaran por agua, como dos vulgares huevos.

Por fin la encontró.

Era exactamente igual que sus compañeras. Pero a Zambombo le pareció la más bonita de todas: sin duda porque ya la consideraba como suya.

(Con las mujeres ocurre lo contrario que con las lanchas de salvamento: nos gustan más las de los otros que las que consideramos como nuestras). (¡Hola!)

. . . .

No voy, naturalmente, a entretenerme en contar lo que sucedió a bordo del *Gillette* durante los quince días que tardó en trasladarse de Liverpool al océano Pacífico por el canal de Panamá: en todos los trasatlánticos ocurre siempre lo mismo y los pasajeros se entregan siempre a idénticas ocupaciones. Se bañan, juegan, almuerzan, comen, desayunan, meriendan, critican, consultan la singladura para enterarse de lo que lleva recorrido el buque, flirtean, bostezan y le dan la lata al capitán.

No hablaré de nada de esto, no. Y del paso del *Gillette* por el canal de Panamá, yendo de esclusa en esclusa, escluso decir que tampoco hablaré*.

¡¡LAS MUJERES PRIMERO!!

Navegaban por el Pacífico rodeados de niebla desde hacía seis horas, sin ver absolutamente nada y con la sirena mugiendo y mugiendo incansable para evitar colisiones con otros barcos.

Detrás del espeso telón de boca de la niebla, navegaba en dirección contraria un buque español:

* Despreciable juego de palabras (el de las *esclusas* y *escluso)* que he incluido para que algunos compañeros tengan ocasión de decir que la novela es una facha.

«LA PELOTA DE GOMA»

PAQUEBOTE

También la sirena de *La pelota de goma* mugía y mugía sin cesar. (Lo cual, después de todo, es el oficio de las sirenas.)

Y mientras, los dos buques avanzaban furiosamente en la niebla, uno contra otro...

Y a bordo de ellos.

. . . .

En el entrepuente del *Gillette,* el capitán y su segundo discutían:

S.–*Me parece, capitán, que hacia estribor suena una sirena.*

C.–*Yo no oigo nada. A ver...* (Unos segundos de pausa). *No. No se oye nada.*

S.–*Insisto en que se oye una sirena, capitán.*

C.–*Le repito que está usted equivocado.*

En el entrepuente de *La Pelota de Goma,* el capitán y su segundo discutían:

S.–*Me parece, capitán, que hacia estribor suena una sirena.*

C.–*Yo no oigo nada. A ver...* (Unos segundos de pausa). *No. No se oye nada.*

S.–*Insisto en que se oye una sirena, capitán.*

C.–*Le repito que está usted equivocado.*

Y en el instante mismo en que concluían ambos diálogos, el *Gillette* y *La pelota de goma* se embistieron brutalmente de costado y fueron a pique en ocho minutos y tres décimas.

Antes de hundirse, el *Gillette* se levantó de popa.

Antes de hundirse, *La pelota de goma* se levantó de proa.

¡Las tragedias del mar!

. . . .

En el *Gillette* se produjo una confusión sólo comparable a la que se produce en las verbenas cuando empieza a llover de improviso.

Sonaron gritos y alaridos de auxilio y terror. Se oyeron voces que clamaban:

–¡¡Las mujeres, primero!! ¡¡Las mujeres, primero!!

Y ocurrió como se decía: las que primero se ahogaron fueron las mujeres.

Luego se ahogaron los hombres y los imitadores de estrellas de «varietés».

El capitán, después de decirle al segundo de a bordo: *«tenía usted razón; sonaba una sirena»,* contempló durante unos instantes cómo se hundía el barco y declaró:

–Ha llegado el momento de suicidarse. Es mi deber.

Se aplicó a la cabeza un revólver y le falló el tiro. Volvió a oprimir el gatillo, y volvió a fallar. Insistió seis veces aún con idéntico resultado. Algunos pasajeros retardaron el momento de ponerse a salvo para ver si el capitán se salía con la suya. Entre estos pasajeros se hallaban Zamb y Sylvia.

–Le apuesto seis chelines a que no logra suicidarse –le dijo a Zamb un caballero de Edimburgo con aire de comerciante.

–Van –contestó Zambombo.

Pero al capitán le falló el revólver otras dos veces. Entonces un armero de Manchester se adelantó hacia él dándole una pistola que llevaba en la mano, le propuso:

–Pruebe con ésta, capitán. Está cargada con balas explosivas y verá usted cómo le hace cisco.

–Gracias. No puedo y lo siento. Pero el reglamento exige que nos matemos con nuestro propio revólver.

–¡Vaya por Dios!

Al cabo de cinco nuevas intentonas de suicidio los pasajeros habían ido desfilando cansados y sólo quedaban a la expectativa Zamb, Sylvia y el caballero de Edimburgo.

Los tres tenían ya perdidas las esperanzas de que el capitán consiguiese su objeto. Pero nunca se debe abandonar la última esperanza, porque Dios jamás olvida por completo a sus criaturas... Bien quedó demostrado esto último en aquella ocasión: de pronto, una de las chimeneas del *Gillette* se derrumbó con estrépito y aplastó de una manera indudable al capitán.

Hubo un suspiro de alivio en todos los pechos. Y el caballero de Edimburgo exclamó:

–Ha muerto como un héroe.

Luego se volvió a Zambombo para decirle:

–He perdido. Aquí tiene usted sus seis chelines, caballero. Les deseo un salvamento feliz. Beso los pies a *milady*. Adiós.

Y se tiró al mar de cabeza.

Detrás de él se tiraron Sylvia y Zamb. Ambos nadaban bien y, mientras avanzaban lentamente sobre las olas, seguían con la que era ahora su conversación favorita:

–¡Amor mío!

–¡Mi alma!

–¡Nena!

–*Mon gosse!*

Ni siquiera se habían acordado de la lancha número 7.

NÁUFRAGOS

No sería yo un verdadero novelista si no hiciera que mis náufragos encontrasen tierra al amanecer del día siguiente. Además, resultaría una crueldad tener más tiempo en remojo a una mujer tan elegante y delicada como lady Brums. De manera que...

Al día siguiente, así amaneció, una playa baja y limitada por un cinturón de árboles tropicales se extendió a la vista de Sylvia y Zamb. Dos horas más tarde pisaban tierra.

–¡Qué bonito! –suspiró Sylvia contemplando el paisaje.

–Sí. Es divino –apoyó Zamb.

Y permanecieron cincuenta y cinco minutos abrazados y mirando el paisaje. Realmente, el paisaje era bonito: a la derecha se desperezaba el mar, con su color de ojos de mujer; a la izquierda, un bosque cerrado y profundo exhibía las mil cabelleras de sus árboles, que el viento –sabio ondulador permanente– rizaba y peinaba sin descanso; un promontorio de rocas, en las que el sol ponía falsas incrustaciones de oro, se alzaba hacia el sur... Arriba, el cielo. Y el suelo, abajo: como siempre.

Zambombo manifestó estrechando dulcemente a Sylvia:

–Ahora que nos amamos más que nunca, ahora que hemos logrado capturar al pájaro fugitivo de la dicha, ¿qué mejor cosa podíamos desear tú y yo que naufragar, lejos del mundo civilizado, en una isla desierta?

–Es verdad... –murmuró Sylvia–. Pero, ¿y si no estamos en una isla desierta?

–Sí estamos, sí.... Mira ese cartel.

Sylvia se volvió. Clavada en el suelo había una estaca; y la estaca sostenía este cartel:

ISLA DESIERTA
(Colonia de Inglaterra)

SITUADA EN EL OCÉANO PACÍFICO ENTRE LOS 11 GRADOS DE LATITUD Y LOS 89 GRADOS DE LONGITUD. PRODUCTOS DE LA ISLA: COCOS, DÁTILES, PLÁTANOS Y ANTROPÓFAGOS.

PROHIBIDO ESCUPIR

Lady Brums sonrió con una sonrisa encantadora.

–Entonces –dijo– ¿somos unos verdaderos náufragos?

–¡Unos náufragos de cuerpo entero! –respondió alborozado Zambombo.

Y decidieron obrar como dos verdaderos náufragos.

CÁLCULOS Y PREPARATIVOS DE INSTALACIÓN

Ante todo era preciso orientarse, porque el cartel no aparecía muy claro en aquel punto.

–Nos orientaremos por nuestra propias fuerzas –declaró el joven.

Y se tumbó en la playa a observar el cielo, provisto de un lápiz y de un librito de apuntes. El primer problema consistía en calcular la altura de las estrellas, y luego de mirarlas un rato fijamente, escribió en el cuaderno la cifra aproximada.

Sylvia asistía con atención a aquellas operaciones.

Después, sacando el reloj, Zambombo observó el tiempo que invertía la luna en salir de un grupo de nubes*. Vio que tardaba dos minutos y medio, y apuntó la cifra. A continuación observó también la velocidad del viento. Para ello, por medio de dos rayas, señaló en el suelo su estatura, que era de un metro y setenta y cinco. Colocó en una de las rayas un papelito y midió, reloj en mano, lo que el viento tardaba en llevar el papel a la otra rayita. Tardó cuatro segundos. Y Zamb razonó por medio de la regla de tres:

1'75 mts. los recorre en.. 4 segundos
1.000 mts. (o sea un kilómetro) los recorrerá en.. X

De donde X era igual a 1.000 multiplicado por 4 y partido por 1'75.

Hizo las operaciones, contando por los dedos, y comprobó que el viento corría que se las pelaba.

Entonces resumió todos los cálculos y resultó:

Altura de las estrellas: muchísima.

Velocidad de las nubes: tres centímetros de luna por minuto.

Velocidad del viento: enorme.

Color del cielo: azul.

Ya no faltaba más que multiplicar la velocidad de las nubes por la del viento y restarle la altura de las estrellas, dividiendo el total por el color del cielo.

* En las costas del Pacífico la luna no se oculta de día, como ocurre en el resto del planeta, sino que permanece visible en el cielo para facilitar los trabajos de orientacion a los náufragos, tan abundantes en aquellas regiones.

Cuando Zamb hubo hecho esto quedó averiguado que él y Sylvia se hallaban en una isla desierta, en el Pacífico, y que era de día*.

Entonces Zamb decidió hacer fuego, porque un náufrago que tiene fuego ha dejado ya de ser náufrago, según la acertada frase de Perkins**.

–¿Cómo vas a arreglártelas? –indagó Sylvia, que cada vez le admiraba con mayor entusiasmo.

–Verás...–dijo Zamb.

Cogió dos trozos de madera y los frotó uno contra otro. Seis horas después, todavía frotaba. Sylvia se había dormido y el joven frotaba sin cesar con un tesón y una rabia desesperados. Por fin, a las seis horas y media, una pequeña llamita brotó de los trozos de madera, pero como Zambombo estaba ya sudando a chorros el sudor de su frente, cayendo sobre la llamita, la apagó.

–¡Mecachis! –gritó el náufrago.

Sylvia se despertó:

–¿Qué? ¿No puedes hacer fuego?

–Podré, porque traigo cerillas, pero si no las hubiera traído, no sé cómo nos las habríamos arreglado...

Y sacó una caja de cerillas inglesas, una de esas grandes cajas de cerillas inglesas en cuyas tapas se lee:

B I R D ' S E Y E W A X V E S T A S
have Safety Heads with

strike anywhere tips

STRIKE THE TIP GENTLY
MADE ONLY BY BRYANT & LTD

LONDON. LIVERPOOL & GLASGOW.

y que tienen menos cerillas que letras.

Entonces los náufragos consiguieron encender una hoguera admirable.

–Ahora –determinó Zambombo– tenemos que construir nuestra cabaña.

–¡Sí, sí! –palmoteó Sylvia–. Una cabaña... y tu amor... ¡Ah! ¡Qué dichosa soy!

Zamb se dirigió a la entrada del bosque y transportó a la playa unos cuantos árboles que yacían en el suelo derribados, tal vez, por

---

* Obsérvese cómo un hombre decidido y audaz lleva en su mismo organismo los recursos necesarios para vencer los obstáculos que pueda oponerle una naturaleza salvaje.

** Pero ¿quién será Perkins, Dios mío?

alguna tormenta. Calculó la resistencia de los árboles midiendo su diámetro y su longitud y escribió en su cuadernito:

$$A+B = (A+B) - (A+B) \times (A+B) + (A+B).$$

Elevó al cuadrado el primer término, y con gran sorpresa suya, que no creía saber tantas matemáticas, obtuvo:

$$(A+B)^2 = (A+B) - (A+B) \times (A+B) + (A+B)$$

Y sustituyendo esto por las cifras averiguadas, logró:

$$73^2 = (10+10).$$

La resistencia de los troncos del árbol era de 730 kilogramos.

Puso los troncos apoyados entre sí, formando dos vertientes, en número de quince. De manera que cuando Zamb y Sylvia se metieron debajo, los kilos de árbol que se les cayeron encima, al desplomarse la cabaña, fueron:

$$730 \times 15,$$

o sea: 10.950.

Ambos se desmayaron a consecuencia del traumatismo. Al volver en sí, era de noche*.

LOS «PISCIS RODOLPHUS VALENTINUS»

Veinte días después, Sylvia había adelgazado dieciocho libras y Zambombo, diecinueve.

Tal es el efecto que en las personas bien constituidas produce la reiterada consumición de *menús* vegetarianos. Porque hasta entonces los náufragos sólo habían comido los productos de la isla que se indicaban en el cartel, excepción hecha de los antropófagos, que no aparecían por ningún sitio.

–Su raza habrá desaparecido probablemente hace tiempo –opinó Zambombo.

---

* Puede calcularse que, por cada 100 kilos que le caen en la cabeza a un ser humano, permanece desmayado un minuto. Como en 10.950 kilos hay, aproximadamente, 109 veces 100 kilos, resulta que Zambombo y Sylvia estuvieron desmayados durante 109 minutos, o sea, dos horas menos once. No nos explicamos, por lo tanto, por qué al volver en sí era ya de noche.

–¿Por qué? ¿Cómo iban a desaparecer todos sin dejar rastro?
–Comiéndose unos a otros. Para eso eran antropófagos.
–¡Ah! Es verdad.

Sylvia y Zamb vestían de un modo extraño. El naufragio del *Gillette* les habia sorprendido a las siete de la tarde llevando: él *smoking* y Sylvia *un traje de baile*, hecho en *pailletes* y un pequeño chal de lo mismo enrollado a la garganta y sujeto en uno de los lados con una rosa. Ahora, después de veinte días de habitar en la isla (lo que podríamos llamar perfectamente «islamismo»), Sylvia, que se quejaba de frío por las noches, llevaba puesto el *smoking* de Zamb. Parecía una *vedette* de gran revista de espectáculo y seguía estando preciosa.

En cambio Zambombo, sin afeitar y ceñido con el traje de baile de lady Brums, parecía un Egmont de Bries a quien el público, indignado, hubiese ido persiguiendo por las calles durante catorce horas.

Mas como no ha habido oculista que le cure la ceguera al Amor, Sylvia continuaba viendo en Zambombo al Zambombo de antes.

Por aquella fecha fue cuando lady Brums se quejó a su amante de la excesiva monotonía de la alimentación:

–Comiendo siempre lo mismo, nos va a dar el «beriberi», Zamb.

–No te preocupes. Yo encontraré nuevos alimentos. Ya les he echado el ojo a unos peces...

Efectivamente: próximas al promontorio rocoso que se alzaba al sur y en donde los náufragos habían hallado por fin una gruta natural que les servía de habitación, solían navegar bandadas de peces, de esos peces denominados por los hombres de ciencia *«piscis rodolphus valentinus»* por su belleza y su cursilería sin igual*. Todo estribaba en discurrir un medio para capturarlos. Por fortuna, la imaginación de Zambombo era incansable como una mosca.

Partió con los dientes una hoja de palmera hasta darle forma de pez y sujetándola con un hilo la tiró al agua. Había observado Zamb que las bandadas de peces seguían siempre la dirección que emprendía el que iba a la cabeza de ellas. El truco consistía, pues, en que los demás peces creyesen que el que dirigía el cotarro era el pez fabricado por Zambombo.

Tardó dos días y tres noches en engañarles, pero al cabo, vio claramente que una bandada de *«rodolphus valentinus»* seguía al peda-

---

* Ciertamente que esos peces sólo viven en alta mar, por lo cual el fenómeno de que se hallasen en el litoral de la isla no puede atribuirse más que a una inexplicable equivocación de ellos mismos, equivocación que –como se verá– había de resultar feliz para los náufragos.

cito de hoja de palmera. Entonces Zamb tiró del hilo, la hojita saltó a la orilla y treinta y seis peces saltaron detrás.

Como se lee en la Santa Biblia, «comieron hasta que se hartaron».

POESÍA CÓSMICA

En la isla no había fieras.

Los náufragos hicieron excursiones hacia el interior para saber a qué atenerse respecto a extremo tan importante. Atravesaron varias veces el bosque; Zamb caminaba delante, ojo alerta y con el cinturón en la mano, cogido de tal manera que en caso de agresión por parte de alguna fiera, pudiera atacar y herir con la hebilla.

En tales excursiones no vieron fieras. Hallaron a su paso manadas de leones y de tigres y muchísimos cocodrilos; pero fieras, ni una sola.

Eso acabó de tranquilizarles.

Y sus vidas se deslizaban en medio de la poesía y del amor.

Al crepúsculo, ambos se sentaban en lo alto del promontorio enlazados por la cintura. El sol se agazapaba lentamente detrás del forillo del horizonte y se hubiera dicho que las aguas del océano apagaban, con los extintores de sus olas, aquella lumbrera infatigable. Las nubes huían de prisa con dirección a saliente. Luego comenzaban a bruñir el cielo las numerosísimas estrellas australes. Los enamorados pensaban en el Universo, en Copérnico, en Laplace, en las leyes de la gravitación y en la teoría del optimismo cósmico.

Y después se iban a acostar.

LA TRAGEDIA

A los cuatro meses de aislamiento, habían bautizado la isla con el nombre de «Isla de Capua», apodo más propio para un barco dedicado a la pesca de la sardina que para una verdadera isla del Pacífico.

Y ahora es ya el momento de que el lector sepa que si le advertí la importancia que tenía el que el *Gillette* hubiese zarpado de Liverpool, fue porque está comprobadísimo que todos los náufragos hallados en una isla desierta del Pacífico provenían de paquebotes zarpados de Liverpool.

¿Por qué esto? ¿Qué ocultas leyes rigen a los paquebotes a las islas desiertas, a los náufragos y a Liverpool? Nunca podría averiguarse, mas el hecho no admite que se le someta a discusión.

. . . .

Cierta tarde de... ¿de qué mes? (no se sabía). Cierta tarde, Sylvia gritó de pronto:

–¡Un barco! ¡Un barco inglés!

Zambombo salió de la gruta. Era verdad. A unas dos millas de la isla, un transporte estaba fondeado. Se distinguía claramente la bandera con los colores del Reino Unido.

En el primer momento, los náufragos sintieron una gran alegría; después, se entristecieron. Aquel barco no era sólo un barco: era Inglaterra, Europa, la civilización: lo que envenena y destruye el amor al sacarle de los encasillados hermosos de la libertad y del instinto.

Vendrían a buscarles... Renovarían su vida prístina. Otra vez a viajar de un lado a otro, llevando las penas a la grupa... Otra vez a contemplar el amor, pintado de purpurina y vestido por Worth... Y quizá ya no volvieran a ver hundirse el sol en la lejanía. Ni volverían a capturar *rodolphus valentinus* con la ayuda de una hojita de palmera...

Zamb miró a Sylvia y Sylvia miró a Zamb. Y dijeron a un tiempo:

–No nos iremos de aquí...

–Europa, la civilización, la magnesia efervescente... ¡Que lo zurzan a todo! –añadió Zamb.

. . . .

Un lanchón se había despegado del transporte y avanzaba rasgando el satén del océano con su proa.

Cuando tocó tierra, un hombre delgado, rígido, de uniforme, saltó a la playa. Saludó con desembarazo.

Parecía persona educadísima y decía *All right!* cada nueve segundos. Primero indagó de Sylvia y de Zambombo si estaban contentos en la isla y si necesitaban alguna cosa.

–Podemos traerles vituallas, armas, muebles...

Procedía como habría procedido un casero amable con sus inquilinos.

Zambombo dijo que no necesitaban nada y que estaban muy a gusto. Entonces aquel caballero sacó una libreta dijo *All right!* y habló así:

–Me llamo Edward Meigham y soy empleado, afecto al Colonial Office. Como ustedes saben, esta isla está desierta y es una colonia inglesa. Lo que sin duda ustedes ignoran es que –como toda colonia de Inglaterra– rinde sus productos a beneficio de la metrópoli. Ahora bien, es tan pequeña la isla que sus cocos, sus dátiles y sus plátanos, no tienen importancia comercial y exportadora. En cuanto a sus antropófagos, hubo que expatriarlos, porque ya se negaban a comer carne humana, y ningún país serio puede tolerar que en una isla desierta haya antropófagos que tomen merluza rebozada «a la Dubarry». En la actualidad, todos los antropófagos que habitaban la isla viven en Londres y están empleados de *grooms* en los «cabarets». Resumiendo: Inglaterra no podía tener improductiva esta isla, razón por la cual decidió alquilarla como lugar de recreo. La vida moderna, con sus comodidades extremas, su ansia, cada vez mayor, de nuevas sensaciones y de panoramas diferentes, pone un cansancio y un aburrimiento totales en el corazón de muchas personas, especialmente en el de aquellas que se hallan colocadas dentro de las altas esferas... Para estas personas, entre las que ustedes se cuentan, es delicioso pasar temporadas en una isla desierta. Perfectamente...

Agregó con una sonrisa digna de «madame» Tallien:

–Pero eso hay que pagarlo...

Después levantó una ceja ligeramente, sacó su estilográfica, consultó la libreta y dijo con tono comercial:

–Ustedes llevan en la isla cuatro meses y medio, o sea ciento treinta y siete días. El precio de estancia, por persona, es de dos libras diarias...

–¡Carísimo! –protestó Zambombo.

–Tenga usted en cuenta que el habitante de la isla está solo en ella y la tiene para su único y limitado esparcimiento. Eso hay que pagarlo... De suerte que la cantidad que deben asciende, justamente, a 548 libras. Pero hay cosas que se cuentan aparte, y ustedes deben: 80 libras de cocos, 76 de plátanos, 129 de leña...

–¡El total! –exigió Zambombo, que se había puesto de malísimo humor.

–El total es de: 830 libras esterlinas*.

Y el empleado, que durante sus discursos dijo *All right!* tantas veces como libras, se calló definitivamente esperando.

Zambombo exclamó dirigiéndose a Sylvia:

–Págale tú. No quiero saber nada de un asunto tan repugnante... Ahí, en el *smoking* que tienes puesto está mi cartera.

Y se marchó al bosque, para no ver aquello, procurando que el empleado del Gobierno se diera cuenta de que no había querido molestarse en saludarle.

. . . .

Zambombo volvió del bosque al cabo de una hora.

El transporte inglés, que había levado anclas mucho tiempo antes, no era ya más que un microbio en el horizonte.

–¡Buen viaje! –exclamó Zamb, despidiéndole con la mano alegremente.

Y entró en la gruta a buscar a Sylvia.

---

* Las traduciré en pesetas, para darme tono de financiero ya curtido. Son unas 35.000 pesetas. Efectivamente, resultaba caro, aun cuando el cálculo está mal hecho.

En la gruta, sobre una piedra de basalto que hacía el oficio de mesa, había unos papeles. Extrañado, Zamb los cogió. Uno estaba escrito por lady Brums. Decía:

Sr. D. Elías Pérez Seltz (Zambombo).

Muy señor mío: En ese papel adjunto tiene usted la causa de por qué me voy para siempre en el transporte en que vino el empleado del Gobierno míster Meigham. Es inútil que vuelva a buscarme nunca. Ha muerto usted para mí y su recuerdo sólo me produce asco. ¡¡Farsante!!

El desprecio eterno de

Lady Sylvia Brums
de Arencibia.

Zambombo sintió que su sangre iba enfriándose por momentos hasta convertirse en escarcha. Temblando cogió el otro papel, el papel que citaba Sylvia.

Era un recibo y tenía un membrete. Véase:

OLIVERIO SMITH
CRIADO DEL PALACIO
DE PARK-LANE
LONDRES

He recibido de sir Elías Pérez Seltz la cantidad de tres libras esterlinas por mi trabajo de disparar en un pasillo del palacio de Park-Lane, donde presto mis servicios, una escopeta de caza, cargada con pólvora sola, mientras sir Elías Pérez Seltz fingía que se suicidaba en las habitaciones de lady Sylvia Brums, mi honorable ama.

Londres, 14 de Noviembre de 1927.

Oliverio Smith
(Criado)

Son, libras | | 3 | |

Zambombo se imaginó lo ocurrido con la velocidad de la luz.

Sylvia había abierto la cartera de Zamb para pagar al empleado Meigham, y no había registrado la cartera, ¡oh, no!, porque Sylvia era, ante todo, una mujer educada; pero el maldito papel caería al suelo...

Y Sylvia vería el membrete, y le extrañaría, y habría leído el papel que probaba la farsa del suicidio y que no se había acordado de destruir...

Zamb seguía imaginándose la escena.

Algo se habría roto en el interior de Sylvia. Y Sylvia se mordería los labios, y acaso dejó fluir una lágrima que se apresuraría a enjugar con la yema de uno de sus deditos...

Luego se habría dirigido al empleado Meigham.

–Caballero: me he cansado ya de esta isla. Deseo volver a Londres. ¿Me admite usted a bordo de su buque?

Y el empleado Meigham se inclinaría para responder:

–*All right!*

. . . .

Todo, todo se lo imaginaba Zamb.

Miró a su alrededor angustiado.

–Ahora es –susurró– cuando la isla empieza a estar verdaderamente desierta... Para siempre...

Le entraron unas terribles ganas de llorar. Se le doblaron las piernas, y cayó sollozando sin consuelo.

Y como cayó precisamente sobre la piedra de basalto que hacía el oficio de mesa, se produjo en la frente un cardenal del tamaño de Juan de Médicis.

COMPAÑÍA GONZÁLEZ-FERNÁNDEZ

Por la mañana salía de la gruta, después de dormir pésimamente y de haber sufrido varias pesadillas aburridísimas, y se detuvo asombrado ante un espectáculo insólito. Como viene ocurriendo desde hace siglos cuando se encuentra uno con algo inexplicable, Zamb se preguntó si no estaría durmiendo todavía.

En la playa un grupo formado por once hombres y ocho mujeres, vestidos con *maillots* y chorreando agua gesticulaban y hablaban animadamente.

Zambombo se acercó a ellos sin ser visto. El que hablaba ahora era un señor grueso y bajo, ya entrecano y cincuentón, que decía a grito herido y al parecer con un gran convencimiento:

«... Sueña el que afana y pretende;
sueña el que agrada y ofende,
y en el mundo, en conclusión,
todos sueñan lo que son,
aunque ninguno lo entiende...»

Al oír aquello del sueño, Zamb comprendió que no soñaba. ¿No eran aquellos versos de Calderón de la Barca? ¿No pertenecían a *La vida es sueño* y estaban en boca de «Segismundo»? Sí. Sin duda alguna. ¿Pero qué razón había para que unos cuantos hombres y mujeres aparecieran en la playa de una isla desierta del Pacífico vestidos con *maillots,* chorreando agua y recitando versos de Calderón?...

–El mundo entero se ha vuelto loco –pensó Zamb.

Y se acercó a aquellos perturbados.

Le recibieron con inequívocas señales de amabilidad.

–¿También usted pertenece al teatro? –le preguntó el caballero cincuentón.

–¿Yo? No, señor.

–Como lo veo con ese traje...

(Zamb seguía vistiendo el traje de baile que llevaba lady Brums en el momento del naufragio y que –ya en la isla– le había cambiado por el *smoking.)*

–Es que yo soy un náufrago –aclaró el joven.

Todos le rodearon al oírle.

–¡Un náufrago!

–¡Oh! ¡Un náufrago!...

–¡Dice que es un náufrago!

Se notaba que aquellas personas tenían muchas ganas de ver a un náufrago de cerca.

Y cuando le hubieron visto bien, desde perspectivas diferentes, explicaron a Zamb que ellos, por su parte, eran actores y que constituían una importante agrupación artística, bajo la denominación de «Compañía González-Fernández» (Dramas y comedias).

Luego, el caballero grueso –Zacarías González, primer actor y director– presentó a la primera actriz: Emilita Fernández, una joven delgada, delgadísima, que parecía un bramante con un nudo en la punta. A continuación, Zamb conoció a los otros diez hombres y a las otras siete mujeres. Sus apellidos eran tan fáciles de aprender que Zambombo no consiguió aprendérselos.

–Venimos de Lima –dijo Zacarías González– en donde hemos hecho una temporada preciosa: figúrese usted que hubo que abrir seis *abonos* consecutivos... Por desgracia, el empresario que nos había llevado allá era un sinvergüenza y se fugó sin pagarnos. Quedamos abandonados en el apuro de no poder cumplir un contrato firmado para Barcelona. Reuní aquella noche a mis camaradas e hicimos arqueo. Nuestros bolsillos arrojaron un total de pesetas catorce con noventa y cinco. ¿Qué hacer? Yo propuse: «Señores, hay que ir a Barcelona. Yo me voy. El que quiera, que me siga.» Y todos me siguieron sin vacilar. ¡Ah! El compañerismo...

Y don Zacarías se limpió dos lágrimas.

–Pero ¿y cómo van ustedes a Barcelona?

–A nado. Todos nadamos bien. ¿No ve usted que el que más y el que menos ya ha hecho otras temporadas en América?

Zambombo estaba asombrado.

–El heroísmo –opinó por fin– no concluyó en el Perú con Pizarro y Hernando de Soto...

González agregó:
–Procuramos no separarnos demasiado de la costa, ¿comprende?; de esta forma, ya que nadie nos ha costeado el viaje, lo costeamos nosotros...
Y rió su propio chiste, según la escuela de Loreto Prado.
–Hoy –concluyó– nos hemos apartado de la ruta para atracar en esta playa y poder ensayar un ratito. Porque debutamos en Barcelona con el glorioso drama *La vida es sueño*.
–Quédense ustedes unos días en la isla –propuso Zambombo a quien la perspectiva de permanecer allí sólo, sin Sylvia, llenaba de angustia.
–¿Quedarnos? –exclamó Zacarías.– ¡Imposible! Salimos esta tarde a las tres.
–Entonces me iré con ustedes a España. Tampoco yo tengo dinero.

ENSAYO SOBRE LAS OLAS

A las tres en punto de la tarde, toda la compañía y Zambombo agregado se hallaban a la orilla del mar.
Zacarías González consultó un mapa de papel tela, ya arrugadísimo, que llevaba entre la piel y el *maillot*.
–Señores: hay que hacer un esfuerzo y ver si llegamos al anochecer a Guayaquil...
Todos contestaron:
–Muy bien.
–¿Prevenidos?
–Sí.
–Pues ¡gente al agua!
Y se tiraron al Océano uno detrás del otro.
A las quince o dieciséis brazadas González volvió a hablar dirigiéndose a la primera actriz:
–A ver, Emilita... No es cosa de estarse sin hacer nada. Vamos a «pasar» esa escena que tenemos floja.
Y declamó con voz que dominaba el rumor del oleaje:

«... Con cada vez que te veo
nueva admiración me das
y cuanto te miro más
aún más mirarte deseo.
Ojos hidrópicos creo
que mis ojos deben ser,
pues cuando es muerte el beber

beben más, y de esta suerte,
viendo que el ver me da muerte
estoy muriendo por ver...»

Y Emilita tomó la palabra para replicar de esta manera:

«–Con asombro de mirarte,
con admiración de oírte,
no sé qué pueda decirte
ni qué pueda contestarte...»

La voz de los actores-anfibios iba desvaneciéndose en la lejanía.

–Hasta que lleguemos a Barcelona –pensaba Zambombo sin dejar de nadar– tienen tiempo de aprenderse todo el teatro clásico español.

FIN DEL LIBRO SEGUNDO

EL LECTOR PUEDE PASAR AL TERCERO
ES MUCHO MÁS CORTO. ¡ÁNIMO!

LIBRO TERCERO

ROMANZA

EL AMANTE

LIBRO TERCERO

PRIMER CAPÍTULO

EN DONDE SE DEMUESTRA, UNA VEZ MÁS, QUE LAS PALABRAS SON AIRE

LA CAZA DE LA MARIPOSA

¿Habéis intentado cazar una mariposa?

Si no lo habéis intentado, no lo intentéis. Cuando pensáis haberla acorralado, se escapa; cuando creáis que va a posarse, alza el vuelo, cuando la tenéis en la mano, huye. Y esto entre brillos de alas, fulgor de luces, inconsecuencia y versatilidad.

Al final, vosotros estaréis fatigados, mareados, sudorosos.

Y la mariposa irá a esconder su aguijón en una flor acromada.

Y comprenderéis que habéis perdido el tiempo. Y la decepción os envolverá en sus redes.

. . . .

Buscar una mujer linda es como querer cazar una mariposa. (¡Cuánto lirismo!, ¿eh?)

. . . .

Zambombo se quedó en Guayaquil y desde allí cablegrafió a Madrid pidiendo dinero.

Los componentes de la «Compañía González-Fernández» siguieron valerosamente su viaje a nado.

–¡Son dignos de que les aplaudan mucho en Barcelona durante su debut con *La vida es sueño!* –murmuró Zambombo al despedirles.

Y él, por su parte, en cuanto recibió dinero, emprendió «la caza de la mariposa» por todos los jardines del mundo...

Quiero decir que se dedicó a buscar a Sylvia.

Pero Sylvia no aparecía.

Ni en París, ni en Rotterdam, ni en Londres...

Zamb volvió a la «maison» Tao, y al *bistro* del *boulevard* Rochechouart, y al «Hotel Crillon». Y volvió al «Hotel Coolsingel». Y volvió al palacio de Park-Lane.

–No sabemos nada de *milady*... –declaró en Park-Lane el mayordomo.

Y Oliverio, aquel estúpido de Oliverio, que «tenía la culpa de todo», declaró también:

–No. No sabemos nada...

Zamb hizo un viaje a Escocia, al condado de Hardifax, y giró una visita al castillo de los Brums, en Mersck.

Pero Sylvia tampoco estaba allí. Hacía ya años que no visitaba el castillo.

–El clima de Escocia no sienta bien a *milady*... –le explicaron.

Y a los seis meses de esta persecución, de esta carrera detrás de una sombra, Zambombo dejó caer los brazos con desaliento.

–Es imposible... No la encontraré nunca...

De pronto, cierta noche callejeando por Montmartre –¡Oh, Montmartre!– tuvo una inspiración. ¿Cómo no se le había ocurrido antes? Edward Meigham, el empleado del Gobierno en cuyo barco había huido Sylvia, era seguramente el único hombre que podía saber el paradero de «la mariposa».

Corrió a Londres, al Colonial Office (Ministerio de Colonias). Se informó, preguntó; tenía necesidad de hablar con el empleado Meigham y...

Las respuestas, dichas en un estilo seco, contundente e inapelable fueron desoladoras:

–Míster Edward Meigham no pertenece ya a este Ministerio.

–¿Desde cuándo?

–Desde hace un mes, que pidió la excedencia de su destino.

–¿Y dónde vive?

–No podemos informarle.

–¿Ni de dónde está?

–Tampoco.

Pero Zamb veía bien claro dónde estaba Meigham.

–Está con Sylvia –se confesó.

Y comprendió que la había perdido irremisiblemente.

La había perdido como se pierde un pasador de cuello caído debajo de un armario: para toda la vida.

El regreso de Zambombo a España fue triste, negro, desesperado. Cayó en su departamento del ferrocarril igual que un fardo, un fardo de amargura y pesimismo. Reaccionó ya en las proximidades de Madrid.

Cuando se miró, maquinalmente, en el espejo del cuarto-tocador, quedó extrañado de la expresión de su rostro. Parecía haber envejecido de súbito.

–La vida tiene estas desigualdades –pensó–. A veces, quince años pasan sobre nosotros sin dejar huella y, a veces, bastan quince días para desmoronarnos por fuera y por dentro.

Y agregó, mientras deslizaba sus dedos por el semblante demacrado y fatigado:

–Parezco un infanticida sin contrata.

Luego volvió al vagón, valseando ligeramente por el pasillo a impulsos de las oscilaciones del tren.

Sentóse de nuevo. Frente a él una viajera menudita, de pelo rojizo, leía un *magazine*. De vez en cuando, la viajera disparaba hacia Zambombo las ballestas de sus pupilas azules verificando el ensayo general de una sonrisa inductora.

Zambombo acabó por levantarse irritado. ¡Las mujeres! ¡Ah!... Todas iguales... Él las conocía bien...

Y salió al tránsito, con ánimo de instalarse en el departamento contiguo. Allí, una muchacha mofletuda y gazmoña y un «pollo» con lentes se hacían el amor bajo la mirada vigilante de una mamá obesa y linfática. La muchacha y el «pollo» de los lentes no se decían nada, pero se contemplaban, se apretaban las manos, volvían a contemplarse, volvían a apretarse las manos. Y en sus rostros había una expresión de mutuo embeleso que les daba un aire de estupidez inaudito.

–¡Imbéciles! –barbotó Zambombo, pasando de largo ante el departamento–. Llegarán a Madrid; reanudarán su vida necia; irán al cine, a paseo, siempre con la mamá... Regañarán cuatro veces al mes para hacer las paces a la media hora. Se casarán al fin, después de ocho o nueve años de relaciones; engordarán como cerdos... Transmitirán a varios hijos su medianía intelectual y su gordura. Al cabo de los años se morirán de una bronconeumonía o de una indigestión y, en los últimos instantes rezarán para que Dios los lleve al Cielo... ¿Y estos seres son el Hombre y la Mujer? ¿Estos son los «reyes de la creación»? ¡Qué risa! No hay más «rey de la creación» que el microbio del tifus... ¡Ese sí que tiene importancia!...

En otro departamento dos ancianas enlutadísimas rezaban el rosario sin otro ruido que un bisbiseo monótono.

Zamb gruñó:

–¡Hum! Dos viejas rezando el rosario... ¡España está llena de viejas que rezan el rosario y que se arman un lío para cruzar las calles! Y todavía una urbanidad absurda y un falso concepto del respeto nos mandan que tengamos para ellas toda clase de atenciones... ¡Atenciones! ¡En casos de guerra estas viejas fósiles son las que tenían que ir a morir a las trincheras del frente, y no los hombres jóvenes, útiles y fecundos!...

En otro departamento dos caballeros de aire respetable hablaban con voz fuerte. Hasta Zambombo llegó la frase de uno de ellos:

–Mire usted: España necesita un Gobierno que sea...

Y Zambombo también se apartó con repugnancia.

–He aquí –se dijo– dos idiotas que se creen en el deber de dar su criterio sobre la gobernación del país... Hasta puede que cada cual tenga su fórmula ideal, que aplicaría en el caso de ser Gobierno... Entretanto, sus casas están desgobernadas y ellos mismos procuran trabajar lo menos posible en su profesión. Lo que no impide para que protesten de todos los gobernantes, sean los que sean. ¡A latigazos había que gobernar a semejante traílla de vagos y de charlatanes!

En el último departamento tres niños redonditos y sonrientes jugaban sobre el drapeado de las butacas con un cachorro de perro lobo, que llevaba un collar con la inscripción:

«CURRINCHE-1927»

Zamb estuvo mucho tiempo viendo jugar a los niños y al perro. Aquello era lo único que tenía sentido en la vida: los niños y los perros.

–Lo malo es –se dijo– que los perros no saben hablar y los niños, andando el tiempo, se hacen hombres...

Y añadióse:

–Además, para tener un hijo es imprescindible soportar a una mujer... Y cuando se tiene un perro, es necesario bajarlo a la calle... Tampoco aquello, tampoco...

Fue al vagón *restaurant*. Tomó café. Se acordó con melancolía del otro viaje hacia Hendaya un año antes... Se acordó de Honorio Lips, *célebre ladrón internacional*... Y se acordó de Mignonne, la rubia de los senos menudos y explosivos como granadas de mano. ¡Qué lejos quedaba aquello!

. . . .

El tren se detuvo ante la estación de un pueblecito de la sierra. Zamb bajó al andén y lo paseó de largo a largo.

Todo estaba quieto y mudo en las primeras horas lívidas de la mañana. Pinares inmensos corrían por el horizonte; las nubes se abrazaban a las cumbres, como dos buenos amigos que se encontrasen al cabo de mucho tiempo.

Relinchaba la locomotora entre chorros de vapor y bocanadas de humo. Dos frailes atravesaron el andén y treparon a un coche de tercera. Al pasar los frailes, un papel cayó al suelo revoloteando. Zambombo lo cogió por curiosidad. Decía:

†

J. M. J.

OBEDIENCIA

Superior de los Carmelitas Descalzos de Ávila.

CERTIFICA: *Que los padres Joaquín y Emiliano se trasladan por orden suya de Ávila a Villalba.*

Y en su consecuencia, suplica al encargado del despacho de billetes se sirva expedir dos billetes de 3.ª clase a media tarifa, en conformidad con lo acordado por el Consejo de Administración de la Compañía.

Ávila, 5 de Marzo de 1928.

EL SUPERIOR.

¿Y el Claustro? ¿Y el Convento no sería una solución? Pero Zamb no tardó en desechar la idea; él, fraile descalzo... ¡Imposible! Con lo propenso que era al reumatismo...

–Nada –resumió–. No queda más que morirse de asco.

EL 4 Y MEDIO POR CIENTO

Así llegó a Madrid. Así se sentó una tarde en el gran sillón de su despacho y así apoyó los codos nuevamente en la mesa (acero con incrustaciones de lapislázuli).

Y tuvo que entregarse al desagradable trabajo de hacer arqueo. Aquel año de viajes por Europa había abierto un enorme boquete en su fortuna personal. No le quedaban, en números redondos, más que 20.000 duros. Después de una lucha rabiosa y de maldecir reiteradamente a Pitágoras, logró averiguar que sus 20.000 duros eran, exactamente, 103.666 pesetas.

–Bueno –dijo limpiándose la frente sudorosa–. Ahora se trata de ver qué renta mensual me producirán esas 103.666 pesetas al 4 y medio por ciento...

Pero semejante investigación era ya superior a sus recursos matemáticos.

En la *Isla de Capua* –murmuró con desaliento– los cálculos eran más sencillos... Y es que las grandes ciudades lo complican todo.

Llamó a Louis, el criado. Pero Louis no «daba una». Ni la cocinera. Ni la doncella.

Entonces Zamb bajó a la tienda de ultramarinos más próxima donde el dependiente, que era un analfabeto declarado hizo las cuentas rápidamente manejando el lápiz con la mano derecha y partiendo bacalao con la izquierda.

Zambombo dispondría mensualmente de 388,75 pesetas. O sea, 77 duros y 15 reales.

La verdad es que no podía lanzarse a hacer gastos extraordinarios.

ANÉCDOTAS

A partir de aquel día, el pesimismo, la amargura y la tristeza de Zamb se hicieron más hondos. Vagaba por la ciudad de un lado a otro irritado contra cuanto veía.

Un anochecido observó que en un ancho portal entraba bastante gente, entró él también. Se encontró, al cabo, en un salón decorado de modo abominable, donde cierto individuo pronunciaba una conferencia.

–Es indudable –decía aquel señor– que en el mismo instante de morir las facultades sentimentales se aguzan, se imponen. Probablemente el espíritu toma una nueva posición con respecto a la materia. Ya William Hunter lo dijo... Al morir nos invade, sin duda, una dulzura, una ternura, una tranquilidad –de ahí, los «movimientos carfológicos»– que nos hace verlo todo suavemente, al través de un cristal de extraordinarias diafanidad y pureza. La muerte es quizá agradable... Es quizá envidiable...

Entonces Zamb se puso de pie y, encarándose con el conferenciante, gritó:

–¿Y por qué no se muere usted entonces?

Lo echaron del local.

. . . .

Lo echaron también de varios teatros por declarar en voz alta y de pie sobre su butaca que la comedia que se estaba representando era una sandez y su autor un cretino. (Y sin embargo, decía la verdad.)

Lo echaron de bastantes cafés y de bastantes *cines*.

. . . .

Una mañana, en el Retiro, hizo el amor a una señorita. La encontró tan imbécil que tuvo que huir hacia la puerta de Hernani para no tirar a aquella señorita al estanque.

. . . .

Por la calle, en los *cabarets,* en los espectáculos, veía muchachas muy jóvenes y muy lindas acompañadas de viejos repugnantes y litiasirrenálicos, desbordantes de dinero y de lascivia.

–¿Por qué permite Dios –se preguntaba– que la carne divina de las mujeres se manche de babas? Y ellas ¿por qué son tan marranas que lo toleran?

. . . .

Una madrugada capturó en la esquina de un paseo a cierta peripatética de rostro triste y juvenil. La llevó a su casa. Entraron ambos en la alcoba donde un día había entrado Sylvia.

(–¿Qué más da? –pensaba él–. En el mundo no hay categorías morales, sino sociales.)

La piculinita pronunció, entre risas frías, varias palabras soeces. Zamb la vio ir y venir y desnudarse con la naturalidad del entrenamiento.

Todo aquello era superior a su resistencia nerviosa. Sacó un billete pequeño y se lo pasó a la muchacha.

–Toma y lárgate.

Ella le dio las gracias sin extrañarse.

–Es tarde –añadió– y hoy «ya no voy a hacer nada»... ¿Me dejas dormir aquí?

Zamb tuvo un segundo de tormenta interior. ¿No era terrible que un ser humano pudiera llegar a la mansedumbre humillante de dirigirle esas palabras a un desconocido? Pero la muchacha no estaba humillada ni estaba ya triste siquiera...

–¡Bah! –se dijo Zamb–. No sienten; su tragedia es mentira... Todo lo que tienen encima estas mujeres es muchos kilos de bazofia literaria, condimentada por los literatos de mancebía, y unas camisas de color. Y agregó en voz alta:

–Quédate. Y cuando te marches no me despiertes.

Él se fue a dormir al diván del despacho.

. . . .

Otro día hizo una observación importante:

–No hay nada más imbécil que los hombres públicos, las mujeres públicas y los espectáculos públicos.

. . . .

Empezó a sufrir grandes dolores de cabeza y largos insomnios.

–A los treinta y un años estoy ya como si tuviera cincuenta... ¡Esto marcha! Marcha hacia la Nueva Necrópolis, pero marcha.

Y en una semana agotó dos tubos de comprimidos de *pantopón* segun fórmula:

Pantapón.............0,01
Sacch, lact...........0,09

. . . .

LOS PENSAMIENTOS FRÍVOLOS

Hacía un mes que se paseaba entre multitudes desconocidas y hostiles.

Los pensamientos de Zamb eran bastante frívolos:

–¿A dónde va toda esta gente? ¿Qué quiere? ¿Qué busca? ¿Qué espera?

Pero otros pensamientos mucho más frívolos le asaltaban:

–¿No es absurdo –se decía– semejante ajetreo para acabar todos bailando una danza macabra en el estrecho interior de un ataúd, junto a un puñadito de cal y varias legiones de gusanos?

Se detuvo en una plaza y murmuró:

–¡Qué solo estoy! ¡Qué brutalmente solo estoy!

La idea del amor se abría paso a codazos entre las demás, como el chico que quiere ponerse en primera fila ante el *guignol* callejero:

–¡Si uno lograra que alguien le quisiese de veras!

Y se replicó a sí mismo:

–¡Bah!... Utopías, sueños irrealizables, falsas palabras consoladoras... ¡El amor! ¿Qué es el amor?

Un anuncio pegado en una valla le dio la respuesta:

« A M O R »
LA MEJOR PASTA PARA
LIMPIAR METALES

–¿Cómo se va a esperar amor y felicidad de gentes que pasan al lado de uno respirando esa atmósfera mefítica de la urna de la falsedad y del egoísmo?

Hacia él venían, cogidos por el brazo, un hombre y una mujer, jóvenes y hermosos.

–He aquí el amor, tal vez... –pensó Zambombo.

Y los estudió atentamente. Ella era una mujer de unos veinte años, de cuerpo esbelto, quebradizo y rotundo. Sus actitudes tenían un desmayo, una laxitud emocionantes. En su rostro había una luz sobrenatural que irradiaban dos pupilas verdes e inmensas. Su boca estaba incendiada por un rojo ardiente; al besarla el alma debía de disolverse en el éter, como una melodía. Sus rubios cabellos olían a flores primaverales. Él era un guapo mozo, de rasgos enérgicos y ojos fulgentes.

Avanzaban hacia Zambombo. Indudablemente, ambos se habían amado mucho. Aquella noche se amarían también. Eran el uno digno del otro... Y, sin embargo, en sus semblantes no se leía el entusiasmo mutuo. En el de ella se leía la satisfacción de humillar a las demás mujeres con su hermosura y su elegancia, y el placer de observar que los hombres la deseaban rabiosamente, indecentemente.

Y en él... En él se leía el orgullo de llevar al lado una mujer brillante y envidiada.

Cuando pasaron Zamb escupió en el suelo:

–¡Puaf! ¡Qué asco!

Esto era el amor: en el hombre una presunción ridícula. En la mujer una vanidad sucia. Y en los dos un instinto animal de secreciones y de glándulas.

–¡Qué asco, Dios mío, qué asco! ¡Y *eso* constituye la base del mundo! ¡*Eso* es el eje ideal alrededor del cual gira el planeta desde una aurora remota a una noche ignorada!

Las mujeres: nervios, pasiones confusas, ambiciones necias, los trajes, las joyas, y encima de ello sensualidad y orgullo.

Los hombres: fatuidad, bestialidad, lujuria.

Y el dinero: el metrónomo que llevaba el compás de la vida de todos merced a su tintineo disolvente.

Los hombres, con tal de tener dinero, traicionaban, mentían, se envilecían, asesinaban, vendían a un amigo, a un camarada, a un hermano.

Las mujeres se vendían a sí propias.

Los ideales –paredes de tierra arcillosa– se desmoronaban ante Zambombo.

–Pero, ¿no queda algo sólido –se preguntaba– a donde agarrarse un alma que sufre y que está hambrienta de sinceridad y de eco? Acaso Dios... ¡Dios! ¡¡Y qué le importa a Dios que Elías Pérez Seltz sufra o goce, viva triste o alegre!! ¡Si yo para la inmensidad monstruosa del Universo no existo!...

Regresó a su casa. Todo estaba mudo y frío. También él estaba helado por dentro.

–Mi caja torácica –pensó– es una cámara frigorífica. Por eso el corazón, que está ahí guardado, se conserva sin corromperse.

Se acostó. Dio vueltas en la cama.

–Todo da vueltas –se dijo–: el Mundo, las rotativas, las mujeres y los hombres en los «dancings», los caballitos del tío-vivo en las verbenas, las ruletas, los discos de gramófono, los perros antes de echarse... La vida es una rotación continua: por eso acaba por marearnos y producirnos náuseas.

Se incorporó, buscó un comprimido de pantopón y se lo tragó de un golpe.

Sus ideas fueron haciéndose turbias y complicadas: comenzaba a dormirse.

–El pantopón –susurró todavía–. El pantopón es la única... verdad... in...du...da...b...l...e.

Y se durmió tan pesadamente como se dormiría a orillas del Níger, en el África, un hipopótamo que llevase tres días de juerga sin acostarse.

MIGNONNE REBUSCA EN SU BOLSO

A la mañana siguiente, con esa claridad que pone el descanso en las ideas del hombre, Zamb se acordó de Arencibia. El nombre de Arencibia se le apareció tan luminoso como se le apareciera el de Shakespeare en la Abadía de Westminster, mucho tiempo atrás:

A R E N C I B I A

¿Por qué no ir a visitar al marido de Sylvia? ¿Por qué no estrechar aquella amistad en la que podía encontrar un consuelo?

–Arencibia pensaba igual que yo pienso ahora –recordó Zambombo–. Mejor dicho: yo pienso ahora igual que pensaba Arencibia. ¡Ah! Qué razón tenía él cuando me aseguraba que mis ideas acabarían siendo tan corrosivas como las suyas... Hoy comprendo que Arencibia es un hombre de gran talento. Además, ¿quién que no sea Arencibia puedo yo encontrar que sepa darme la réplica? ¡Qué justeza la de sus palabras cuando despreciaba la ilusión, el amor y las mujeres! Arencibia está solo y amargado; yo, también. Ambos lo estamos probablemente por la misma causa, uniéndonos, nos consolaremos mutuamente...

Y decía esto mientras el taxi patinaba por el asfalto de la Castellana, mojado, brillante, mercurial.

Bajó, pagó, regañó con el *chauffeur*: lo que se hace siempre. Luego, traspuso la verja del portón. Al ir a entrar vio algo que le dejó inmóvil.

Arencibia subía a su automóvil –el «Cadillac» ya familiar para Zambombo– en compañía de una mujer delgada, vibrátil, de ojos grises e incandescentemente rubia: Mignonne Lecoeur, la ex-amante y ex-cómplice de Honorio Lips, *«célebre ladrón internacional»*...

Arencibia descubrió a Zambombo y retiró del estribo del coche su pie derecho que ya se apoyaba para ganar el interior. Y fue hacia Zamb con su cortesía habitual.

–¡Querido Pérez Seltz! ¿Ya de vuelta? Lo celebro de veras, pues no hay nada que tanto me entristezca como tener alejados de mí a los amigos verdaderamente estimados.

Era el mismo hombre exquisito del año anterior.

Siguió:

–Dilcúlpeme si no puedo atenderle en este momento; no puede figurarse cuánto me contraría. Pero ya ve: aquella señorita me espera.

Y señaló a Mignonne que, dentro del auto y con la cabeza baja, rebuscaba en su bolso no se sabe qué cosas.

–¿Nos veremos mañana? ¿Eh? O esta tarde... Mejor esta tarde. ¿En «Spiedum»? ¿A las seis? Pues hasta luego.

Y subió al auto, después de dejar un apretón cordial en la diestra de Zambombo.

El auto despegó pasando ante Zamb; Arencibia aún le dirigió una sonrisa; Mignonne continuaba con la cabeza baja, rebuscando en su bolso.

–No me ha conocido –pensó Zambombo.

(Seguía siendo un ingenuo, y lo sería hasta la tumba. Porque un hombre puede olvidarse de una mujer a la que ha amado durante un mes. Pero una mujer no se olvida nunca de un hombre al que ha amado durante diez minutos.)

LOS ÁSPIDES VERDES

Las seis. «Spiedum». Orquesta de señoritas. Tés completos.

Zamb entró por la puerta pequeña. Entretanto, Arencibia entraba por la puerta del chaflán*.

Se sentaron –(claro está)– y Zambombo se notó violento y sin saber qué decir. Por delicadeza, ahora no quería nombrar a Sylvia. Ya no se acordaba de la poca delicadeza con que había hablado al marido el día de la primera entrevista...

Pero Arencibia sacó a Zambombo del apuro... y sacó dos cigarrillos de la pitillera: en ella continuaban brillando los áspides verdes sobre el fondo negro.

–¿Le ha gustado a usted la muchachita con quien salía de casa esta mañana? –inquirió Arencibia.

Zambombo fue a contestar *«me gustó ya el año pasado cuando la tuve en los brazos»*, pero –felizmente– Arencibia siguió hablando sin esperar la respuesta de Zamb, según su costumbre; dijo:

---

* Primera vez en la historia de las citas que dos hombres acuden a punto y a un tiempo.

–Se llama Mignonne Lecoeur y es francesa. Acaba de fugarse de un colegio de monjas de Pau, donde la había encerrado un tutor desaprensivo que la ha robado toda su fortuna. Al llegar a Madrid desorientada, tropezó conmigo y... En fin, querido Pérez Seltz, no debía decírselo, porque es indiscreto; pero confío en la caballerosidad de usted...

–¿Qué? Hable.

–Pues que Mignonne me ha entregado su honra...

Zambombo estaba convertido en hielo. Su cabeza era un caos. ¿Era que el Universo se desquiciaba? ¿Cómo Arencibia, un hombre escéptico, amargado y demoledor, podía creer a pie juntillas esa historia fantástica? ¿Cómo podía admitir en su papel de educanda tímida y virgen a la antigua cómplice del ladrón Lips, mujer que había vivido arrastrada por todos los barrizales de la sociedad y que sólo con la memoria de un Inaudi podía retener el número exacto de sus amantes?

–¡Es prodigioso! –se decía mentalmente.

Arencibia seguía amontonando virtudes sobre ella.

–¡Pobre muchacha! –exclamaba–. No tiene usted idea de su candor. Todo lo pregunta, todo le extraña... Y luego, ¡hay que oírle entonar canciones infantiles del colegio, con aquella vocecita angelical, tan dulce!... Créame, Pérez Seltz: paso ya de los cuarenta y cinco años y, a mi edad, después de haber corrido tanto, empieza uno a necesitar al lado una niña inocente, pura y enamorada...

Zambombo sufría oyéndole. Aquel hombre era bueno y noble, como tantos hombres; y una mujer vil lo engañaba y lo escarnecía. Pensó en decirle todo, en subir el telón, en enseñar la tramoya... ¿Y para qué? Era tanto como destruir una ilusión sólida. Sólida, sí; porque todas las ilusiones sólidas del mundo eran estatuas de Nabucodonosor. Es decir: cuerpos de piedra sobre pies de barro*.

Así es que Zamb, en lugar de remover el pasado de Mignonne, removió el café de su taza. Y cuando hubo ingerido seis centímetros cúbicos de infusión de torrefacto se echó hacia atrás en el diván y le dijo a Arencibia:

–Le encuentro a usted muy cambiado. Si no recuerdo mal, hace un año usted decía que la ilusión era un error poetizado; el amor, como sentimiento, una mentira; y la mujer un ser despreciable...

Arencibia recibió aquel jarro de agua a bajo cero con perfecta ecuanimidad.

–Sí. Es posible que dijera eso... Todos esos desprecios y, en particular, el desprecio a la mujer son enfermedades de la época...

* Bueno, ¿y de esto qué me dicen ustedes?

–El misoginismo, es decir, el odio, la aversión a la mujer –continuó Arencibia– es una enfermedad de la época. Y, al mismo tiempo, algo tan viejo, tan viejo como el mundo... Remotamente, en China se odiaba a la mujer: se la negaba el alma, cosa que, por otra parte, también hicieron, siglos después, los cristianos. Shi-King decía: *«¿qué es lo que puede hacer de bueno la mujer?»* y no acertaba a contestarse. Grecia, pueblo de cuya cultura sería ocioso hablar, no estimaba tampoco a la mujer; la adoraban por hermosa, pero no la estimaban... Eurípides clama en una de sus tragedias cuyo título no recuerdo:

> *«...¿por qué creaste, ¡oh, Júpiter!, para que gozara de la luz, del sol, al engañador mal de los hombres, que es la mujer?*...»*

Mas tarde, el Cristianismo declaró a la mujer perversa y diabólica: los Santos Padres lo han repetido hasta el cansancio. Y fue misógino, luego, el marqués de Sade... Y en la edad moderna, la lista de misóginos es numerosísima: Strindberg, Weininger, Nietzsche, Möbius, Schutz, von Mager, Bab, Braund, Schopenhauer, de quien ya repiten frases todos los dependientes de tiendas de telas...

Arencibia hizo una pausa para añadir en un tono de voz diferente:

–Pero el misoginismo, querido Pérez Seltz, como toda teoría generalizadora, tiene su misma inexactitud en eso: en generalizar. Hay mujeres despreciables y hay mujeres admirables.

–Las admirables son aquéllas que se suicidan al cumplir los quince años –intervino Zambombo con gesto agrio.

Arencibia siguió, como si no le hubiese oído.

–Además –dijo– tampoco puede uno confiar en la serenidad de opinión de los misóginos. China es el pueblo atrasado por excelencia; en Grecia abundaba el homosexualismo masculino; los Santos Padres del Cristianismo eran gentes sin instrucción (aparte de que Cristo amaba y defendía a la mujer); el marqués de Sade era un pobre perturbado cuya conducta sólo puede disculparse con la anormalidad; y en cuanto a los modernos filósofos y científicos, nadie ignora que Schopenhauer estaba sifilítico y se llevaba muy mal con su madre, y que Strindberg había sufrido muchos desengaños de amor, y que Weininger nunca tuvo suerte con las mujeres... Möbius es quien mejor ha razonado el misoginismo en su curioso tratado *«De*

* Arencibia no recordaba el título de la tragedia a que se refiere. Lo diré yo. La tragedia en cuestión se titulaba «Hippolytos». Díez-Canedo, ese señor gordo que dicen que es crítico de teatros, hizo la crítica el día del estreno y aseguró que el autor llegaría a escribir cosas.

la imbecilidad fisiológica de la mujer». Möbius hace dudar hasta a feministas tan entusiastas como Wede, Daumer, Quensel, Groddeck... Hace dudar, sí. Pero, luego, se pregunta uno: *«muy bien; la mujer es indeseable, pero ¿con qué la reemplazamos?...»*

–Con nada –gruñó Zambombo.

–Entonces hágase usted eclesiástico, y ni siquiera será usted un buen eclesiástico porque odiará a más de la mitad del género humano, y en el corazón de un buen eclesiástico no debe existir ningún odio...

Zambombo se revolvió, nervioso, en su asiento. Le irritaba la fuerza y la exactitud de los disparos de Arencibia; y le irritaba que se combatiesen sus actuales ideas, y le irritaba, finalmente, que aquel hombre no pensase como él, pues se advertía definitivamente solo en el mundo con sus opiniones y sus amarguras.

–Desengáñese, Pérez Seltz, la vida ofrece al hombre de talento dos problemas terribles: el económico y el sexual, y uno y otro se relacionan estrechamente. La vida ofrece estos dos problemas terribles... y hay que resolverlos. ¿Cómo? En esta sencilla pregunta residen la felicidad o la desgracia.

Zambombo replicó:

–No me convence usted. Para mí, la mujer sigue siendo un insecto ponzoñoso del que hay que huir para que no nos envenene la sangre. ¿Que mi odio a la mujer ha nacido del desengaño? Bueno. También el feminismo de usted ha nacido de una ilusión que comienza a brotar en su alma. Pero eso no prueba nada. Toda reacción es producto de una acción. Si nos apartamos del fuego es porque sabemos que el fuego quema. Y la experiencia no es más que el fruto de la observación ajena y propia. ¿Qué más quisiera yo, qué más querrían todos los misóginos, sino que la mujer fuera noble, recta, pura, inteligente, discreta, púdica y abnegada? Si fuera así la adoraríamos de rodillas, porque es –además– lo más bello de la Creación, y porque el corazón del hombre que piensa, late siempre hambriento de cariño, por lo mismo que advierte el inmenso vacío de la existencia. Pero la mujer no es así, aunque se lo crean los estudiantes de bachillerato, que –por otro lado– está bien que lo crean, pues la juventud debe ser optimista y afirmativa. La mujer no es así, no. Dios se daba perfecta cuenta de la clase de tipo que era Eva y, por ello, en su infinita sabiduría y misericordia obligó al hombre a nacer de mujer y a engendrar hijas: de esta suerte habría por lo menos dos hembras que escaparían al odio del hombre... La idea es digna de Dios. Pero yo pertenezco al grupo de los que ni aun así ceden en su odio.

–Hombre, hombre... –protestó conciliador Arencibia.

Zamb le cortó la palabra.

–No hablemos más –exclamó–. Venía a buscar su amistad y su semejanza de opiniones conmigo. Siendo éstas opuestas, aquélla no me interesa. Usted ha vuelto la casaca cegado por el amor, esa venda azul, y, a fuerza de habilidad, intenta justificarse... ¡Un chasco más!... y esto es todo. Adiós, Arencibia. Que sea usted feliz.

Y se puso de pie. Una voz sonó a sus espaldas:

–¿Me permite?...

Se volvió. Era Mignonne que venía a buscar a Arencibia, temerosa sin duda de que Zamb la hubiera desenmascarado, y que pedía paso franco para llegar hasta el diván.

Arencibia los presentó:

–Mignonne... El señor Pérez Seltz...

Ella clavó en Zamb su mirada, ya tranquila, porque adivinó que no la había desenmascarado. Y en aquella mirada –¿agradecimiento? ¿vicio?– fulgía una lucecita verde, una especie de luciérnaga, en la que Zamb leyó claramente que la ex amante del ladrón Lips le había reconocido y se hallaba dispuesta a reproducir «la noche del expreso» a ocultas de Arencibia...

Zambombo se inclinó, y con una sequedad rotunda, concluyó:

–He tenido mucho gusto...

Mignonne le sonrió turbiamente y, a media voz, para que Arencibia no lo oyese:

–Yo lo tuve también... –repuso haciendo una apoyatura sobre el verbo.

Una oleada de asco irreprimible se le vino a la boca a Zamb. ¡Y aún decía Arencibia que...!

Ladeándose, Mignonne explicó con acento candoroso:

–¡Es extraño! Este caballero se parece un horror al profesor de esgrima que teníamos en el Colegio...

Zamb salió del café dando un portazo.

. . . .

Llovía mucho. Caían torrentes de agua.

–Mucha agua cae, mucha... –gruñó Zambombo–, pero aún no es bastante para limpiar del mundo. (En cambio era suficiente para armar barro.)

ÚLTIMO CAPÍTULO

EN DONDE EL LECTOR SE ENTERA, AL FIN, DE POR QUÉ ESTA NOVELA SE TITULA «AMOR SE ESCRIBE SIN HACHE»

CUESTA ABAJO, A 100 POR HORA

21 de Mayo. Primavera madrileña.

Nevaba furiosamente.

Esta circunstancia le tenía muy contento a Zambombo; tan contento que ya no le echaban de las conferencias, ni de los cafés, ni de los teatros: lo que ocurría ahora era que ni siquiera le dejaban entrar.

–¡¡Cuidado!! –gritaban los acomodadores al verle–. ¡Que viene ahí el individuo ese que rompe las butacas a puntapiés y les pega bastonazos a las bombillas!

Y le aguardaban en la puerta, señalaban el cartel de:

RESERVADO EL DERECHO DE AMISIÓN

y le prohibían el acceso al local.

Zamb casi se alegraba de aquellas cosas.

–¡Hacen bien! –murmuraba–. Porque si no, soy capaz de prender fuego a medio Madrid.

Su odio se había desparramado como el petróleo ingente y llegaba a todas partes: aborrecía ya no sólo a las personas, sino a los animales, a los árboles, a los minerales y a las plantas. Sufría una especie de «aborrecimiento universal» de carácter crónico.

–¡Y pensar –se decía– que todo esto obedece al influjo de una mujer! ¿Qué espantoso morbo transmiten esos seres que tantas cosas puede deshacer dentro de uno?

Había abandonado definitivamente su antigua casa y vendido los muebles a un trapero.

Louis, el criado, le indicó el Hotel de Ventas.

–¡No, no! Ha de ser un trapero, el trapero más mugriento de España quien se los lleve...

Y efectivamente, una mañana el sol de la Cabecera del Rastro los acarició apilados junto a un tenderete lleno de clavos viejos, de atornilladores mohosos y de jaulas para grillos de tercera mano. Por la mesa (acero con incrustaciones de lapislázuli) tuvieron la avilantez de darle dieciséis pesetas.

Ajustó la cuenta a Louis. Ajustó la cuenta a la cocinera. Y ajustó la cuenta a la doncella. Y los despidió tristemente.

–Siempre os echaré de menos –les comunicó– porque ahora ya no me queda al lado nadie a quien poder regañar.

Y levantó definitivamente la casa.

La portera le dijo adiós llorando, con esa facilidad para el llanto que tienen todas las mujeres y en particular las de la clase baja.

–Mi marido, el pobrecito, no puede bajar a despedir al señor, porque está en cama con una angina de pecho.

–¿Una angina de pecho, eh? Pues a ver si cumple pronto los cinco años...

Y salió del portal.

. . . .

Fue a instalarse a una casa de huéspedes inmunda de la calle del Ave María, donde le cobraban cuatro pesetas diarias por dormir, comer y beber agua.

–¿Y el vino? –preguntó Zamb.

–El vino es aparte –contestó la patrona–. Y la carne también es aparte; y el pescado también es aparte; y los huevos, y el postre...

–Bueno, señora, pues ya que ha decidido matarme de hambre, máteme en pocos días, haga el favor.

En la casa de huéspedes había mesa redonda: tres empleados de Hacienda, dos estudiantes de medicina, un viajante, un sacerdote y cinco gatos.

El primer día, delante de los gatos, de los estudiantes, del sacerdote, etc., Zambombo improvisó un pequeño discurso. Argumentó así:

–Señores y caballeros, suponiendo que haya algún caballero entre ustedes. El azar nos ha reunido a todos alrededor de esta mesa que –según he comprobado al apoyarme– está coja. Es cierto que el azar y el absurdo juegan al fútbol diariamente con el planeta. Pero se equivocan ustedes si suponen que yo tomo en consideración el azar. A mí me importa un rábano el azar y las máquinas de cortar jamón y el binomio de Newton. También me importa un rábano ustedes mismos.

No tengo ningún gusto en enterarme de las modistas que conquistan estos pollos *(por los estudiantes),* ni de las criadas que absuelve en el confesionario aquel señor *(por el sacerdote),* ni de los expedientes que copian estos ciudadanos *(por los empleados de Hacienda),* ni de los artículos que coloca aquel trotacalles *(por el viajante),* ni de los tejados que visitan estos individuos *(por los gatos).* En consecuencia: ¡ordeno y mando que delante de mí no se hable de nada! Y hago la advertencia ahora, porque si alguien olvida luego mis palabras y, estando yo en el comedor, pretende hacer confidencias en voz alta, automáticamente le partiré el cráneo con una silla. He dicho.

Nadie replicó. Desde entonces, las comidas transcurrieron en medio de un silencio impresionante.

Y cuando un huésped tenía que pedir a otro el salero, escribía en un papelito: *¿me deja usted el salero?,* y le daba el papelito por debajo de la mesa.

. . . .

Zamb comenzó a descuidar el arreglo de su persona.

–¿Afeitarse? ¿Cortarse el pelo? ¿Y para qué?...

–¿Limpiarse el calzado? ¿Para qué?

–¿«Hacerse» las manos? ¿Para qué?... ¿Para qué?...

Y la gente pasaba ya a su lado con precauciones, y cuando coincidía en un tranvía en el *Metro* al lado de un señor gordo, Zamb observaba cómo el señor gordo se ponía una de las manos en el bolsillo del reloj, «por si acaso»...

–¿Será bestia la humanidad? –gruñía Zambombo–. ¿Pero no se han convencido aún de que los ladrones van mejor vestidos que sus víctimas para inspirarles confianza?...

. . . .

Un día salió a la calle sin abrocharse los zapatos.

Otro día salió sin corbata.

Los primeros de mes, cuando iba a cobrar al Banco sus 388 pesetas, 75 céntimos, los cuentacorrentistas le miraban con gran escama y se decían unos a otros:

–¿Por qué dejarán entrar aquí vagabundos?

Porque aquellas 388 pesetas, 75 céntimos eran el único dique que contenía el total desmoronamiento de Zamb, el tenue hilo que le hilvanaba a la burguesía. En su aspecto exterior Zamb ya no parecía un burgués: parecía un fabricante de asfalto en la ruina.

. . . .

Por fin, cierta tarde, un *chauffeur* de taxi le tuteó al apostrofarle para que se quitara de en medio:

–¡Ahí va, tú, «atontao»!

La Sociedad –ese organismo podrido y conservado en el hielo de la hipocresía– le daba a Zamb, por boca de un *chauffeur* de taxi, el espaldarazo de mendigo.

STAPPLETON Y LOS BANDIDOS

En una sola tarde tuvo dos encuentros inesperados.

El primero fue en la calle de Carretas, manga de color café que vierte su «caracolillo» humano en la Puerta del Sol. Zamb bajaba con ánimo de meterse en el *Metro* y trasladarse a la plaza de Manuel Becerra a solventar un asunto relacionado con la casa de huéspedes*.

Veinticuatro horas antes había fallecido el viajante de comercio y Zambombo acudía al entierro.

–Estos espectáculos alegres me encantan –le comunicó a la patrona al salir.

Y es que en todos los perturbados se verifica ese fenómeno de frecuentar los cementerios. Ejemplos: Hamlet, don Juan Tenorio y generación poética del siglo XIX.

En la calle de Carretas, frente a una tienda pequeñísima, tan pequeña que era imposible que allí pudieran vender otra cosa que no fuese fototipias, Zamb vio un grupo de transeúntes rodeando a un hombre alto, vestido de *chaquet,* tocado con un sombrero calañés, que llevaba un trabuco debajo del brazo y una manta jerezana al hombro. Era el notable entusiasta de la vida de España, honorable Rudyard Stappleton.

Stappleton hablaba y los transeúntes reían. Zamb se acercó más sin que Rudyard le reconociese. El honorable Stappleton estaba explicando a su público que llevaba diez días en la Península Ibérica y que en esos diez días no había encontrado a un solo bandido, lo cual era incomprensible. Después se dirigía cortésmente a los que se hallaban más próximos:

–¿Alguno de ustedes –decía– será tan amable que me comunique dónde están los bandidos y a qué hora desfilan los toreros en sus mulas?

Y los oyentes reían hasta la congestión pulmonar.

–¡Este tío está «tarata»! –sentenció un chiquillo, que iba jugando al aro con una rueda de automóvil.

–Amigo: tiene usted un «tablón» de quince metros –advirtió otro a Stappleton.

–¿Un tablón? ¿Dónde? –indagaba Rudyard.

Y las risas se oían ya en los alrededores de la Estación del Norte.

---

* A nadie debe extrañar que Zamb fuese a tomar el *Metro* de Sol-Ventas, puesto que iba a sol-ventar un asunto.

Un individuo que había permanecido callado en el grupo, y que, sin duda, se daba cuenta de lo que le sucedía al honorable Stappleton, le tocó en un hombro para advertirle:

–Mire, caballero, ahí vienen los que usted busca.

Y señaló a una pareja de guardias que se acercaba.

–Pero ésos –observó Rudyard– no llevan trabuco.

–No. Es que ahora les han cambiado el uniforme y llevan sable –replicó el guasón.

Stappleton, convencido ya, se acercó a los guardias y se puso ante ellos en posición de «arriba las manos».

–Señores bandidos –les comunicó–, pueden robarme cuanto quieran. Traigo sesenta libra destinadas a robos y atracos.

Los guardias se llevaron al honorable Stappleton atado codo con codo.

Zamb les dejó ir. Era de esperar que el Comisario se percatara del caso y haría comprender a Rudyard que tal vez España no era un país de gentes muy pintorescas, pero que, desde luego, era un país de gentes muy mal educadas.

. . . .

El segundo encuentro de Zamb...

LOS MILLONES DE FERMÍN (Vals)

El segundo encuentro fue unos pasos más allá. Había desembocado en la Puerta del Sol y la porra blanca de un regulador del tráfico le detuvo, en unión de diez o doce personas. Pasaron varios autos y tranvías; pasó un taxi cargado de flores. ¿Cuántas flores llevaría el taxi? Quizá setenta kilos, quizá cien kilos... Detrás avanzaba un automóvil particular negro, alargado, brillante, charolado, como un zapato de *frac*. El auto se detuvo un instante al lado de Zambombo, se entreabrió una portezuela, salió por allí una mano...

Y esa mano agarró a Zamb de las solapas y, con un tirón enérgico, le arrastró al interior del auto, que enfiló a buena marcha la Carrera de San Jerónimo.

Zamb, aturdido, cayó de espaldas en el butacón, a la vera del hombre que acababa de raptarle de tan singular forma.

Zambombo miró a aquel hombre y exclamó con voz gutural:

–¡Fermín!

A lo que el otro contestó con igual guturalidad:

–¡Zambombo!

Dios disponía que los dos amigos se encontrasen siempre en un automóvil.

Pero esta vez Fermín no iba ante el volante con uniforme de

chauffeur, sino dentro del coche y con unos brillantes en las manos que hacían daño a los ojos: como el cinematógrafo y las recetas de los oculistas.

. . . .

Se cruzaron entre ellos todas esas preguntas propias de la situación y que el lector ya conoce de sobra, por lo cual escribiremos únicamente el principio de las frases:

–Pero ¿y cómo tú...

–¿Quién iba a suponer que...

–¿Y dónde has...

–Explícame el...

–Dime cómo...

Etcétera, etcétera.

A una de las últimas preguntas de Zamb, Fermín contestó:

–¿Que si soy rico? Tengo siete millones de pesetas.

Zambombo hubo de hacer un violento esfuerzo para cerrar la boca, que insistía en quedársele abierta.

–Veo –agregó Fermín– que no andas muy bien de fondos... No te preocupes. Mañana abriré a tu nombre una cuenta corriente de tres millones. ¿Te conviene? ¿Tendrás bastante?...

Zamb, súbitamente galvanizado por la esperanza, oprimió una de las rodillas de Fermín:

–¿Hablas por casualidad en serio? ¿No es una broma estúpida?

Fermín estuvo a pique de ofenderse:

–¡Qué imbécil! –borbotó–. Te merecías que hablase en broma. Pero te hablo en serio. Tengo siete millones de pesetas. ¿Tú sabes lo que dan de sí siete millones de pesetas?...

–Dan de sí más que un jersey de lana –replicó Zamb, que se había puesto, de pronto, de un excelente humor.

–Me sobra dinero –dijo Fermín–. Ayer mismo estuve pensando lo que podría hacer con el dinero que me sobra. Dudaba entre edificar un sanatorio de tuberculosos o montar una fábrica de patatas fritas.

–Da lo mismo –aclaró Zamb–. Y para las dos cosas tendrías mucho público.

–Pero hoy ya no dudo. Los tres millones que no me hacen falta pasarán a tu poder.

–Pues, chico, no te doy las gracias porque me parece inadmisible utilizar esa fórmula, que se emplea cuando le regalan a uno un cigarrillo, para responder al regalo de tres millones de pesetas.

–Sí, verdaderamente... Debía de existir otra palabra más importante para estos casos. Digan lo que quieran, el idioma español es pobre, ¿no?...

–No es que el idioma español sea pobre. Lo que sucede es que hasta ahora no se había dado el caso en España de que un amigo le regalase a otro tres millones de pesetas, y, ¡claro!, no ha hecho falta inventar esa palabra nueva que exprese el agradecimiento máximo...

–¿Y por qué no la inventas tú? Puesto que el caso se ha dado ya, es necesario inventar la palabra.

–Espera, a ver...

Zambombo estuvo un rato pensativo, mientras el auto corría remontando la calle de Alcalá.

–¿Qué te parece carchofas?

–¿Cómo?

–Carchofas. En lugar de decir *«¡muchas gracias!»*, se diría: *«¡muchas carchofas!»* Y en vez de decir: *«te quedo muy agradecido»*, decir *«te quedo muy acarchofado...»* ¿Te gusta?

–Sí. Es bonito. Pero como se lo digas a otro que no sea yo te rompen una pierna...

–Es que nadie en el mundo me volverá a regalar tres millones de pesetas, y, por lo tanto, no tendré que decírselo a nadie.

–En ese caso...

–En ese caso, Fermín –concluyó Zamb algo emocionado– ¡te doy miles de *carchofas* por tu gigantesco regalo y te juro solemnemente que mi *acarchofamiento* será eterno!...

CURIOSO EPISODIO DE DON CHIMBORAZO POPOCATEPETL

Cuando el auto pasaba frente a las Escuelas de Aguirre, Zambombo preguntó:

–Bueno, ¿y cómo te las has arreglado para llegar a rico? ¿Robando? Porque trabajando es imposible...

–¿Robando? –dijo Fermín–. No. Soy muy bruto para saber robar.

–¿Estafando, entonces?... Para estafar no hace falta ser inteligente; basta con tener aspecto de hombre de negocios y de persona formal.

–No. Tampoco he llegado a rico estafando –negó Fermín.

–Pues explícame –rogó Zamb– cómo has adquirido la fortuna... Mejor dicho: cómo *hemos* adquirido la fortuna.

–Es una historia curiosa. Verás.

. . . .

Y Fermín contó lo siguiente:

–Una tarde, en esa primera hora en que los que tienen que comer comen y los que no tienen que comer emiten palabras feas, pasaba yo por una calle del barrio de Pozas.

–¿Cuál?

–No interrumpas, que está lloviendo.

Efectivamente: comenzaba a llover y Fermín, después de elevar los cristales de las ventanillas, siguió:

–En la casa número 17 había un entierro dispuesto a ponerse en marcha hacia la Almudena. Un entierro suntuoso; un entierro de unas 8.000 pesetas.

–¡Siempre fuiste un buen tasador!...

–Si vuelves a interrumpir, me callo.

–Habla, pero dame un cigarro, porque es la primera vez en la historia que un individuo comienza una narración sin repartir tabaco entre sus oyentes.

–Es verdad. ¡Toma! No me extrañó que el entierro fuese suntuoso; pero sí me extrañó muchísimo que no llevase detrás acompañantes. Encerrado el arcón mortuorio en el coche fúnebre, éste se puso en marcha seguido por un solo automóvil, absolutamente vacío. ¿Quién será esta pobre persona, al parecer rica, que se halla tan abandonada en el mundo? me preguntaba yo, parado en la acera. Y en esto, un caballero vestido de luto, de labios abultados y nariz prominente, que, visto de perfil, tenía cara de serrucho, se dirigió a mí para decirme:

–¿Vamos?

Yo, por no contradecirle, le repliqué:

–Vamos.

Y ambos echamos a andar detrás de la carroza negra. Recorrimos varias calles sin cruzar palabra. En una plazoleta el coche negro se detuvo. Nosotros nos detuvimos también.

–Aquí se despide el duelo –anunció el caballero de la cara de serrucho–. ¿Se queda usted o sigue hasta el cementerio?

Dudé, desparramando una mirada a mi alrededor. Vi que uno de los caballos empenachados agitaba de alto abajo su cabeza como si *dijera que sí* y, juzgando aquello de buen augurio, contesté:

–Sigo hasta el cementerio.

–Entonces, permítame que le ofrezca un sitio en mi automóvil.

Y el caballero de la cara de serrucho me hizo subir al auto vacío que escoltaba el duelo. Ya en marcha, me dijo con tono conmiserativo:

–Qué desgracia, ¿eh?

–¡Tremenda! –exclamé yo, poniéndome en situación y confiando en que acabaría por enterarme de quién era el muerto y de las circunstancias de la desgracia.

–Quién iba a pensar que don Chimborazo...

–¡Ya, ya! ¡Pobre Chimborazo... Diga usted, ¿ha muerto de una erupción?

–No. De pulmonía triple.

–¿Es que tenía tres pulmones?

–Tenía lo que le daba la gana: era riquísimo...

Al llegar al cementerio, yo sabía:

1.° *Que el muerto se llamaba don Chimborazo Popocatepetl.*
2.° *Que era un mexicano millonario y sin familia.*
3.° *Que no conocía a nadie en Madrid.*
4.° *Que en la vecindad decían de él que estaba más loco que un cangrejo de río.*
5.° *Y que le había gustado siempre coleccionar pisapapeles.*

No era mucho saber, pero era algo.

Don Chimborazo se dejó enterrar rápidamente y sin protestas. Un cuarto de hora después de haber entrado en la Almudena, salíamos de nuevo.

–¿Va usted a Sol? –me preguntó el señor de la cara de serrucho.

–Sí.

–Le dejaré allí.

Y en seis minutos el auto nos llevo a la Puera del Sol. Me despedí de aquel caballero y salté a tierra. Entonces, él apoyó una de sus manos en mi hombro izquierdo y me trasladó estas palabras extraordinarias:

–Tengo el gusto de comunicarle, señor, que don Chimborazo Popocatepetl, que en paz descanse, ha dejado su fortuna a todas las personas que asistiesen a su entierro. Soy el notario y he seguido al coche mortuorio hasta el cementerio con el exclusivo fin de dar fe de los asistentes al acto. Ahora bien: como el único asistente ha sido usted, es el heredero universal de don Chimborazo. Su fortuna asciende a siete millones de pesetas. Tenga, pues, la bondad de pasarse mañana, a las cinco, por mi despacho para formalizar las cosas...

Cuando acabó de hablar el señor de la cara de serrucho, yo había perdido el conocimiento y tuvieron que meterme en volandas en una farmacia.

Hasta las dos de las madrugada del día siguiente, no recobré el habla. Hasta una semana más tarde, no empecé a conocer a las personas. Y tardé un mes en poder firmar de un modo legible.

EL CABALLO, A RÉGIMEN

Zambombo estaba maravillado del episodio de don Chimborazo. Fermín concluyó de esta manera:

–Comprenderás –le dijo a Zamb– que a mí me hablan mal de don Chimborazo Popocatepetl y asesino con dinamita al que sea.

–Claro, claro...

–Y te explicarás también por qué venimos al cementerio: todas las semanas le traigo flores a don Chimborazo; pero no un ramo ni dos, sino cien kilos de flores cada vez. ¿No las ves ahí delante?...

Y señaló al frente. Por los cristales del parabrisas Zamb descubrió, abriendo marcha, el taxi cargado de flores que tanto le había extrañado al pasar por la Puerta del Sol.

–Y los primeros de mes –añadió Fermín– me hago acompañar de un pirotécnico y, delante de la tumba de aquel santo que se llamó Chimborazo Popocatepetl, quemamos una vistosa colección de fuegos artificiales.

–¿Te lo permiten los guardias del cementerio?

–Con oro todo se alcanza –sentenció Fermín–. Los únicos que no me perdonaban las sesiones de pirotecnia eran los fuegos fatuos. Afortunadamente he hecho correr la voz de que ellos brillan más que mis fuegos artificiales, y, como son fatuos, se lo han creído fácilmente y ahora viven tan satisfechos y tan orondos...

–Veo que sabes ser agradecido... –murmuró Zambombo, poniendo cara de circunstancias agravantes.

–¿Agradecido? Fíjate en este detalle: ¿te acuerdas de que uno de los caballos del coche fúnebre de don Chimborazo fue el que me decidió a llegar hasta el cementerio la tarde de autos, moviendo la cabeza de arriba abajo, como si afirmase? Pues he comprado el caballo a la Empresa de Pompas fúnebres y le he construido una cuadra para él sólo, con alfombras, cuarto de baño, sala de billar y aparato de radio de cinco lámparas. De alimento no le doy más que remolacha, que para los caballos constituye una deliciosa golosina.

–¿Y el animal está contento?

–¡Contentísimo! Lo malo es que, como la remolacha produce tanto azúcar, se está volviendo diabético. Pero se curará porque le he puesto a régimen.

–¿Y el régimen en qué consiste?

–En no permitirle mojar pan en las comidas.

«AMOR SE ESCRIBE SIN HACHE»

Con su nueva fortuna de tres millones de pesetas (renta mensual de 11.250) Zamb comenzó a vivir igual que un príncipe de opereta vienesa con música de Leo Fall.

Su pesimismo había huido, asustado por el rasguear de la pluma en el «carnet» de cheques.

Por las mañanas se paseaba sobre un caballo («pur-sang» premio «Derby» 1925) delgado, largo y sedoso como las trenzas de una antigua educanda.

Por las tardes se disparaba en un «Bugatti» (Gran Prix) azul, vertiginoso e infatigable como las aguas del Mediterráneo.

Por las noches se metía en los «cabarets», y salía de ellos con una borrachera, agresiva, insultante y optimista, como un semanario satírico.

Y volvió a manchar de vinos caros sus *smokings* y sus *fraques*.
Pero todavía se resistía Zamb a poner los ojos en un rostro o en un cuerpo de mujer.
Fermín le dio el empellón definitivo.

. . . .

Una noche Fermín Martínez –don Fermín Martínez– se presentó en la casa-palacio de Zambombo –don Elías Pérez Setz– acompañado de dos señoritas de pelo negro, remos finos, pupilas brillantes, senos altivos, brazos blancos, bocas rojas y vergüenza ausente.
–Te presento a mis amigas, Dolly y Molly –dijo Fermín*–. Las traigo para que nos vayamos a cenar juntos. Tú y yo nos dedicaremos a recordar el pasado y estas señoritas se dedicarán a las labores propias de su sexo.
–Gracias –replicó Zamb– pero yo no voy. Me revientan las mujeres.
Al oír aquello, Dolly y Molly se sintieron súbitamente enamoradas de Zambombo.
Fermín cogió un habano de una caja de ebonita y se volvió a Zamb.
–No seas bruto –le aconsejó con cariñosa amabilidad–. Sin mujeres la vida es como un rascacielos sin ascensor. O te vienes con nosotros a cenar, o te doy diez bofetadas consecutivas.
–Bueno: iré para que no te molestes en mover las manos.
Y le pidió a un criado el sombrero, el abrigo, el bastón y los guantes.
En la puerta discutieron el itinerario.
Zambombo dijo al fin:
–¿Por qué no nos vamos a aquel *bar* de Cuatro Caminos en donde nos vimos la última vez el año pasado?
–¿*«El Polo Norte?»*
–Eso. *«El Polo Norte»*. Tendría gracia, ¿no?
–Sí. No estaría mal.
Y se fueron: en el Metro como cuatro castizos.

. . . .

Su entrada en el *bar* produjo bastante expectación. Pronto, todo el local estuvo atestado de los perfumes de Dolly y Molly.
Fermín interviuvó al camarero:
–Oye, ¿cómo es que ahora se llama esto *«El Polo Sur»* si el año pasado se llamaba *«El Polo Norte»?*
–Es que..., ¿sabe usted?, desde que ocurrió la catástrofe del diri-

---

* Dolly y Molly, abreviaturas de Dorotea y Emerenciana.

gible *Italia,* no venía nadie. Entonces el dueño, para evitarse una ruina, cambió de Polo.

–Y se fue al Polo opuesto. Bueno... ¿el *vermouth* está frío?

–Lo conservamos entre *icebergs.*

–Pues trae cuatro *vermouths* de aperitivo; y la «carta». ¡Ah! procura que en los *vermouths* no caiga ningún oso blanco...

–Muy bien. Se lo advertiré al encargado del mostrador.

Entonces Molly, cuyas finas piernas establecían estrecho contacto, por debajo de la mesa, con las piernas de Zambombo, le dijo al joven:

–Oye... ¿y por qué te revientan las mujeres?

Zamb fue a contestar; pero se adelantó Fermín:

–Porque éste –explicó señalándole– ha tomado demasiado en serio el amor, sin fijarse en que *amor* se escribe sin hache.

Dolly y Molly –como hacen todas las mujeres cuando no entienden una cosa– se echaron a reír. (Por eso ríen tanto al cabo del día.)

–¡Chist! Nada de reírse... –protestó Fermín–. Estoy hablando en serio. Las cosas importantes, las únicas cosas importantes que existen en el mundo se escriben con hache, y, por el contrario, se escriben sin hache las infinitas cosas que no tienen importancia.

–Explica eso –pidió Zambombo interesado.

–No hace falta explicarlo. Basta con repasar el diccionario. Busca las cosas trascendentales y sólo las hallarás con H. Los *hijos* con hache; el *honor,* la *honra* con hache; Dios *(Hacedor Supremo),* con hache; *hombre,* con hache; la materialización de Cristo (La *Hostia),* con hache; la *hidalguía,* con hache; el *habilitado,* que es el que paga, con hache...

Hubo nuevas risas.

–Os hago reír, ¿verdad? Reír es de lo más importante del mundo: y *humorismo* se escribe con hache...

–¿Y comer? ¿No es importante comer?

–Ya lo creo... Por eso, los alimentos principales se escriben con hache: *harina, huevos...* ¿Tiene importancia el día de mañana? No, porque aún no ha llegado: ¿Tiene importancia el día de ayer? No, porque ha pasado ya. Pero el día de *hoy,* que es importantísimo, ya se escribe con hache. ¿Y hay algo tan importante como el *hambre?* ¿Y como la *higiene?...* Amigo se escribe sin hache, pero cuando es un amigo de verdad, entonces se escribe con hache, porque se le llama *hermano...* Un mineral conmocionó el mundo, fue padre de todo y creó la civilización: el *hierro. Honradez* se escribe con hache...

Fermín hizo una pequeña pausa para agregar:

–Todos los símbolos de las cosas importantes tienen su hache correspondiente... *Hecatombe,* o sea, el siniestro máximo; la *hidra,* lo más dañino; el *hada,* lo más benéfico; la *hélice,* que es lo que impulsa; el *hueso,* que sostiene el edificio humano; *Hércules,* que es la fuerza; *hermosura,* que es la belleza; *horrible,* que es la fealdad, con los superlativos de *horroroso* y *horrendo;* el *himeneo,* que representa el matrimonio; los *himnos,* que sintetizan el ideal patriótico de los pueblos; el *hogar,* refugio de los que tienen la misma sangre... Y esa misma sangre, ¡tan importante!, es la *hemoglobina...* y cuando esa preciosa sangre se vierte, cosa gravemente trascendental, surge la *hemorragia...* El fuego se representa con la *hoguera,* y el frío con el *hielo.* Dos verbos imprescindibles, que personalizan el esfuerzo humano de muchos siglos, son *hacer* y *hablar. Humanidad* se escribe con hache. Y la humanidad dio un paso gigantesco cuando empezó a usar el *hilo* para confeccionar sus ropas. La altura mayor del planeta es el *Himalaya,* y el primer médico, *Hipócrates;* y el primer poeta, *Homero,* y los mejores cigarros, los *habanos...* Y ahí, en la moderna América del Norte, tenéis un río, que por sí solo ha creado un pueblo nuevo, una raza nueva, y que ¡naturalmente!, se escribe con hache; me refiero al *Hudson.*

–¿Y el valor? ¿El valor no es importante? –dijo Zamb.– Y sin embargo...

–Cuando el valor llega a ser algo importante, nace el *heroísmo;* es como el caballo, ese simpático animal, que también se escribe sin hache, pero que cuando es verdaderamente bueno, tiene hache, puesto que se le destina al *hipódromo;* y todo lo relativo al caballo es *hípico...* Al asesinato de un ser humano ¿no se le llama *homicidio?* El...

–¿Y el Sol?... ¡Sol se escribe sin hache! –interrumpió Dolly.

–¡Ignorante! ¿No sabes que Sol es *Helios?* A veces hay que retroceder a la antigüedad para encontrar algunas haches destrozadas por el uso. El pueblo elegido de Dios fue el *hebreo;* el pueblo constructor y precursor, los *helenos,* y el pueblo destructor y retrógrado, los *hunos.* Y es importante la *Historia,* que se escribe con hache, y cuando alguien ejecuta algo grande, se dice que ha llevado a cabo una *hazaña.* ¡Pero, hombre! Si hasta las mejores barajas son las de Fournier, don *Heraclio.*

Esta vez las risas se le contagiaron al camarero.

–Por eso –siguió Fermín– el amor, que no tiene importancia ninguna, se escribe sin hache. No debe tomarse en serio el amor... ¡*Amor* se escribe sin hache!... Hay que reírse de las cosas escritas sin hache...

–Vienes a darme a mí la razón –argumentó Zambombo– porque mujer se escribe sin hache.

–¡Naturalmente! ¡Pues claro! Porque tampoco a la mujer se la debe tomar en serio... Porque para ser feliz, para no sufrir, para no volverse pesimista y amargado, no hay que buscar en la mujer más que lo que yo busco, lo que se escribe con hache: la *hembra...*

–¿Y a poder ser el *himen,* no? –apuntó Zamb sonriendo.

–Bueno; eso también es algo importante –concedió Fermín.

–¡Te he cazado, amigo! –dijo Zambombo apretando la palanquita de un sifón para llenar la copa del *vermouth* –porque tú y yo tenemos en gran abundancia una cosa, que es archimportante y que, no obstante, se escribe sin hache...

–¿El qué?

–El dinero.

Fermín quedó pensativo. Por un momento, pareció derrotado; pero, en seguida, se rehízo y exclamó en tono triunfal:

–¿Y *herencia?* ¿Es que *herencia* no se escribe con hache? ¡Pues entonces!...

* * *

Y ahora, el autor se cree en el deber de concluir su trabajo con otra frase (no menos importante) y que también se escribe con hache.

El autor se refiere a aquella hermosa locución latina, que dice: *Habent sua fata libelli.*

O lo que es lo mismo: *los libros tienen su fin*.

FIN DE LA NOVELA

Madrid.–29 de Septiembre de 1928.

Este libro se escribió en 96 días, distribuidos en diferentes épocas del año 1928 y en los siguientes lugares:

Café Universal.–Café Europeo.–Café Varela.–Café Castilla.–Café Español.–Café España.–Cuevas del Hotel Nacional.–Café Gijón.–Café Recoletos.–Granja del Henar.–Negresco.–Café de las Salesas.–Savoia.–Café Lisboa.–Fonda de la estación de Cercedilla.–Campamento de la Fuenfría.–Vagón restaurant del correo de Barcelona.–Vagón restaurant del expreso de Irún.–Vagón de tercera del ligero de Segovia.–Café Herrenhof y Café Sacher (Viena).–Café Woer y Café Aschinger (Berlín).–Café Dar Abbas (Constantinopla).–Café Teofaní (El Cairo).–Bar Chumbica (Glorieta de Cuatro Caminos).–Vagón restaurant de un rápido de la P.L.M.–Vagón de tercera de un corto de Guadalajara.–Café Kutz.–Café Oriental.–Cervecería Millares y Domicilio del autor.

EI numero aproximado de las consumiciones hechas hasta rematar el libro, contando con que el autor al trabajar sólo toma café, alcanza a unos 112 cafés, que, al precio medio de 80 céntimos eleva la suma de gastos desembolsada a 90 pesetas con 60 céntimos. Agregando el 10 por 100 de propinaje, resulta un total de pesetas 99, lo que prueba que la literatura no es un deporte caro.

Se utilizó una estilográfica marca *Park* y medio litro de tinta de diversas marcas.

APÉNDICE

OPINIONES QUE HABRÍA MERECIDO EL PRESENTE LIBRO A ALGUNOS PERSONAJES ILUSTRES

(ESCRITAS IMITANDO EL ESTILO DE CADA UNO, POR EL PROPIO AUTOR DE LA NOVELA.)

Todo el mundo leerá este libro. Yo no lo leeré seguramente, pero es que, en realidad, yo vivo tan apartado del mundo...

Jacinto Benavente.

«Amor se escribe sin hache...»
Y hay quien lo escribe con ella.
Pero si el amor es firme,
no importa nada una letra.

S y J. Álvarez Quintero.

Me gusta el título; es gracioso. Ya veremos lo demás. A lo mejor, lo demás también está bien. Para mí el toque está en no confundir con la mermelada de guindas la literatura.

Pío Baroja.

No sé qué autor es ése, ni qué título es ése, ni qué libro es ése.

Valle Inclán.

La novela distrae y está escrita con cierto dominio de lenguaje y cierta gracia cervantina. Sin embargo, hay en ella una cosa que se me antoja un borrón caído en la blancura de sus páginas. Me refiero a aquel pasaje en el cual el novelista lanza la injuriosa especie de que el Quijote es un libro del que todo el mundo habla, pero que nadie ha leído.

Respecto a la broma que el autor le gasta a Cervantes en el prólogo diciendo que se diferencia de él en que no asistió a la batalla de Lepanto, opino que es sumamente irreverente.

F. Rodríguez Marín.

Prometo leer ese libro en cuanto tenga tiempo.

Gregorio Marañón.

Es una novela muy inmoral, y no puedo recomendar su lectura a las familias honorables. En una de sus páginas cierta dama pregunta a un caballero a quien no conoce: «Diga usted, ¿qué hora es?»

Tanto libertinaje asquea. El Gobierno debía intervenir enérgicamente en este asunto.

Víctor Pradera.

Es un libro que está bien traído.

C. de Romanones.

Es la sierra del Guadarrama. Es en el mes de Agosto. Cae sobre el campo un calor espeso. Se oyen unas campanitas lejanas. Canta un gallo. Aún hay sol en las bardas. Torrentera abajo va un hombre. Este hombre es delgado, pequeño. Este hombre se detiene; enciende un cigarrillo, fuma. Luego continúa su marcha, torrentera abajo, agitando en el aire un rústico, grueso, sólido, firme y recio bastón:

Este hombre, delgado y pequeño, a quien sorprendemos un verano en la Sierra de Guadarrama, es el autor de la novela *Amor se escribe sin hache,* que acaba de ponerse a la venta.

Azorín.

Recomiendo la presente novela a todas las taquilleras del Metro: a mí me ha encantado. Es un libro muy perforante.

Otamendi.

Dice Plutarco que yerran grandemente los que confunden al Espíritu o Inteligencia *(nous)* con el Alma *(psyché)* y quienes confunden al Alma *(psyché)* con el Cuerpo *(soma).*

De igual suerte se equivocan, en opinión de este joven autor que nos ocupa, aquellos que en el amor buscan un perfume imponderable de dicha, siendo cosa patente la ponderabilidad de todo perfume.

Las ideas, aun las más puras, son evaporaciones biológicas, vahos de la carne efímera; de donde vengo a extraer un aceite de universalidad para mayor lubrificación en el planteamiento de problema tan mecánico como el que se litiga.

Sostengo, en oposición con el autor, y sin ánimo de disputa –o controversia– que es el amor la única base en donde apoyan la planta cuantos buscan terreno sólido para sentar los reales del vivir apacible, excepción hecha de aquéllos, de sentidos mansuetos, que suelen derivar hacia un ascetismo triste e infecundo. Y digo: quien ama no duda ni siente desesperanzas –o desmayos– en su felicidad, puesto que lleva orejeras a entrambas sienes, como caballo que va de jornada y no ve sino lo que tiene delante de las narices.

Aún más añadiría de mi propio campo, en lucha con la teoría del autor sobre el amor y su didascalia, mas no lo hago porque ello no conviene ahora a mi propósito y porque a la postre ambos nos estaríamos donde estábamos y sin haber logrado permutar nuestras opiniones.

Sí añadiré, de colofón y por servir a la verdad, que el ingenio extravagante que se desprende de este libro debe ser saboreado por cuantos amen la lectura.

Ramón Pérez de Ayala.

Esta novelita de Jardiel Poncela está bien, muy bien. Con inexperiencias, claro; le falta *savoir faire*. Pero tiene gracia. Y *charme*, y un interés... novelesco. La he leído «de un tirón» y «me ha sabido a poco». Está bien, además, eso de arremeter contra los autores que escriben novelas «de amor». Hay demasiadas novelas de amor: *ça dégoutte*... Ya cansa, ya fatiga un mismo género repetido. Este éxito no nos sorprende: conozco a Jardielito hace tiempo: sirve, sirve... *Il sert*. Distrae, divierte, es ameno. Y profundo. Y ágil. *Au revoir.*

Alberto Insúa.

No sé... Yo leo muy poca literatura. A mi edad, ya no tiene uno ganas... De vez en cuando, por las tardes, me meto en el café del Prado y hojeo el *T B O* o el *Pichi* ... Pero novelas no leo casi... No hay humor para eso...

Santiago Ramón y Cajal.

No creo en el talento de estos jovenes que se ríen de todo. En nuestro tiempo los jóvenes éramos más serios, y como no existían los *cabarets*, jamás se nos ocurrió ir a ninguno de ellos.

J. Sánchez Guerra.

El libro es una maravilla, y tiene la gracia a montones, y la portada es preciosa, y está divinamente editado, y la tinta con que le han impreso es buenísima.

Y Jardiel Poncela tiene un talento bárbaro, y es el amo, y el rey de la simpatía, y cuando él pasa hay que decir: «descubrirse, caballeros, que ahí va un tío con toda la barba».

Pedro Muñoz Seca.

Sí, sí... Algo he oído hablar de ese libro...

Manuel Linares Rivas.

(EL AUTOR SE CANSA DE INVENTAR MÁS OPINIONES)